Alexander Kronenheim

Rom im Untergang

Band 2: Kampf in Germanien

Bibliografische Information der Deutschen Nationalbibliothek:
Die Deutsche Nationalbibliothek verzeichnet diese Publikation in der Deutschen Nationalbibliografie; detaillierte bibliografische Daten sind im Internet über http://dnb.dnb.de abrufbar.

© *2016* **Alexander Kronenheim** *; 2. korrigierte Auflage*

Herstellung und Verlag: BoD – Books on Demand, Norderstedt

ISBN: 9783734707928

Inhaltsverzeichnis

Kapitel 1

An der Stelle, wo die Inn in die Donau mündet und mit dieser einen rechten Winkel bildet, befand sich ein befestigtes römisches Lager, das noch vom Kaiser Trajan zu Anfang des zweiten Jahrhunderts erbaut worden war. Die hohen Mauern bildeten ein längliches Viereck und waren mit großen und kleinen Türmen versehen. Sie schlossen eine große Fläche ein und waren von Wällen und Gräben umgeben, welche den Zutritt zum Lager verwehrten. In diesem Riesenraum lagerte ein ganzes Heer, Fußtruppteil und Reiterei. Einige hundert kleiner Häuser standen in regelmäßigen Abständen längs der Mauer, eine ununterbrochene Gasse bildend. In der Mitte des Lagers erhob sich, mit der Vorderseite dem Haupttor zugewendet, ein größeres Gebäude, das Quartier des Feldherrn, eines Obertribuns der Legionen.

‚Das Lager der Bataver' wurde diese gewaltige militärische Einsiedelei in der Sandebene der Donau genannt. Es war der äußerste kaiserliche Militärposten; denn jenseits des Stromes begann das Besitztum freier germanischer Völker. Dort waren die Quaden, die Markomannen, Hermunduren und Buren sesshaft welche, zehnmal von den Legionen Roms geschlagen, stets von neuem ihr aufrührerisches Schwert erhoben, wenn ein jüngeres Geschlecht die Niederlage des älteren vergessen hatte. Bezwungen, demütigten sie sich vor den goldenen Adlern der Imperatoren, nahmen auf den Händen dieser ihre Könige, Fürsten und Gesetze an und versprachen Tribut von Gut und Blut. Kaum aber waren die Wunden vernarbt, so vertrieben sie die von Rom ihnen aufgezwungenen Herren, verweigerten Steuern und Mannschaft, fielen in kaiserliches Land ein, nach Sklaven und anderer Beute gierig.

Hauptsächlich waren es die Quaden als die nächsten, welche unaufhörlich Raubzüge in die nachbarlichen Provinzen unternahmen und in Pannonien und Noricum fürchterlich hausten. Von Legaten und Tribunen zurückgeschlagen, flüchteten sie über die Donau und verschwanden im unzugänglichen Wirrsal ihrer Urwälder.

Von Augustus angefangen, dachten die Imperatoren stets daran, diese unbändigen Völkerschaften nachdrücklich zu züchtigen und endgültig zur Botmäßigkeit zu bringen; doch trat im gegebenen Augenblick regelmäßig irgend eine andere, dringendere Aufgabe an die bewaffnete Macht heran, und die Legionen, welche bestimmt waren, die Quaden und Markomannen niederzuwerfen, mussten nach Osten, nach Westen oder nach Afrika ziehen.

So kam es, dass die Völker am linken Donauufer, von Rom als abgabepflichtige Vasallen angesehen, nur scheinbar Roms Oberhoheit anerkannten, in der Tat sich sehr wenig um die Zufriedenheit oder den Zorn der Welthauptstadt kümmerten und nach eigenem Gutdünken ihre öffentlichen Angelegenheiten besorgten. Daher entzogen sich auch etwaige Kriegsvorbereitungen vollständig dem römischen Einfluss.

Schon seit längerer Zeit hatten sich die Quaden und Markomannen ruhig verhalten. Marc Aurels Vorgänger, Antonin der Fromme, ein Mann von hoch entwickeltem Gerechtigkeitssinn und großer Güte, gab niemand Anlass zur Klage. Wohlwollend und mild gegen alle, rücksichtsvoll auch gegen Barbaren, verstand er es, selbst mit den erregbarsten Nachbarn freundschaftliche Verhältnisse aufrecht zu erhalten. In die Angelegenheiten der Markomannen mischte er sich gar nicht ein; den Quaden gab er aus deren eigenes Verlangen hin einen Fürsten. So hatten die Insassen des römischen Bataverlagers schon eine lange Reihe von Jahren ein müßiges Leben führen können. Es war eine Grenzwache, welche lange Zeit nicht im geringsten bedroht war und niemals in Kämpfe verwickelt wurde, abgesehen von kleinen Gefechten mit Abenteurern, welche in jenen Gegenden etwas so Gewöhnliches waren, dass man nicht einmal darüber nach Rom berichtete.

Aber in neuester Zeit machte sich jenseits der Donau wieder eine Bewegung bemerkbar. Bald nach dem Tod des Imperators Antoninus Pius waren ohne bestimmten Anlass germanische Gruppen in kaiserliches Land eingefallen und hatten das Recht der Ansiedelung innerhalb der Grenzen des römischen Reiches verlangt. Von Tribunen und Präfekten zurückgeschlagen, erneuerten sie in kurzen Zwischenräumen ihre Einfälle und traten immer zahlreicher und bedrohlicher auf. Zum Statthalter in Pannonien kam sogar eine Gesandtschaft, an deren Spitze der markomannische Fürst Ballomarius stand, und verlangte ohne Umschweife Abtretung des rechten Donauufers an die Quaden. Schon waren die Legionen im Begriff, gegen Norden zu ziehen, als der Aufruhr der Parther im asiatischen Morgenland ihrem Marsch eine andere Richtung gab.

Die ganze Zeit dieses orientalischen Feldzugs hindurch war die Donaugrenze nur von den Batavern bewacht, in deren Lager Servius Claudius Calpurnius die Präfektenstelle bekleidete und seine Macht bis vor kurzem mit dem Tribunen Julius Quinctilius Varus geteilt hatte.

Vierzehn Tage nach jenem in der Hauptstadt auf die Vollstrecker der römischen Gerechtigkeit ausgeführten Überfall, bei dem zwei verurteilte Jungfrauen gewaltsam befreit wurden, schlief das Lager den tiefen Schlaf von Soldaten, welche den ganzen Tag über beunruhigt worden waren und in steter Bereitschaft gestanden hatten.

Am Tage vorher hatten sich nämlich jenseits der Donau wiederholt germanische Reiterscharen gezeigt, und obwohl sie sich vom Ufer fernhielten, mussten doch ihre Bewegungen fortgesetzt beobachtet werden, da ein Angriff nicht gerade außer aller Wahrscheinlichkeit lag. Gegen Abend aber waren Freiwillige, die als Kundschafter in das Land der Quaden hinübergegangen waren, mit der Meldung zurückgekehrt, dass sie nichts Verdächtiges wahrgenommen hatten; die Feinde hätten sich offenbar zurückgezogen und sogar ihre noch nicht erloschenen Feuer verlassen. Nun atmete das Lager auf, man legte die Rüstung ab und begab sich zur Ruhe. Allerdings wachten zahlreiche und verstärkte Posten über dessen Sicherheit.

Hart am Ufer der Donau standen zwei Reiter auf Posten, Auge und Ohr gegen die Berge jenseits des Stromes gerichtet. Sie trugen grobe Legionärsmäntel und darüber Bärenhäute, welche sie bis über den Kopf gezogen hatten. Schweigend lauschten sie. Nach jedem Atemzug entströmte ihrem Mund dichter Dampf, welcher sich sofort in Reif verwandelte und an ihren Bärten ansetzte. Es war eine klare Winternacht, und eine so tiefe Stille herrschte in der erstarrten Wüstenei, dass sie ihr eigenes Blut in den Schläfen pochen hörten. Die zugefrorene Donau schimmerte als breites Silberband, vor ihnen rings umher lag der glatte Spiegel eines Schneemeeres, welches im Mondschein glitzerte. Vom dunklen Himmelsblau funkelten Milliarden von Sternen vertraut herab, und nicht das leiseste Geräusch störte die geheimnisvolle Ruhe dieser Nacht.

Die vollkommene Stille war, nachdem die Germanen sich zurückgezogen hatten, in dieser Gegend ganz natürlich; denn infolge eines kaiserlichen Befehls musste auf der quadischen Seite ein fünf Meilen breiter Landstreifen von menschlichen Behausungen frei bleiben. Da durfte niemand eine Hütte bauen, Feuer anzünden, jagen oder fischen. Rom vertrug nicht die unmittelbare Nachbarschaft verdächtiger Völker; Verödung der Grenzen bildete die beste Befestigung derselben.

Von Zeit zu Zeit knarrte ein Tor des Lagers, wenn der wachhabende Zenturio hinaustritt, um die Wachtposten zu begehen. Diese riefen einander das Losungswort zu als Beweis, dass sie wachten. Ihre Zurufe hallten weit über den Schnee hinweg, dumpf und immer dumpfer, bis sie sich in den Wäldern verloren.

„Ein grässlicher Frost!" bemerkte einer der Reiter und schüttelte sich. „Das Blut erstarrt schon in mir."

„Ein nichtswürdiger Dienst!" brummte der andere Mann des Doppelpostens. „Wenn man doch wenigstens einen Schluck Wein hätte."

„Zu viel verlangt! Diene, Hund, für deinen elenden Sold, auch wenn er kaum fürs Essen reicht, und halte deinen Mund, denn der Zenturio könnte seinen Stock auf deinem Rücken tanzen lassen."

„Du übertreibst. So viel Geld, wie wir im Lager in einem Jahr bekommen, würden wir zu Hause im Leben nicht sehen."

„Ja, du bist mit allen zufrieden!"

„Und du musst fortwährend murren."

„Weil ich den Dienst in der Fremde satt habe."

„Auch zu Hause müsstest du irgendeinem Herrn dienen."

„Jawohl, aber meinem eigenen."

„Der ist dein Herr, welcher am besten zahlt."

„Eigen ist eigen, der Imperator ist mir ein fremder Herr."

Die zwei Legionäre unterhielten sich in germanischer Sprache; sie gehörten der Reiterei des Servius an.

Eine Zeitlang schwiegen sie, dann sagte wieder der erste: „Tummeln wir ein wenig herum, sonst erfrieren wir mitsamt den Pferden. Meine Stute zittert unter mir wie ein welkes Blatt im Herbst."

7

„Wenn aber der da ..." antwortete der andere, auf das Lagertor deutend.

„Es ist nichts zu befürchten. Der Zenturio hat ja soeben die Posten abgeritten."

Sie schlugen ihre Pferde mit den Fersen an den Bauch und trabten am Stromufer entlang. Nach kurzer Zeit kehrten sie auf ihren Posten zurück.

Wieder schwiegen sie und richteten ihren Blick in die Ferne, eingehüllt in eine kleine Dampfwolke, die den Nüstern der Pferde entströmte.

„Sogar die Wölfe haben sich in den Schnee hineingewühlt." bemerkte der zweite Soldat. „Wir wachen unnütz."

„Wäre der Präfekt im Lager, brauchten mir nicht wie steinerne Säulen am Strom zu stehen." meinte der erste.

„Unser Glück, dass er nicht da ist; der würde uns mit Arbeit zu Tode quälen."

„Und du liegst lieber in der Kaserne unter der Bärenhaut, nicht?"

„Gewiss sitze ich lieber hinter der schützenden Mauer bei schönem Feuer, als dass ich fremde Wälder abstreife und diese germanischen Hunde verfolge."

„Du sprichst, als ob du diese Wälder nie gesehen hättest, und doch bist du darin aufgewachsen. Und diese germanischen Hunde sind ja unsere Brüder!"

„Saubere Brüder! Barbaren sind's!"

„Und du bist vielleicht Senator?"

„Ich bin römischer Legionär und will mir eine eigene Ansiedlung erdienen, damit ich für meine alten Jahre eine Ruhestätte habe. Mich verlangt nicht nach den Holzhütten unserer Walddörfer."

Der erste Soldat antwortete nichts mehr; er warf seinem Kameraden nur einen verächtlichen Blick zu.

Während sie wieder schweigsam, in der nächtliche Stille vertieft, unbeweglich dastanden, ließ sich plötzlich ein Geräusch vernehmen, welches von Süden herkam. Schnell wendeten sie ihre Pferde nach dieser Seite und legten die Hand auf Schwert.

„Hörst du?"

„Ja, da kommt etwas über den Schnee."

„Vielleicht Wölfe."

„Oder ein kaiserlicher Eilbote."

Das Geräusch war noch so entfernt, dass sie dessen Ursache nicht zu erraten vermochten, aber es näherte sich schnell, und zwar in gerader Richtung auf das Lager zu.

„Ich glaube es ist ein Reiter."

„Eine ganze Gruppe ist's ... in scharfem Trab."

Aus dem weißen Schneegrund hob sich jetzt ein schwarzer Flecken ab.

„Reiter sind's! Hab' acht!"

Der erste Soldat krümmte den Mittelfinger seiner Rechten, steckte ihn in den Mund und stieß mittels dieses Naturinstrumentes einen gellenden Pfiff hervor. Auf dieses Zeichen hin belebte sich das Ufer der Donau. Etwa zehn Kameraden ritten herbei.

Jetzt war schon ganz deutlich zu hören, wie die gefrorene Schneefläche unter den Hufschlägen einher trabender Pferde erklang.

„Halt! Wer da!" erscholl der Anruf.

„Kennt ihr mich nicht?" kam es als Antwort zurück.

„Der Präfekt!" Die Soldaten bildeten eine Kette und erhoben ihre Schilde.

„Seid gegrüßt!" rief Servius, sein dampfendes Ross vor den Legionären anhaltend.

„Sei gegrüßt, Präfekt!" rief der Chor der Germanen, und sie stießen Schild an Schild.

„Wahrscheinlich seid ihr während meiner Abwesenheit träge geworden." sprach Servius; „aber sofort sollt ihr Arbeit haben... Hermann!"

Der alte Zenturio trieb sein Pferd vor den Präfekten.

„In einer halben Stunde geht die germanische Reiterei hinüber an das jenseitige Stromufer. Die Reiter sollen alles mitnehmen, was für einen Feldzug notwendig ist."

Hermann trabte mit mehreren Soldaten weiter gegen das Lager, während Servius zu seinem Zug zurückkehrte. Er ritt an seine Reisewagen heran, welche von den aus Rom mitgenommenen Gladiatoren behütet wurden. In einem dieser, welcher so eingerichtet war, dass man bequem darin liegen konnte, befanden sich Thusnelda und Mucia. Da sie in Bärenhäute warm eingehüllt waren und sich ruhig verhielten, glaubte Servius, dass sie schliefen. Als er aber den Vorhang lüftete, erhob sich Thusnelda und sagte leise: „Wenn mich mein Gedächtnis nicht trügt, so befinden wir uns an der Grenze des Reiches."

„So ist es, wir stehen an der Donau." antwortete Servius und wies mit der Hand hinter sich auf den erstarrten Strom.

„Was gedenkst du zu tun?" fragte Thusnelda, ihres Bräutigams Gesicht aufmerksam betrachtend. Und da Servius schwieg, fügte sie hinzu: „Fürchte nichts, Mucia schläft. Ich vermute aber, du bringst uns nicht ins Lager!"

„Du sollst bald erfahren, was ich vorhabe." erwiderte Servius mit gedämpfter Stimme. „Einstweilen sorge dafür, dass Mucia nicht erfährt, wo wir uns befinden. Es könnte in ihr die römische Patrizierin erwachen."

Dann wendete er sich den Gladiatoren zu.

„Ihr habt Ruhe und Belohnung verdient. Bald werdet ihr beides haben."

„Alle Glieder tun mir weh, Herr." antwortete einer von den Kämpfern.

„Auch die meinen wollen auseinanderfallen, aber einige Tage noch müssen wir es aushalten." entgegnete Servius.

Er legte beide Hände seinem Pferd um den Hals und horchte in Richtung des Lagers. Dort herrschte schon große Bewegung. Die Fußtruppen waren an nächtliche

Ausflüge des Präfekten gewöhnt und kümmerten sich nicht weiter darum; seine Reiter aber rafften sich ohne Zögern und ohne Widerspruch auf und machten sich eiligst marschbereit, da sie wussten, dass jede verlorene Minute streng geahndet wird.

Keiner von allen konnte es ahnen, dass der gefürchtete Befehlshaber keine Gewalt mehr über sie besaß. Zweifellos befand sich schon ein kaiserlicher Eilbote auf dem Weg zum Lager der Bataver, um der germanischen Reiterei den Namen ihres neuen Präfekten zu überbringen; denn die römische Verwaltung zeichnete sich immer durch Geschwindigkeit aus. Servius aber kannte die Wege über die Alpen noch besser, als sie irgendeinem kaiserlichen Eilboten bekannt sein konnten. Anstatt von Rom aus die Heerstraße über Aquileja einzuschlagen, war er in Ravenna links abgeschwenkt und über Verona und Trient auf Handelswegen geradeaus der Grenze zugeeilt, indem er so oft wie möglich die Pferde wechselte und bei Tag und bei Nacht nicht vom Pferd kam oder auf einem Wagen schlief, wenn ihn die Kräfte verließen. Die Berge, die sie zu überwinden hatten, beeinträchtigten zwar seine Eile, aber auch der kaiserliche Eilbote hatte in Illyrien und Pannonien Schneeverwehungen zu erdulden. Servius war vollkommen darüber beruhigt, dass der Bote ihm nicht zuvorgekommen sein konnte.

Noch war keine halbe Stunde verflossen, als zum Haupttor des Lagers heraus eine sehr lange Reihe berittener dunkler Gestalten zum Vorschein kam.

Als die Soldaten ihres Präfekten ansichtig wurden, erhoben sie die Schilder und wollten ihn laut begrüßen; Servius aber befahl Schweigen. Nachdem er sich an die Spitze seiner Reiterei gestellt hatte, führte er dieselbe ohne Kommando über die Brücke und wendete sich gegen das in der Nacht schattenhaft erscheinende Gebirge.

Wie ein Geisterheer zogen die Legionäre dahin durch die monderhellte Nacht — ein unendlich langer, schwarzer beweglicher Streifen aus dem glitzernden Schneegrund. Mit über die Köpfe hinaufgezogenen Mantelhauben folgten sie schweigsam dem Präfekten. An Zucht gewöhnt und teils noch halb im Schlaf, fragten sie nicht, ja dachten sie nicht einmal darüber nach, wohin sein Wille sie führte.

Servius ritt immer voran, ebenso schweigsam wie seine Soldaten. Die Reisewagen folgten am Ende des Zuges.

Er durchzog die Ebene und kam in den Wald hinein. Raben, Krähen und Elstern, aufgescheucht durch das Getrappel und Schnauben der Pferde, wurden unruhig; kleine Wolken feinen, trockenen Schnees fielen von den Bäumen den Reitern ins Gesicht.

Es war zwischen Mitternacht und Morgen, als Servius am Rande einer großen Waldlichtung anhielt und mit seiner hellen Stimme „Halt" kommandierte. Gleichzeitig flüsterte er Hermann, welcher jetzt neben ihm ritt, die Worte zu: „Übergib die Mädchen dem Schutz Hermanrichs und sage ihm, er soll sie unter die Eiche des Gehenkten bringen. Weiber würden uns bei der Arbeit stören."

Nachdem der Wagen mit Thusnelda und Mucia im Walddunkel verschwunden war, befahl Servius: „Kreisbildung! Standarten in die Mitte!"

Mit der Gewandtheit gut geübter Soldaten bildeten die Reiter eine lange Kette, welche sich alsbald zu einem Ring um den Feldherrn schloss. Dieser stand in der Mitte der Waldlichtung, über ihm glänzten im Mondlicht die goldenen kaiserlichen Adler, emporgehalten von den Standartenträgern.

„Germanen!" begann Servius, nachdem Ruhe eingetreten war.

Die Legionäre schauten einander verwundert an. Seitdem sie unter seinem Befehl dienten, wurden sie zum ersten Mal mit diesem Namen angesprochen. Bisher waren sie für alle Führer nur römische Soldaten, um deren Herkunft niemand sich kümmerte.

„Germanen!" wiederholte er und fuhr fort: „Nicht um eure Schwerter mit Bruderblut zu beflecken, sondern um mit euch Rat zu halten, habe ich euch aus dem Lager geführt. Schaut gen Himmel! Von dort oben sieht auf euch dieselbe Göttin herab, welche allen Versammlungen unserer Vorfahren ihr Licht spendete ..."

Viele Legionäre hatten bereits vergessen, dass ihre Väter vor jeder wichtigeren Unternehmung sich bei Vollmond im Wald versammelten. Geboren und erzogen innerhalb der Grenzen des römischen Reiches, kannten sie germanische Sitten nur aus den Erzählungen älterer Kameraden. Umso größer war ihr Erstaunen über die Worte ihres Feldherrn. Auf ihren Pferden vorgeneigt, lauschten die Krieger der weiteren Rede.

„Wahrscheinlich sind in diesem Augenblick in allen germanischen Gauen Tausende von Augen auf die bleiche Göttin der stillen Nacht gerichtet. Tausende erflehen von ihr Begeisterung und Beistand, denn dem Stolz der freien Germanen ist der Hochmut Roms unerträglich geworden. Die Häupter unserer Stämme beraten sich in den heiligen Hainen, erheben ihre Waffen gegen Süden und drohen der Macht der Imperatoren.

„Germanen! Zu euch spricht jetzt nicht der römische Präfekt und Ritter, sondern der Sohn des Fürsten eines germanischen Stammes, euer Bruder und angestammter Führer. Als römischer Präfekt habe ich die Abzeichen meiner Würde und Gewalt unlängst in Rom an den Stufen von Mark Aurels Thron niedergelegt. Als germanischer Anführer aber meine Brüder, richte ich an euch die Frage: wer von euch will mit mir in die heimischen Wälder zurückkehren, damit die Rache der mit dem Schimpfnamen Barbaren belegten Völker die Unterstützung einiger tausend kampfgeübter Arme erhält?"

Servius' Worte wirkten auf die Legionäre so verblüffend, dass sie starr und sprachlos ihren Anführer mit weit geöffneten Augen ansahen, ohne sich im ersten Augenblick über die Tragweite seiner Aufforderung klar zu werden. Vielleicht hatten sie ihn missverstanden, oder der Präfekt prüfte sie auf ihre Treue . . . Servius Claudius Calpurnius hatte sich ja niemals zur germanischen Nation bekannt, er galt als ein römischer Herr. . .

„Ihr glaubt mir nicht?" rief er jetzt, da er den Grund ihres Schweigens erriet. „Ihr traut dem römischen Präfekten nicht?"

Er nahm die Hauptstandarle dem Träger aus der Hand, brach den goldenen Adler los, warf ihn in den Schnee und rief: „So soll die Macht Roms fallen, zerschmettert unter den Hufen unserer Pferde!"

Jetzt erst verstanden die Soldaten, dass nicht mehr der römische Präfekt zu ihnen sprach, sondern der aufständische Germane. Und plötzlich schlug Schild an Schild, Lanze an Lanze. Doch mischte sich in dieses Getöse auch das unwillige Murren einer ansehnlichen Minderheit. Die Mehrzahl war jedoch auf der Seite des Anführers.

„Die Freunde unserer Unterdrücker mögen ins Lager zurückkehren!" rief Servius, als der Lärm aufhörte.

Aber nicht auf solche Weise erledigten die Germanen ihre Zwiste. Als die Rom treu bleibenden Legionäre aus dem Kreis ausschieden, stürzten sich ihre aufständischen Kameraden über sie, und es entspann sich ein Kampf.

Servius, welcher die Sitten seines Volkes kannte, mischte sich nicht hinein. Mit verschränkten Armen schaute er dem Gefecht zu und wartete dessen Ende ab.

Er hatte nicht lange zu warten. Einige hundert Leichen bedeckten bald die Waldlichtung; die übrigen bildeten wieder einen Kreis um Servius, als wenn die Beratung keine Unterbrechung erlitten hätte; zum Zeichen der Einigkeit stießen sie wieder Schild an Schild, Lanze an Lanze. Kein Murren ließ sich mehr vernehmen; diejenigen, welche sich so geäußert hatten, färbten nun mit ihrem Blut den Schnee.

Servius nahm jetzt die übrigen römischen Standarten eine nach der anderen, zerbrach und warf sie zu Boden. Nachdem er den letzten Adler zerbrochen hatte, erhob er seinen Schild zu den Lippen und stimmte das Hermannslied der freien Germanen an.

Die Germanen nahmen es auf, und der Wald hallte von mehreren tausend Stimmen wider, welche die beflügelten und vierfüßigen Bewohner desselben aus dem Schlaf störten. Singend zogen die Aufständigen gegen Norden.

- o -

Als Mucia erwachte, fand sie sich, auf allen Seiten von Bergen umgeben, in einem weiten Talkessel, und in demselben sah sie zahlreiche Feuer brennen, um welche Soldaten auf Häuten von wilden Tieren herumsaßen und lagen.

Eine kühle Wintersonne kämpfte ohne sonderlichen Erfolg gegen die dichte Wolkenschicht an, welche das ganze Tal in ein eintöniges Grau hüllte. So niedrig hingen die unbeweglichen Wolken, dass die tannenbewachsenen Berggipfel nur hier und da sichtbar wurden.

Wohin immer Mucias Blick fiel, überall sah sie Schnee, Eis, starre Bäume — kurz, eine tote Natur.

Die im sonnigen und farbenprächtigen Südland geborene Römerin fühlte sich durch den Anblick dieser Winterlandschaft niedergedrückt. Alles, was seit einigen Wochen mit ihr geschah, war so sonderbar, dass es sie an die Erzählungen griechischer Romane erinnerte. Am Tage nach ihrer Verlobung war sie von gemeinen Soldaten in Ketten geschlagen und in ein dunkles Loch geworfen worden, wie eine verbrecherische Sklavin — sie, eine Cornelierin, welche von Plebejerhand nie berührt gewesen war. Dann war sie vor Gericht gestellt, zum Tod verurteilt worden und während des Ganges zum Feld der Schande dem Hohn des Pöbels preisgegeben gewesen.

Was hatte sie denn verbrochen? Sie hatte den Mut gehabt, dasjenige laut herzusagen, was alle Gebildeten ihrer Zeit im Stillen dachten, und diejenigen Götter zu verleugnen, an welche niemand mehr glaubte. Auch ihre Richter brachten den Olympiern nur deswegen Opfer, weil der alte Brauch es so verlangte und die Regierung des Imperators es befahl. Dennoch wurde sie misshandelt, öffentlich mitten durch die Stadt geschleppt und von den Schergen des Stadtpräfekten wie die gemeinste Verbrecherin behandelt. Das Todesurteil hatte sie mit christlicher Ergebung entgegengenommen, da sie im Jenseits reichlichen Lohn erhoffte; aber die schmähliche Behandlung hatte sie schmerzlicher berührt, als sie es selber geglaubt hätte. Auf dem Weg zum Feld der Schande fühlte sie, dass der neue Glaube in ihr noch nicht ganz die Vorurteile des Senatorengeblütes zerstört hatte. Der Gott der Enterbten hatte aus ihrem Herzen noch nicht den Zorn der großen Dame gerissen, welche das rohe Gelächter der Gasse nicht verträgt. Deshalb war sie Servius dankbar, dass er durch seinen kühnen Uberfall die Hand des Scharfrichters aufgehalten hatte.

Seit jenem schrecklichen Augenblick waren nun zwei Wochen verflossen. Damals, am ersten Tag, halte Hermanns Pferd sie mit solcher Eile davongetragen und das Ganze war so sinnverwirrend rasch gekommen, dass sie keine einzige Frage vorbringen konnte. Auch später, als sie schon im Reisewagen neben Thusnelda gebettet war, sprach Servius selten mit ihnen. Seinem Zug stets voran, führte er ihn anfangs auf der Heerstraße, dann auf Nebenwegen über steile Berge, an Abgründen vorbei, durch tiefe Täler in Eile vorwärts und immer vorwärts. Erst einige Meilen vor dem Lager der Bataver hörte die Hast aus. Hier aber war Mucia infolge der Übermüdung in so tiefen Schlaf verfallen, dass sie ohne die geringste Kenntnis dessen, was im Lager und später im Wald vorgefallen war, erst tags darauf, gegen Mittag, erwachte.

Erstaunt über den ungewöhnlichen Anblick einer Winterlandschaft, erhob sie sich etwas und suchte Thusnelda neben sich, in deren Gesellschaft sie die ganze Reise gemacht hatte. Aber anstatt des weißen Gesichtes der blonden Thusnelda bemerkte sie neben dem Wagen den reifbedeckten Bart eines Kriegers, welchen Servius als Wache hingestellt hatte.

Der Germane lächelte freundlich und stieß einen Pfiff aus. Auf dieses Zeichen erhoben sich an einem der Lagerfeuer zwei Gestalten.

„Willkommen auf freiem germanischem Boden!" grüßte Servius schon von weitem und trat mit Thusnelda hinzu.

Mucia streckte ihnen beide Hände entgegen. Servius ergriff dieselben und drückte sie herzlich.

„Drei Wochen sind es her ... es war im Amphitheater in Rom ... als unsere Seelen einander Freundschaft gelobten, obgleich die deinige nichts davon gemerkt hat. Als ich dich angesichts der grausamen Unterhaltung des römischen Volkes betrachtete, da schwor ich mir selbst, dir ein Bruder zu sein, wenn du irgendeinmal meine Hilfe benötigen solltest. Ich glaubte nicht, dass ich so bald Gelegenheit haben würde, dich in Schutz zu nehmen."

„Und ich hätte nicht geglaubt, dass ich dir dankbar sein würde für deine mutige Tat." antwortete Mucia, aus dem Wagen steigend. „Den Tod habe ich nicht gefürchtet, aber mein beleidigter Stolz ist stärker als mein Wille. Ich bin des christlichen Namens noch nicht würdig."

„Ich begreife nicht, dass die Christen der Grausamkeit ihrer Verfolger nur Geduld entgegensetzen wollen." entgegnete Servius. „Nicht duldender, sondern tatkräftiger Heldenmut flößt dem Menschen Achtung ein. Auch mir graut es nict vor meiner letzten Stunde, schon deshalb nicht, weil ich fortwährend vom Tod bedroht bin; aber ich könnte nur der Übermacht, dem Unausweichlichen unterliegen."

„Das Reich Gottes ist nicht von dieser Welt."

„Ich weiß, dass so die christlichen Priester lehren, denn ich habe versucht, die Grundsätze des Glaubens meiner Thusnelda kennen zu lernen. . . . Aber darüber wollen wir später einmal sprechen, wenn wir im Haus Radbods ausgeruht haben. Jetzt erwärme deine erstarrten Glieder am Feuer und kräftige dich für weitere Mühsale. Noch einige Male wird die Sonne untergehen, bevor wir an Ort und Stelle sind."

Eine Stunde später setzten sich die Aufständischen wieder in Bewegung. Servius, von einigen Offizieren umgeben, ritt voran. Seinen Helm nahm er ab und ließ ihn am Riemen hängen; dafür stülpte er die Mantelkappe über den Kopf und warf sich außerdem eine Auerochsenhaut über. Ebenso machten es seine Soldaten. Von Zeit zu Zeit erteilte er kurze Befehle, wenn die Marschordnung geändert werden musste. Er kannte das Land der Quaden gut, denn er hatte unruhige Gruppen derselben oft bis zu deren Ansiedlungen verfolgt. Der Zug bewegte sich, obwohl er stets durch Wälder ging, doch in musterhafter Ordnung. Über den Köpfen der Reiter flatterten zahllose aufgescheuchte Vögel verschiedener Art, und rings herum grollten und brüllten wilde Tiere, welche den Eindringlingen wegen der gestörten Ruhe zürnten.

Der Wagen, in welchem Thusnelda und Mucia fuhren, befand sich in der Mitte des Zuges und war von Zenturionen bewacht. Sehr oft mussten die Legionäre den Zugpferden helfen, wenn die Räder tief im Schnee versanken. Beide Insassen schauten sich aufmerksam in den durchzogenen Gegenden um, allerdings jede mit anderen Gefühlen. Thusnelda kehrte in ihre Heimat zurück; der Anblick germanischer Wälder und Berge verwischte in ihrer Erinnerung das Bild von Rom und der dort erlittenen Ungerechtigkeit. Ihr junges Herz begrüßte laut das Land ihrer Väter, es freute sich der wiedergewonnenen Freiheit und schwelgte in der Hoffnung künftigen Eheglückes. Oft entfuhren Laute des Entzückens ihren Lippen.

„Siehe, das ist ein heiliger Hain . . . dort eine Ansiedlung, da ein ganzes Dorf . . . jenes Haus bewohnt der heidnische Priester."

Aber Mucias Augen suchten umsonst die Ansiedlung, das Dorf, das Haus des Priesters. Die an marmorne Städte, an Kunststraßen und bestellte Äcker gewöhnte Römerin sah hier nur eine Wüstenei, welche die hie und da zerstreuten Hütten, die auf abgerindeten Eichenblöcken notdürftig zusammengefügt waren, kaum zur Abwechslung reichten.

Die Behausungen der Germanen standen meist einsam mitten im Wald, auf einer Waldlichtung, am Ufer eines Flusses; die Mehrzahl aber wohnte in Erdhöhlen. Wenn die Reiter ein größeres Tal durchzogen, kamen von unter der Erde Geschöpfe zum Vorschein, welche auf den Hinterfüßen aufrechtstehenden Bären ähnlich waren.

„Viele wilde Tiere gibt es in eurem Land." bemerkte Mucia.

„In der Tat!" antwortete Thusnelda und lachte lustig aus. „Aber was du da zu beiden Seiten des Tales siehst, sind keine Tiere, sondern Menschen. Das ärmere Volk näht sich für den Winter in Tierhäute ein und gräbt sich eine Unterkunft unter der Erde, um sich vor der Kälte zu schützen. In den Erdhöhlen ist es warm, weil die Leute dort mit ihrem Vieh zusammen wohnen."

Solcher Erklärungen über die Lebensweise des germanischen Volkes musste Thusnelda noch viele geben; damit verkürzten sich die beiden Mädchen die Zeit.

Mucia kannte die Beschreibung, welche — etwa ums Jahr 98 nach Christi Geburt — der römische Geschichtschreiber Tacitus über die Germanen gegeben hatte. Sie hatte jedoch geglaubt, dass seit den inzwischen sieben verflossenen Jahrzehnten in den ans römische Reich anstoßenden Ländern sich alles geändert hätte. Sie hatte ja in Rom Barbaren gesehen, welche sich äußerlich in nichts von Angehörigen ihrer römischen Gesellschaft unterschieden. Sie kleideten sich und speisten nach Römerart, sie sprachen lateinisch und griechisch, sie dachten und fühlten wie gebildete Römer. Unmöglich konnten sie doch in diesen Erdhöhlen feine Sitten gelernt und griechische Philosophen gelesen haben.

„Du bist verwundert über die Armut meines Heimatlandes?" sagte Thusnelda lachend. „Du fürchtest, dass wir dich in einer Erdhöhle zusammen mit Pferden und Rindern unterbringen könnten? .. Fürchte nicht! Auch bei uns findest du gemauerte Häuser, nicht so prächtig wie die eurigen, aber ebenso bequem. Auch eure Armen wohnen im Sommer unter Brücken oder auf den Freitreppen vor den Tempeln und im Winter in dumpfen Löchern und Kellerräumen; so hat man es mir während meines Aufenthaltes in den unterirdischen Gräberhallen manchmal erzählt. Nur besteht zwischen euren und unseren Armen der Unterschied, dass der arme Römer Hunger leidet, dem germanischen dagegen die Wälder und Gewässer alles bieten, was er zum Leben nötig hat. Lasse nur erst diese Wälder, Berge und Täler ihr Frühlingskleid anlegen, ihr farbenprächtiges und duftendes Gewand, und du wirst mein Heimatland ebenso lieb gewinnen, wie ich es liebe."

Thusnelda streckte ihre Hand nach Norden aus und sprach weiter: „Ja, ich liebe mein Heimatland! Die Menschen hier sind besser, und sogar unsere heidnischen Götter waren duldsamer als die römischen. Wie ganz anders ist alles bei euch! So viel Falschheit, so viel Hass und Neid, dass ein Mensch dem anderen zum blutgierigen Wolf wird . . . homo homini lupus! Einer steht dem anderen, ja zehn anderen im

Weg, der Bruder beneidet seines Vaters Sohn, Schwestern streiten sich um einen Mann…"

Bei den letzten Worten ihrer Gefährtin zuckte Mucia zusammen und ließ ihren Kopf sinken, während die Germanin, nichts ahnend, in einer Art von Verzückung ihren Blick über die fernen Berge schweifen ließ.

Mucia wurde von einer tiefen Wehmut befallen. Unabsichtlich hatte Thusnelda verschiedene Saiten ihres Herzens berührt. die einen unerfreulichen Misston ergaben: die Erinnerung an Tullias Eifersucht, die Liebe zu Julius und die immer größer werdende Entfernung von ihrem Vaterland. Heiße Tränen entquollen ihren Augen, und Thusneldas begütigende Worte wirkten nur vermehrend auf ihr Leid.

Ein Hornsignal schreckte sie auf — es wiederholte sich zwei-, dreimal. Das Signal klang so eigentümlich. Mucia hatte in Rom oft genug Hornsignale der Reiterei gehört. Wie so ganz anders klangen diese! Sie befand sich mitten unter römischer Reiterei — warum waren denn die Signale anders? In ihrer neuen Lage und schwermütigen Stimmung gab ihr dieser scheinbar geringfügige Umstand Anlass, andere Dinge genau zu beobachten und darüber nachzudenken.

Da bemerkte sie zunächst den Mangel kaiserlicher goldener Adler; weiter fielen ihr die fremden Kommandoworte auf. Am Waldessaum tauchten in Tierhäute gekleidete Gestalten auf. Ein Germane von Servius' unmittelbarer Begleitung löste sich von seiner Truppe los, machte mit seiner Rechten verschiedene Zeichen in die Luft, ritt dann bis an die fremdartigen Leute heran und unterhielt sich mit denselben wie gut Freund, worauf sie verschwanden und jener selbst wieder zu Servius zurückkehrte. Thusnelda schlief jetzt, mithin war Mucia auf ihre eigenen Gedanken angewiesen.

Als der geschilderte Vorgang sich einige Mal wiederholte, wurde sie von einer peinlichen Ahnung beschlichen. Nicht kaiserliche Soldaten durchzogen so friedlich das Land der Quaden! Diese Legionäre hatten offenbar dem Imperator den Gehorsam gekündigt und würden ihre treubrüchige Waffe wahrscheinlich gegen Rom richten. Aufrührern, Feinden des heiligen Rom verdankte sie ihr Leben!!

In Mucia erwachte ihr römisches Gewissen. Als Christin hatte es ihr geschienen, dass alle Fasern, mit denen sie in der Vergangenheit wurzelte, durch die neue Lehre vernichtet worden wären; sie glaubte auch an Minutius Felix' Weissagung von dem

Untergang jener Welt, die sich der Tugend abgewendet hatte. Und doch fühlte sie jetzt, dass sie noch immer dieser Welt angehörte, sie fühlte sich als Römerin und Patrizierin trotz der christlichen Taufe und trotz der erlittenen Misshandlung. In den sie umgebenden Reitern aber sah sie die verkörperte männliche Kraft, und beim Anblick dieser Hünengestalten ahnte sie eine Niederlage des verweichlichten Rom.

Thusnelda begann wieder frisch und munter zu plaudern; Mucia aber blieb teilnahmslos und hing ihren Gedanken nach. Je weiter sie in das Germanenland vordrangen, desto mehr regte sich in ihr das römische Gewissen.

„Wohnen viele Germanen diesseits der Donau?" fragte sie leise.

„Unser sind so viele." antwortete Thusnelda stolz, dass, wenn wir zusammenhielten, wir das römische Reich überschwemmen könnten."

„Und warum haltet ihr nicht zusammen?" fragte Mucia lebhafter.

„Zwistigkeiten halten uns auseinander, aber. ."

Thusnelda unterbrach sich, weil sie sich an Servius' Gebot erinnerte und ihr bewusst wurde, dass sie gerade daran war, zu viel zu sagen.

„Schau'." fuhr sie in verändertem Ton fort, um das Gespräch auf etwas anderes zu bringen, „da siehst du ein römisches Haus!"

„Das Haus gehört wahrscheinlich dem Haupt eines quadischen Geschlechts?"

„Vielleicht auch einem römischen Kaufmann oder Kolonisten." erklärte Thusnelda.

„Nur ein Wahnsinniger könnte sich im Feindesland niederlassen. "

„Die Quaden und Markomannen sind nicht Roms Feinde, sondern Verbündete."

„Und trotzdem beunruhigen sie die Grenzen des Reiches?"

„Das tut nur die kampfeslustige und ehrgeizige Jugend."

Der kurze Wintertag ging zur Neige; im Wald wurde es schon dunkel. Von allen Seiten erschollen aus der Entfernung Stimmen vierfüßiger Waldbewohner. Auf einer ausgedehnten Waldlichtung wurde Halt gemacht; Mucia hörte wieder die fremdartigen Hornsignale und Befehlsworte. Bald brannten unzählige Lagerfeuer, um welche herum die Soldaten sich auf Tierhäuten niederließen. Wagen und Pferde wurden in der Mitte des Lagers untergebracht, den Pferden zur Lagerung Tannenreisig untergestreut. Futter und Lebensmittel hatte man noch vom Bataverlager her; unterwegs war auch so manches Stück Wild erlegt worden, von welchem die germanischen Wälder wimmelten.

Servius selbst vergönnte sich nicht sogleich Ruhe. Er traf persönlich alle Anordnungen und überwachte deren Ausführung; er bestimmte sogar selbst die Posten für die Wachen. Nach getaner Arbeit kam er zu einem kleinen Feuer, an welchem Hermann ihn erwartete. Er entnahm dessen Hand ein Stück gebratenen Hirschrückens, und während des Essens sagte er zu seinem getreuen Hauptmann: „Wenn ich nicht irre, besitzt Fabius in dieser Gegend einige Kolonien. Sind wir nicht an einer solchen vorüber gekommen?"

„Ihr irrt nicht, Herr." antwortete Hermann. „Der Hund hat im Quadenland bedeutende Flächen erworben."

„Morgen beim Tagesgrauen wirst du fünfzig Mann nehmen und alle Kolonien des Fabius genau durchsuchen. Ich habe, als wir noch in Rom waren, von einem Geheimkundschafter des Stadtpräfekten erfahren, dass er aus Furcht vor uns die Stadt verlassen und sich höchstwahrscheinlich auf seine germanischen Besitzungen geflüchtet hat. Wenn dem so ist, wirst du ihn mir lebendig bringen, damit ich mich an seinem Schrecken weide."

„Es soll geschehen, wie Ihr befehlt, Herr."

„Bei dieser Gelegenheit wirst du möglichst viele Häupter quadischer Geschlechter aufsuchen und denselben ankündigen, dass der Sohn Radbods sie zu einer Versammlung um Mitte März einlädt; sie sollen, wenn möglich, gleich mit ihrem ganzen Tross erscheinen. . . . Nun aber sieh nach den Wachtposten."

Nachdem Hermann sich entfernt hatte, stützte Servius seinen Kopf auf die Hand und schaute in die Flammen seines Feuers.

Um ihn herum schnarchten einige tausend Krieger, welche unter ihren Zeltdächern so ruhig schliefen, als befänden sie sich in ihren Kasernen. Keiner von ihnen dachte auch nur einen Augenblick an ein ungewisses Morgen. Sie hatten die kaiserlichen Standarten verlassen, weil ihr Feldherr es so wollte. Sein Wille war ihnen auch der ihrige, sein warmes Wort war ihre Begeisterung. Niemals noch hatte er sie einer Niederlage entgegengeführt; auf seiner Spur schritt stets der Sieg einher, wie der Schatten am klaren Sommertag.

Auch in dieser Stunde dachte der Feldherr allein für alle seine Getreuen; aber seine Gedanken wurden von großer Sorge bedrückt. Der ehemalige römische Präfekt war sich der Verwegenheit seines Vorhabens vollkommen bewusst. Weder in Europa, noch in Asien, noch auch in Afrika hatte bisher irgendjemand erfolgreich die Herrschaft des römischen Volkes bekämpft, das von der Begierde verzehrt wurde, die ganze Welt in seine Gewalt zu bekommen. Erschreckt haben es nacheinander die Gallier und die Karthager, beunruhigt der asiatische König Mithridates, der Heerführer Vercingetorix und vor allem der große Cheruskerfürst Armin. Aber das waren doch nur zeitweilige Ängste, die einige Wochen oder Monate andauerten, denen jedoch lange Jahre des Triumphes folgten.

Wenn über den Ausgang der Schlachten nur die Anzahl der streitbaren Arme entscheiden würde, könnte Rom gegenüber der Macht Germaniens sich keinen einzigen Tag lang halten. Aber Servius war viel zu viel Soldat, als dass er nicht berücksichtigen würde, dass das Kriegshandwerk ebenso eine Kunst ist wie jedes andere. Man muss es gut verstehen, um den Mitbewerber aus dem Feld zu schlagen.

Als Servius so dasaß und sich in die Betrachtung der Zukunft vertiefte, verspürte er auf seiner Schulter eine zarte Hand.

Ohne den Kopf zu erheben oder sich umzuwenden, ergriff er diese Hand und sprach mit gedämpfter Stimme: „Liebe Thusnelda, ruhe dich aus. Es wartet auf dich noch eine lange Reise."

„Dich, mein Liebster, erwartet noch mehr Mühsal, und doch bist du wach." antwortete Thusnelda und setzte sich zum Feuer.

„Meine Aufgabe ist es, für uns beide zu denken."

„Und meine Aufgabe ist es, dir in schweren Augenblicken treu beizustehen."

„Und doch wolltest du mich verlassen wegen jenes orientalischen Gottes willen."

„Ich gebe mein Leben hin für die erkannte Wahrheit!" erwiderte Thusnelda fest.

„Ich mache dir keinen Vorwurf daraus, denn ich begreife, dass du in den Gräberhallen der Christen die Lust zum Leben verlieren konntest. Jetzt aber, da ich dich dem Rachen des Todes entrissen habe, verlange ich dich mit all deinen Gedanken und Gefühlen für mich allein."

„Ich kann nicht aufhören Christin zu sein."

„So sei es! Ich will dich darin nicht stören. Bete jenen orientalischen Gott an, wenn er zu deiner Beglückung unentbehrlich ist; tue es jedoch in einer Art, dass du dich dem Zorn unserer Priester nicht aussetzt. Dein Herz aber verlange ich für mich allein."

„Du verlangst zu viel, weil du irrst. Auch mein Gott hat ein Anrecht auf mein Herz. Über diesen Teil meines Herzens lasse mich zu seinen Gunsten verfügen, der andere gehört dir ganz allein. Und wenn du meinen Gott einmal besser kennengelernt hast, wirst du sicher von seiner Güte ergriffen sein und an ihn glauben."

„Das ist möglich, weil ich jetzt schon an keinen Wotan und an keine Freya, sondern an einen unbekannten Gott glaube. In diesem Unbekannten werde ich vielleicht später den deinigen erkennen. Für jetzt aber liebe ich nur mein Vaterland und dich."

Servius ergriff Thusneldas Hand und sprach liebevoll weiter: „Ich hatte schon gedacht, dass ich den Glanz deiner Augen nie mehr sehen und den Klang deiner Stimme nie mehr hören würde. Der Tod hatte sich so hartnäckig an deine Fersen geheftet, dass sogar meine Hoffnung zu zweifeln begann. Aber ich verwünsche nicht dein Schicksal, denn ohne die dir zugefügte Ungerechtigkeit wäre ich vielleicht nicht zum Bewusstsein gekommen, dass ich Radbods Sohn bin. . . . Hast du viel leiden müssen?"

„Ich erinnere mich an gar nichts mehr, seit ich bei dir bin."

Thusnelda erhob ihre strahlenden Augen zu Servius, und ein glückseliges Lächeln verklärte ihr Gesicht.

Zum ersten Mal, seitdem sie sich wiedergefunden haben, saßen sie nebeneinander, keine Verfolgung mehr befürchtend, im Gefühl voller Sicherheit ihr Liebesglück genießend. Doch umarmten und küssten die Verlobten sich nicht; denn das widersprach dem keuschen Sinn der altgermanischen Völker, bei denen der Mann dem Weib vor der Trauung keine Vertraulichkeit zeigte.

„Von jetzt ab werde ich dich nicht mehr verlassen." schloss Servius. „Während der Raststunden wirst du mir von deinem Gott erzählen, welcher besser sein muss als die Götter der Walhalla und des Olymp, wenn er dich und Mucia Cornelia an sich gezogen hat. . . . Nun aber ist es schon spät. Geh' zur Ruhe, mit dem Morgengrauen ziehen wir weiter."

Sie erhoben sich, er geleitete Thusnelda zwischen den Zeltreihen hindurch zu ihrem Wagen. Dann beging er noch die Wachtposten, ließ Holz auf die erlöschenden Feuer legen, und schließlich suchte er sein eigenes Zelt auf. worin er sich zusammen mit Hermann zur Ruhe begab.

Kapitel 2

Schwarz ist in den Jahrbüchern Roms das Jahr 923 nach Erbauung der Stadt (170 nach Christi Geburt) gezeichnet. Den vom orientalischen Feldzug nach Rom zurückgekehrten Legionen war auf der Spur die Pest gefolgt, welche der bereits ausgebrochenen Hungersnot die Hand reichte und sowohl Hauptstadt wie Provinzen mit einem großen Leichentuch bedeckte. Der tückische Feind würgte die Menschen auf offener Straße hin; groß und klein, arm und reich fiel wehrlos dem schwarzen Mörder zum Opfer. Der Gesundeste bekam plötzlich einen Hustenanfall, dann bedeckte sich sein Körper mit blauen Beulen, und wer, auf die eigene Kraft trotzend, gestern noch die Götter schmähte, gehörte heute schon dem Schattenreich an.

Umsonst wurde von Marc Aurel der berühmte Galenus aus Athen berufen. Der griechische Arzt, umgeben von einem ganzen Heer von Gehilfen, konnte nichts gegen den grausamen Mörder ausrichten, welcher unsichtbar über dem Land schwebte und mit seinem Hauch Luft, Wasser, Brot und die Häuser vergiftete. Umsonst sandten Priester Bittgebete zu den Göttern; umsonst riefen Schwarzkünstler, Sterndeuter und Wahrsager die Hilfe der Dämonen herbei. Die Pest spottete auch der Verwünschungen des Alexander von Abonuteichos, dessen „Genius" Glykon die Häuser mit geheimnisvollen Formeln zu umgeben riet. Das Volk brachte dem Scharlatan sein Geld dar, wofür es Papierstreifen erhielt, welche mit unverständlichen Hieroglyphen bedeckt waren und welche es an den Hauseingängen anbrachte — und doch drang der schwarze Tod in die Wohnungen und würgte ohne Erbarmen.

Und es wurde still, dumpf, öde und traurig in der Stadt der Städte; die Plätze, Theater und Wirtshäuser verstummten. Niemand empfand das Bedürfnis, sich mit anderen auszusprechen, sich auszulachen, sich lustig zu unterhalten, wie es sonst in der Natur der römischen Plebs lag. Vom Morgengrauen bis spät in den Abend hinein durchzogen nur Leichenzüge die stillen Gassen und Straßen, ohne Trauermärsche und ohne gedungene Klageweiber, ohne die Bildnisse der Ahnen und ohne die zahlreiche Begleitung von Freunden. Eilig, mit Unlust erwies man den Toten den letzten Dienst, denn ein jeder sah sich selber auf der Totenbahre und sah das Bild seines eigenen letzten Ganges. An manchen Tagen wurden auf vom Staat gestellten Scheiterhaufen gegen zweitausend Leichen verbrannt. Alle öffentlichen Wagen wurden in Leichenwagen umgewandelt.

Von Zeit zu Zeit, wenn die doppelte Geißel der Pest und der Hungersnot die arme Bevölkerung zur Verzweiflung brachte, stürmte der Pöbel auf den Palatin und verlangte die Imperatoren zu sehen, fand aber die Tore der kaiserlichen Paläste von zahlreichen Prätorianern streng bewacht. Sogar Marcus Aurelius, der stets wohlwollende und leutselige Kaiser, verbarg sich vor dem Volk, dessen Ungemach er nicht zu lindern vermochte.

Er hatte ja alles getan, was ihm die Pflicht des Herrschers und des guten Menschen gebot. Er hatte die Staatsspeicher weit öffnen lassen und auch seine eigenen Vorräte an die Hungrigen abgegeben. Für sich behielt er so wenig, dass seine nächste Umgebung über Entbehrung murrte. Den römischen Ärzten hatte er Belohnungen versprochen, Fremde überhäufte er mit Ehren. Mehr konnte er nicht tun. Seine Majestät und seine irdische Göttlichkeit erwiesen sich machtlos gegenüber der unbekannten Macht, welcher es gefiel, den Hochmut der Herren der Welt zu demütigen. Deshalb schloss er sich in seinem Palast ein und forschte in Gesellschaft von Gelehrten nach Mitteln, dem fürchterlichen Feind zu begegnen.

Soeben kam Galenus von ihm. Der Imperator und der Arzt hatten gemeinsam das Wesen der unbekannten Seuche ergründen wollen, indem sie dieselbe mit irgendeiner von denjenigen Krankheiten zu vergleichen versuchten, welche der Wissenschaft schon bekannt waren. Aber die Vergangenheit lieferte ihnen zu wenig

Anhaltspunkte. Der Arzt ließ den Kaiser in tiefer Nachdenklichkeit zurück. Den Kopf auf die Hand gestützt, saß Marc Aurel auf einem ungepolsterten eichenen Sessel vor einem mit Schriften bedeckten großen quadratischen Tisch. In seinem Arbeitszimmer hatte er weder kostbare Möbel, noch Meisterwerke der Malerei. Ohne die goldene Statue der Fortuna hätte niemand auf die Vermutung kommen können, dass in diesem bescheidenen Gemach über die Schicksale von hundert Millionen Menschen entschieden wurde.

Marcus Aurelius war in seinen alten, abgenutzten Mantel gehüllt; sein schon stark ins Grau schimmerndes Haupthaar fiel in Unordnung über die breite Stirn. Er saß gebückt und ließ die kleine, weiße, unruhige Hand über die Sessellehne hängen. Von Zeit zu Zeit zuckte er zusammen, als wenn ihn ein kalter Schauer durchrieselte. Es war kein Fieberfrost. Die Seele des Denkers litt unter der Schwere der Zeit. Das ‚Schicksal' hatte ihn über alle Sterblichen gesetzt, den Göttern gleichgestellt, aber nur dazu, um sein Herz mit Kummer zu erfüllen.

Kein Zweiter hatte ein solches Anrecht darauf, sich glücklich zu fühlen, wie er. Das leuchtende Beispiel seines Adoptivaters vor Augen, ein gewissenhafter Vollstrecker der Wünsche Antoninus des Frommen, war er redlich bestrebt, alles Unedle in sich zu erdrücken. Zu Hause war er ein guter Gatte, Vater, Bruder und Herr, auf dem Thron ein gerechter Herrscher, seinen Beratern ein treuer Freund. Unschuldig vergossenes Blut war ihm ein Greul, den Armen hält er seine milde Hand auf, den Unglücklichen spendete er Trost.

Und was hatte er dafür? Seine Gattin betrog ihn schamlos, sein geliebter Sohn verursachte ihm viel Kummer mit seiner Zügellosigkeit und Wildheit, sein Bruder verhöhnte seine Grundsätze durch Ausschweifungen und Gefühlsroheit, seine Freunde beuteten ihn aus, sein Volk verspottete ihn trotz seiner Nachsichtigkeit; Rom nannte ihn ‚das philosophierende alte Weib'.

Marcus Aurelius wusste sehr wohl, was um ihn her vorging; er las in den Seelen und Herzen der Schmeichler, er durchschaute die Absichten der Stellenjäger. Er kannte die Menschen besser, als es denjenigen scheinen mochte, welche seine Güte sich zunutze machten; er schaute ja auf alle von zwei Höhen herab: vom Herrscherthron und vom Standpunkt des Philosophen. Aber der Herrscher hatte für die kleinlichen Strebereien nur Verachtung, und der Denker wollte alles erklärlich finden, sogar gemeine Schurkerei.

Nur manchmal, wenn er mit sich allein war, befiel ihn tiefer Unmut. Lohnt es sich denn ehrlich und edelmütig zu sein? Fragte er dann. Und die Geschichte antwortete ihm verneinend. Ein Caligula, ein Nero, ein Domitian erlebten mehr Glück als er. Dabei bedeutete es nicht viel, dass der Zorn des Volkes ihre grausamen Tage abgekürzt hat. Solange sie lebten, schöpften sie voll aus dem Füllhorn der Freuden, des Reichtums und der Macht und erreichten durch ihre Schreckensherrschaft mehr, als er durch seine Milde. Das römische Proletariat gedenkt ihrer mit Entzücken und preist ihre Verschwendung, deren Brocken es immer wieder mal erhaschen konnte.

Sogar die Götter waren für jene nachsichtiger. Sie suchten dieselben nicht heim mit Hungersnot, Pest und fortwährenden Kriegen; sie schenkten ihnen fruchtbare Jahre und leichte Siege.

Marcus Aurelius erhob sein Haupt und wandte seinen schmerzlichen Blick der goldenen Fortuna zu.

„O Götter" lispelte er, bitter lächelnd. „Nicht aus goldenen Fasern habt ihr den Faden meines Lebens gesponnen, obwohl mich Millionen als euren Bruder sehen. Seid ihr überhaupt da? . . . Seid ihr nicht ein Wahn, wie alles, woran Menschen glauben? . . . Habt ihr ein Dasein?"

Marc Aurels reine Seele wandte sich mit Abscheu weg von der gemeinen Götterlosigkeit, und doch fühlte er sich in einsamen Stunden zum Zweifel hingezogen. Und dieser innere Zwist des Denkers half nicht die kummervollen Tage des Kaisers und des Menschen zu versüßen. So kam es, dass dieser irdische Gott, dessen Wort für Hunderte von Völkern ein Befehl oder Orakelspruch war, manchmal den Ärmsten seiner Untertanen um seine Bedeutungslosigkeit beneidete. Stille und Ruhe war sein Verlangen, das „Schicksal" aber hatte ihn mitten in die Staatsmaschine gestellt, welche ihn mit ihrem fortwährenden Lärm betäubte.

Auch jetzt missgönnte es ihm einige Minuten bitterer Ruhe.

Der Türvorhang rauschte, und in das Arbeitszimmer des Kaisers trat der Oberst der Prätorianer.

„Göttlicher Imperator, ein Eilbote vom Statthalter in Noricum!"

„Gewiss bringt er mir Nachrichten über neuen Aufruhr bei den Germanen. Was könnte es denn anders sein? Nicht genug an der Pest und Hungersnot. . ."

Marcus Aurelius unterbrach sich, denn beinahe wäre ein unwilliges Wort seinen Lippen entfahren.

„Dein göttliches Auge blickt wahrlich in die Ferne." sprach der Oberst. „Der Statthalter berichtet in der Tat über verdächtige Bewegungen der Barbaren jenseits der Donau und bittet um Befehle."

„Bisher genügte das Bataverlager, um die Quaden in geziemender Entfernung von der Grenze zu halten; es soll auch weiterhin seine Pflicht tun."

Der Imperator nahm ein Wachstäfelchen und schrieb darauf mit einem Griffel einige Worte.

„Du hast mir noch nicht alles gemeldet." sprach er, den Obersten aufmerksam betrachtend. „Aus deinem Schweigen höre ich peinliche Kunde heraus."

„Göttlicher Imperator! Jener verwegene Germane, der ehemalige Präfekt Servius, ist deinem Eilboten zuvorgekommen, hat die ganze germanische Reiterei aus dem Lager entführt und im Lager selbst die glimmende Glut des Aufruhrs zurückgelassen. Die Legionäre fordern Solderhöhung und Abkürzung der Dienstjahre."

Marc Aurels Gesicht war so ruhig, als hörte er einer gleichgültigen Erzählung zu; nur seine Augenlider zuckten.

„Versehen die Legionäre ihren Dienst?" fragte er mit seiner gewöhnlichen Stimme.

„Der Statthalter berichtet, dass sie den Tribunen den Gehorsam gekündigt haben, und er bittet, einen tatkräftigen Legaten zu schicken, denn anders könnte er die Sicherheit der Grenze nicht aufrecht erhalten. Er schreibt, den Donauprovinzen drohe ein starker Einfall."

Wieder zuckten Marc Aurels Wimpern. Er dachte einen Augenblick nach, dann befahl er: „Die Sänfte soll bereitstehen, jedoch ohne Adler und Begleitung."

Nachdem der Oberst sich entfernt hatte, erhob sich der Imperator vom Sessel, näherte sich der Fortuna-Statue, kreuzte die Arme über der Brust und betrachtete das Symbol seiner erhabenen Würde. Lange stand er so da mit unaussprechlichem Schmerz in den großen Augen, aus denen eine tieftränende Seele hervorschaute.

Er bedeckte sein Gesicht mit den Händen.

„Und doch seid ihr da, ihr Götter!" flüsterte er. „Ich sehe eure strafende Hand über dem unglückseligen Volk . . ."

Plötzlich erzitterte er und schaute sich um — mit Schrecken in den Augen, als hätte er etwas Fürchterliches wahrgenommen. Es kam ihm vor, als hörte er das Gekrache und Gepolter zusammenstürzender Tempel und Paläste Roms, als sähe er mitten unter diesen Ruinen Riesengestalten, angetan mit Häuten von wilden Tieren und blutroten Feuerschein als Hintergrund dieses Bildes der Zerstörung.

Marcus Aurelius rieb sich die Augen. . . . Nein! Das war nur ein Trugbild. Rom stand ja noch auf dem Höhepunkt seiner Macht, war der Mittelpunkt der gesitteten Welt, die Weltstadt im vollen Sinne des Wortes, nach welcher auf allen Straßen Gesandtschaften fremder Könige und Fürsten zogen, um der Allgewaltigen die gebührende Huldigung darzubringen.

Nein, nein! Das war nur Trugbild . . . Aber doch eines von jenen, welche den Menschen mit Entsetzen erfüllen, wenn er sich auch nicht klar wird, warum.

Marcus Aurelius warf selber die Purpurtoga über und verließ eiligen Schrittes sein Arbeitszimmer.

„Zum Prätor Quinctilius!" befahl er den Sänftenträgern.

Vier Sklaven hoben eine gewöhnliche Sänfte ohne irgendwelches Abzeichen.

Die Palastwache war darüber keineswegs verwundert. Der ältere Imperator umgab sich nur dann mit glänzendem Gefolge, wenn er sich in den Tempel oder in den Senat begab. Besuchte er Freunde in der Stadt, so versuchte er, keine Aufmerksamkeit zu erregen; nicht nur die Sänfte entbehrte dann der kaiserlichen Abzeichen, und die Vorhänge derselben waren herabgelassen, sondern auch die Sklaven waren in dunkle Tuniken ohne Stickerei gekleidet.

Niemand vermutete in der bescheidenen Sänfte den Imperator. Unerkannt stieg Marcus Aurelius vor der Behausung des Prätors Julius aus und pochte selber mit dem Holzklöppel auf das Tor.

„Ist dein Herr zugegen?" fragte er den Torwächter.

Der Sklave, welcher an der Purpurtoga den Imperator erriet, fiel auf die Knie.

„Erhebe dich." sprach ihn Marcus Aurelius mit sanfter Stimme an.

Aber der Torwächter gab nur mit dem Kopf ein bejahendes Zeichen, ohne ein Wort hervorbringen zu können.

Der Imperator blickte zu dem Sklaven mitleidsvoll herab und betrat Julius' Haus.

Schon hatte ihn die im Garten beschäftigte Dienerschaft bemerkt. Eiligst stürmte der Sklavenaufseher ins Haus, um den ungewöhnlichen Gast seinem Herrn anmelden zu lassen.

Julius war über die unerwartete Ehre betroffen, denn er gehörte nicht zu den Lieblingen des älteren Imperators. Schnell ließ er sich die Toga anlegen und begab sich in den Empfangssaal. Hier fand er den Kaiser über dem Feuer des häuslichen Herdes gebeugt.

„Mein Prätor." hob Marcus Aurelius an, „ich habe die Götter deines Geschlechtes gebeten, dass sie mir dein Herz zuwenden."

Julius schwieg, nur mit einer Handbewegung den hohen Gast einladend, den häuslichen Thron hinter dem Feuerherd einzunehmen. Er selbst blieb davor stehen.

„Ich habe dich unlängst beleidigt." sprach der Imperator weiter, „indem ich dir wegen deiner soldatischen Unerbittlichkeit Vorwürfe machte. Die Götter haben mich gestraft, da ich mich an eben diese Soldatennatur mit einer Bitte wenden muss. Du wirst mich begreifen, mein Prätor, wenn ich dir mitteile, dass die Germanen an der Donau das Reich mit einem Einfall bedrohen, das Lager der Bataver aber seinen Tribunen den Gehorsam gekündigt hat."

„Aah!" rief Julius.

„Ich weiß, dass du das Recht hast, mir meine Bitte abzuschlagen." fuhr Marcus Aurelius fort, „denn du hast mehr als deine Pflichtjahre im Lager gedient; aber ich glaube nicht, dass Julius Quinctilius Varus sich auf sein Recht steifen wird, wenn das Vaterland in Gefahr ist. Gedenke nicht meines Unrechtes und eile an die Donau."

„Göttlicher Imperator! Angesichts der Gefahr des Vaterlandes müssen alle anderen Erwägungen verstummen." antwortete Julius ohne Bedenken.

„Ich danke dir; ich habe keine andere Antwort von dir erwartet. Ich ernenne dich zum Legaten der Donau-Provinzen und verleihe dir bis zur Niederdrückung der Meuterei im Lager der Bataver die diktatorische Gewalt. Was immer du tust, wird gut geheißen und findet meine Anerkennung; denn ich weiß, dass in solchen Fällen Erbarmung und Schonung nicht angebracht sind. Wann soll ich dir die Vollmachten schicken?"

„In zwei Stunden breche ich auf." erwiderte Julius.

Marcus Aurelius erhob sich.

„Ein schweres Jahr ist über uns gekommen." sagte er mit bebender Stimme, „so schwer, dass alle Männer, welche um das Staatswohl mehr besorgt sind als um das eigene, sich zusammenschließen müssen. Von nun an wollen wir einander Freund sein, Quinctillus. Vielleicht erfährst du bald, dass unter meinem Philosophenmantel das Herz eines römischen Bürgers pocht."

Er reichte Julius seine Rechte hin.

Einige Augenblicke lang vereinte ein fester Händedruck den Denker und den Soldaten in gemeinsamer Empfindung. Beide liebten Rom über alles, mehr als ihre eigenen liebsten Wünsche, mehr als ihren eigenen Stolz. Diese Liebe brachte sie einander näher und verwischte alle Missstimmung und Voreingenommenheit.

„Der Genius unserer Nation sei dein Begleiter." sprach Marcus, küsste Julius auf die Wange und beeilte sich, in seinen Palast zurückzukehren, um die Vollmachten schnell ausfertigen zu lassen.

Zwei Stunden darauf rollten aus der Flaminischen Straße einige Reisewagen, welche den Donau-Provinzen einen Legaten brachten.

Kapitel 3

Hätte die meuterische Legion geahnt, wer ihr die kaiserliche Antwort auf ihre Forderungen überbringen würde, sie hätte das Lager gewiss nicht in einen großen Unterhaltungsraum voller Lärm und Ausgelassenheit verwandelt. Denn Julius' Name war einer derjenigen, welche von jedem Soldaten mit Ehrfurcht, aber auch mit banger Scheu ausgesprochen wurden.

Nachdem Servius seine Reiterei weggeführt hatte, war das Lager der Bataver unter dem Kommando von zwei Tribunen verblieben, für welche der Dienst in der Legion nur die erste Stufe zu Senatorenämtern bildete. Da sie dem Patrizierstand angehörten, hatten sie ein Anrecht auf das Tribunal ohne Rücksicht auf Erfahrung, Befähigung oder persönliche Vorzüge. Und im Bataverlager glaubten sie keinen schweren Dienst befürchten zu müssen. An dieser Grenze war es ruhig, die benachbarten germanischen Stämme galten als Verbündete, als Vasallen Roms. Deshalb war es für sie eine peinliche Überraschung, als sie beim Eintritt in den Lagerdienst ihre seidenen Tuniken in Schränken verwahren, von den zarten weißen Armen ihre goldenen Spangen ablegen und auf die tadellose Frisur den harten Helm stülpen mussten. Servius und Julius vergönnten ihnen keine Ruhe. Indem sie sie in steter Übung hielten und oft mit angenommenen feindlichen Überfällen schreckten, zwangen sie sie zur Wachsamkeit. Da bereuten die jungen Herren ihren ritterlichen Geist umso mehr, da es ihnen freigestanden hatte, ihre Laufbahn im Verwaltungsdienst zu beginnen. Sie hatten geglaubt, im Land der Barbaren außergewöhnliche Unterhaltung zu finden: herrliche Jagden, fröhliche Gelage. Anstatt all dessen fanden sie unausgesetzte Lagermühen.

So fühlten sie sich denn durch den Aufstand des Präfekten Servius durchaus nicht unangenehm berührt. Da auch Julius' strenge Hand nicht mehr über ihnen waltete, konnten sie nun die unbequeme Rüstung ablegen und sich das Leben nach eigenem Wohlgefallen einrichten. Dass jenseits der Donau sich von Zeit zu Zeit germanische Gruppen zeigten, kümmerte sie wenig. Sie befanden sich ja in einem befestigten Lager; es genügte nach ihrer Ansicht, die schweren Tore zu sperren, um der Barbaren zu spotten.

Auch über die Meuterei im Lager selbst entsetzten sich die Tribunen keineswegs. Unzufriedenheit des Heeres war schon unter den ersten Imperatoren vorgekommen.

Jeder neue Kaiser erkaufte sich die Anerkennung der Legionen mit reichen Geldspenden und dem Versprechen der Altersversorgung.

Je mehr der gegenseitige Hass zwischen den Herrschern und den bevorrechteten Ständen wuchs, genährt durch die beiderseitige Furcht, umso mehr schwoll der Hochmut des Heeres. Die Legionen begriffen es bald, dass die Göttlichkeit der Cäsaren auf ihren Schwertern beruhte, und stellten immer dreistere Forderungen. Immer wieder kamen nach Rom Nachrichten über militärische Meutereien, bald auf diesem, bald auf jenem der über das ganze Reich zerstreuten Lager. Dann wurden gewöhnlich kaiserliche Abgesandte mit Goldbeuteln und Ehrenabzeichen zu den unruhigen Stationen geschickt — meist mit dem gewünschten Erfolg.

In jedem Lager befand sich eine gewisse Anzahl sozusagen geborener Meuterer, welche sich nur ungern der militärischen Zucht unterwarfen. Dieses zersetzende Element, welches auf die übrigen schädlich einwirkte, wurde hauptsächlich durch das römische Proletariat gestellt, das von den Cäsaren verhätschelt war. Der Pöbel der Hauptstadt brachte in die Legionen die Erinnerung an Zirkus und Amphitheater mit, an Spiele, welche um seinetwegen veranstaltet wurden, sowie an die Verteilung von Getreide, welches ohne Entgelt aus Staatsspeichern zu bekommen war. Solange derselbe den schweren Arm eines tatkräftigen Tribunen über sich verspürte, verhielt er sich ruhig; aber in demselben Augenblick, wo die Strenge nachließ, erhob er sein trotziges Haupt und schrie laut über Unrecht und Misshandlung.

Sofort am Morgen nach dem Abzug von Servius' Reiterei hatte im Lager eine ungewöhnliche Bewegung begonnen. Aufwiegler rannten von Kaserne zu Kaserne und erzählten Wunderdinge von Belohnungen, welche auf eine meuterische Legion herabfallen.

„Wir sind unentbehrlich . . . Die Germanen drohen . . . Jetzt ist's Zeit, Forderungen zu stellen ..." So und ähnlich waren ihre Überredungsgründe.

Vergeblich warnten ältere Legionäre. Die Soldaten, durch die Freigebigkeit der Kaiser verwöhnt, ließen sich von einem Häuflein Unzufriedener verleiten und begaben sich abends vor das Hauptquartier, um bei den Tribunen Solderhöhung zu erzwingen.

Aber die jungen Herren hatten gar keine Lust, sich mit den Soldaten herumzustreiten. Sie sandten einen Eilboten zum Statthalter von Noricum mit der

Meldung von der Meuterei und warteten gleichgültig die Antwort ab und um sich inzwischen nicht zu langweilen, ließen sie aus der nächsten Stadt eine Gesellschaft wandernder Histrionen kommen und vergnügten sich nach Herzenslust, ohne sich Rechenschaft abzulegen über die schwierige Lage, in der sie sich befanden.

Dem Beispiel ihrer Tribunen folgte die Legion. Die Kasernenhäuschen hallten vom Morgen bis in die Nacht hinein von lustigen Liedern wider. Die Hörner und Trompeten dagegen, die zum Dienst riefen, verstummten, jedes Kommando hörte auf. Niemand unterbrach den langen Schlaf, noch bestrafte jemand die Ausschreitungen. Nur die Bedächtigeren und Gewissenhafteren bezogen ohne Befehl die Posten und bewachten so zur Not das Lager vor einem plötzlichen Einfall der Quaden.

In solchem Zustand befand sich das Lager der Bataver schon einen ganzen Monat. Die Soldaten erwarteten keine baldige Antwort, denn ein beschwerlicher Weg trennte das Lager von der Hauptstadt, und der Imperator würde — darauf rechnete man sicher — irgend einen Senator mit Geschenken schicken, und dieser große Herr würde keine Lust verspüren, im Winter Berge zu erklimmen und sich durch Schneehaufen durchzuwühlen. Wahrscheinlich würde er Tauwetter abwarten und mit Beginn des Frühjahrs an der Donau erscheinen.

Aber jener große Herr war bereits unterwegs, ja er näherte sich schon der Grenze, und anstatt kaiserlicher Geschenke und Auszeichnungen führte er Liktoren mit geschliffenen Beilen mit sich zum Zeichen der ihm vom Imperator verliehenen unumschränkten Gewalt.

In den letzten Tagen des Februars wachte eine Gruppe Freiwilliger an dem der Donau zugewendeten Haupttor des Lagers. Es waren Legionäre zumeist barbarischer Abstammung, angeworben in Spanien, Gallien, Britannien und in den germanischen Rheinprovinzen. Nur zwei geborene Römer waren bei ihnen. Die Soldaten saßen um ein Feuer herum und plauderten über die Sachlage.

„Ich möchte, dass das endlich einmal ein Ende nimmt." sagte ein alter spanischer Zenturio. „Man weiß ja gar nicht mehr, was man eigentlich ist: Soldat, Räuber oder Landstreicher. Wenn es den Quaden einfallen würde, jetzt das Lager zu überfallen, sie könnten uns niederwürgen wie Ratten."

„Ach, die denken nicht daran." brummte ein Gallier. „Sie sind ja still geworden, als wären sie ausgestorben."

„Ich weiß aus Erfahrung." bemerkte ein Germane, „dass man solcher Stille nicht trauen darf. Meine Landsleute beratschlagen wahrscheinlich tief im Innern ihres Landes und haben deshalb den Grenzstreifen verlassen. Ich sehe aber schon, wie sie in hellen Haufen herüberstürmen."

„Da bekämen wir es heiß!" rief der spanische Zenturio. „Soldaten ohne Feldherrn sind wie eine Schafherde ohne Leithammel. Rom könnte uns auch wirkliche Tribunen schicken anstatt milchbärtiger junger Herren, welche vom Dienst ebenso viel verstehen wie wir vom Theater. Dann hätten die Maul-helden kein so leichtes Spiel. Denn das größte Geschrei erheben immer die Feigsten von der Legion. Wer ein echter Soldat ist, wird Ruhe halten, wenn ein feindlicher Einfall droht."

„Du bist also bereit, den hochberühmten Tribunen zu Füßen zu fallen und sie um Verzeihung zu bitten!" höhnte ein Legionär, welcher soeben dazugekommen war.

Es war dies ein junger Römer mit dem frechen Gesicht eines großstädtischen Straßenbummlers. „Man merkt sofort, dass du nie ein freier römischer Bürger warst." fügte er hinzu, sich auf einen Schemel niederlassend. „Gebt Wein her!"

„Ich war und bin ein freier Sohn Hispaniens." entgegnete der Zenturio, „aber ich habe deinem Imperator Treue und Gehorsam geschworen."

Der Römer lachte höhnisch.

„Wenn du in der Hauptstadt aufgewachsen wärest, würdest du wissen, dass man sogar auf dem Palatin ungestraft schreien darf. Wenn Massen drohen, dann erbleichen sogar Götter."

„Ich möchte, dass man uns aus Rom einen Anführer schickt, der dir und deinen Freunden das Maul gut zu stopfen versteht. Dein dummes Gesicht möchte ich sehen, wenn in diesem Augenblick ein Servius Claudius oder Julius Quinctilius vor dir erschiene!"

Die Soldaten taten unwillkürlich einen bangen Blick in Richtung Tor, als fürchteten sie, die Worte des Zenturionen könnten einen von den strengen Feldherren herbeirufen. Auch der Römer schaute sich erschreckt um, aber im nächsten Augenblick schon meldete er sich wieder: „Fortwährend schreckt ihr uns mit den Anführern, als wenn diese tausend Arme besäßen. Ein einziger Dolchstoß genügt, um ihre Großmächtigkeit zu den Göttern zu schicken."

„Vielleicht so ein Stoß von hinten, was?" brummte der Spanier. „Das würdest du verstehen, beim von vorn habe ich dich noch nie einen Gegner angehen sehen."

„Ja, schnellfüßig ist dieser Kläffer!" setzte der Gallier hinzu. „Ein aufgeschreckter Hase könnte ihn nicht einholen, wenn er vor den Quaden Reißaus nimmt."

Die Soldaten lachten laut aus.

„Ich sehe nicht ein, warum ich mich freiwillig den Tatzen solcher Bestien überliefern sollte, die nicht einmal anständig die Waffen zu handhaben verstehen." entgegnete der Römer. „Was ist das für ein Vergnügen, mich mit einem Barbaren herum zu balgen! Der stürzt sich ja auf unsereins mit irgendeinem rußgeschwärzten Prügel!"

„Und haut dir damit gerade auf den Kopf! Dir aber wär's lieber, wenn er in die Luft hauen würde!" spottete lachend der Gallier.

„Ihr habt mich noch nicht bei der Arbeit gesehen!" schrie der Römer. „Lasst nur eine Gelegenheit kommen, da werdet ihr sehen, was Virginius kann!"

„Dass du zu bellen verstehst, wie ein läppischer junger Pudel, das wissen wir schon lange." brummte der spanische Zenturio.

„Du alter Bär sollst dich sogleich überzeugen, dass ich zu beißen verstehe!" schrie Virginius, stürzte auf den Spanier los und ergriff ihn an der Tunika.

Aber der Barbar schüttelte sich nur wie ein großer Hund und versetzte dem Angreifer einen kräftigen Fußtritt.

In diesem Augenblick kam eilig ein Soldat herbei, welcher vor dem Tor Wache gehalten hatte.

„Wagen nähern sich dem Lager!" rief er.

Die Legionäre schnellten von ihren Schemeln empor.

„Von welcher Seite?" fragte der Zenturio.

„Von Süden."

„Vielleicht Kaufleute."

„Nein, kaiserliche Adler glänzen in der Ferne."

„Sollte das ein kaiserlicher Legat sein? Der müsste ja auf Windesflügeln gekommen sein!"

Im Lager entstand große Bewegung. Massenhaft stürmten die Soldaten vor das Tor hinaus und hefteten ihre Blicke auf den Wagenzug, welcher sich auf dem Schneegrund deutlich abhob und immer näher kam.

„Liktoren ziehen voran!" bemerkte einer, und sofort schwirrte diese Kunde durch die ganze Gruppe bis ins Lager hinein.

„Ein Diktator ist's!" fügte ein anderer hinzu, und auch diese Bemerkung verbreitete sich blitzschnell.

Nun konnte man auch schon die Gestalten der Ankömmlinge und bald auch deren Gesichter unterscheiden, da der Zug gerade auf das Haupttor zuhielt.

„Es ist Julius Quinctilius!" rief der Zenturio. „Ich erkenne ihn."

Dieser Name machte einen verschiedenen Eindruck auf die Versammelten. Die Augen der älteren Krieger erglänzten vor Freude, die Gesichter der jüngeren erbleichten wie der Schnee zu ihren Füßen.

„Jetzt hast du Gelegenheit, zu zeigen, was du kannst, Virginius!" sprach der Spanier zum Römer. „Warum schweigst du jetzt, als wäre dir das Maul zugefroren?"

Mit dumpfem Schweigen erwarteten die Meuterer ihren früheren Feldherrn. Als er sich dem Lagertor näherte, entblößten alle ihr Haupt und riefen: „Sei gegrüßt, Tribun!"

Julius aber beantwortete den Gruß nicht. Sein Arm erhob sich nicht, seine Lippen blieben fest geschlossen; er machte nicht einmal eine Verbeugung. Unbeweglich saß er auf den Polstern seines Schlittens; nur die Augen schweiften über die Versammelten hin, sogar den Kühnsten Schrecken einflößend. Sein Blick verriet auch nicht das Geringste von Schüchternheit oder Nachsicht.

Mit dem Brausen eines Wildbaches strömte die Legion hinter dem Zug des Julius in das Lager zurück. Die Meuterer hatten sich vom ersten Schrecken erholt und begannen sofort die noch Wankelmütigen und Gleichgültigen zu bearbeiten. Wer so dreinschaut, der bringt keine kaiserlichen Gnadenspenden mit sich. Das Schwert des Richters über ihren Häuptern spürend, setzten sie alles daran, um die Freunde der Ordnung für ihre Sache zu gewinnen.

„Wenn wir diesmal unterliegen." so ging die Rede, „dann haben wir nie mehr ein besseres Los zu gewärtigen. Wir reiben uns im Lager auf, verlieren auf Schlachtfeldern Arm und Bein, verkommen vor Entbehrungen, und bei solchem Sold kann man nicht einmal daran denken, sich einige tausend Sesterzen für die alten Tage zurückzulegen. Mit bloßen Versprechungen lassen wir uns nicht beschwichtigen! So oft haben wir sie gehört und niemals hat man sie uns gehalten. Halten wir zusammen, so haben wir gewonnenes Spiel. Die Legion in ihrer Allgemeinheit wird niemand strafen wollen; man hat uns nötig. Quinctilius ist ein tapferer Feldherr, das ist wahr; aber was wäre seine Tüchtigkeit ohne unsere Arme? Auch er hat nur zwei Hände, wie jeder von uns, und muss vor der Übermacht weichen. Lassen wir uns von seinem Stolz nicht einschüchtern; sogar Imperatoren sind von der zürnenden Macht der Legionen in den Staub gefallen."

So redeten die Aufwiegler, um ihre eigene Haut zu retten, und manchen Wankelmütigen zogen sie auf ihre Seite, während die Meuternden in ihrem Widerstand bekräftigt wurden.

Noch schwirrte und summte es in der Masse durcheinander, als vom Hauptquartier her Hörner und Trompeten erschollen. Der Abgesandte des Imperators forderte die Legionäre vor sein Antlitz.

„Nicht folgen!" riefen die Aufwiegler. „Soll er doch zu uns kommen."

Aber die Soldaten, gewohnt zu gehen, wohin Julius rief, ließen sich nicht abhalten, auch jetzt seinem Ruf zu folgen.

„Quinctilius ist es, der uns ruft!" antworteten ältere Legionäre. „Quinctilius, der stets all' unsere Mühsal teilte!"

Und sie zogen vor das Hauptquartier. Zögernd folgten ihnen die Meuterer nach.

Vor dem Tribunenquartier auf einer Feldbühne stand Julius in voller Rüstung, mit dem Helm auf dem Haupt, im Purpurmantel des Diktators, umgeben von höheren Offizieren und Liktoren. Fähnriche hielten die goldenen Standarten neben ihm empor.

Er schaute auf den regellos sich nähernden Soldatenhaufen mit demselben düsteren, unerbittlichen Blick herab, mit welchem er denselben begrüßt hatte, und wartete.

Nachdem die Legion versammelt war, erhob er die Hand.

Grabesstille trat im ganzen Umfang der Lagermauern ein. Tausende von Augen wandten sich vertrauens- und ergebungsvoll dem Feldherrn zu. Tausende andere senkten sich zu Boden.

Die unheimliche Stille wurde unterbrochen von Julius' rauher Stimme: „Ins Glied!"

Die Soldaten, gewohnt dieser Stimme in den Tod nachzugehen, zuckten zusammen und begannen sich zu ordnen. Aber die Ärgsten unter den Meuterern blieben unbeweglich stehen und verhinderten so die übrigen, sich in Reih und Glied zu stellen.

Da trat Julius einen Schritt vor, bis zum Rand der Tribüne, und sprach weit vernehmlich: „Als ich Rom verließ, glaubte ich, eine Legion wiederzusehen, welcher ich meine jungen Jahre gewidmet habe, und nun muss ich sehen, dass man mich zu einem zuchtlosen Haufen geschickt hat. Habe ich euch dazu in der Kriegskunst unterrichtet, dass ihr nicht einmal wisst, wie man sich im Angesicht des Feldherrn zu betragen hat? . . . Seid ihr Soldaten? . . . Eine Viehherde seid ihr, nur der Peitsche gehorchend! . . . Sofort ins Glied!"

Dumpfes Murren grollte ihm aus der Mitte der Masse entgegen. Die Aufwiegler hörten mit ihrer Verhetzung nicht auf. Doch gelang es der besser gesinnten größeren

Hälfte, sich dem gewaltigen Menschenknäuel zu entwinden und abteilungsweise von dem ordnungslosen Haufen abzusondern. Trotz dem Widerstand der Starrsinnigen bildete sich auf dem geräumigen Platz vor dem Hauptquartier eine lange, gerade Kette von viergliedrigen Reihen.

„Es lebe der Imperator!" rief nun Julius aus.

„Es lebe der Imperator!" wiederholten Tausende von Stimmen. Die Hörner meldeten sich und die Trompeten, die Standarten senkten sich, Schwert erklang an Schwert.

Darauf trat feierliche Stille ein.

„Als ich meine Reise antrat," fuhr Julius fort, „konnte ich aus Rom Prätorianer-Kohorten und dann unterwegs treue Legionen mitnehmen, um euch mit Gewalt zum Gehorsam zurückzubringen. Ich habe indes geglaubt, dass der Feldherr am besten persönlich, ohne fremde Vermittlung, sich mit denjenigen Soldaten auseinandersetzt, deren Auge und Schild er stets gewesen ist. Ich erscheine vor euch als alter Freund, ihr aber begrüßt mich mit tückischen Blicken bissiger Hunde. Vielleicht habe ich mich auf weichen Polstern gewälzt, wenn ihr auf hartem Waldboden vom Frost geschüttelt wurdet; vielleicht habe ich mein Haar gepflegt und rosenbekränzten Hauptes geschmaust, wenn ihr Hunger und Durst erleiden musstet? Oder vielleicht habe ich Schlachten aus der Ferne zugesehen, euch dem Tod in den Rachen geworfen, selbst sicher hinter dem Schutzwall eurer Leiber . . .?"

Durch die Reihen der Legionäre ging ein leises, beifälliges Gemurmel. Die Soldaten wussten, dass zu ihnen der Genosse ihrer Mühen und Plagen sprach. Denn dieser große Herr schlief zusammen mit ihnen im Feld auf bloßer Erde, in eine Tierhaut gehüllt; er trank das Wasser der Gebirgsbäche, aß das trockene, harte Brot, ertrug alle Entbehrungen, ohne irgend eine Unzufriedenheit darüber zu zeigen; er wachte sogar dann, wenn der gemeine Legionär schlief und ruhte.

Vieler Herzen wurden schon nach diesen Worten den Meuterern abwendig.

„Oder vielleicht habe ich Geburt und persönliche Gunst dem wirklichen Verdienst vorangesetzt." sprach Julius weiter, „blind für die Wunden des Plebejers? Wenn es unter euch einen gibt, dessen Tapferkeit und Diensteifer von mir unbeachtet geblieben ist, er trete vor und zeige mir denjenigen, welchen ich unverdientermaßen ausgezeichnet habe! Ihr dürstet danach dem Unwürdigen das Bildnis des göttlichen Imperators von der Brust, den Ring vom Finger zu reißen."

Die Legion schwieg. Nein, dieser Patrizier machte keinen Unterschied zwischen arm und reich. Er kannte die Namen aller Legionäre und beurteilte gerecht die Eigenschaften eines jeden Soldaten, er belohnte nur wirklichen Verdienst, er strafte ohne Erbarmen, aber nur Widerspenstige und Nachlässige; allen Mutigen und Pflichteifrigen war er ein Freund. Alle besseren Soldaten bereuten es jetzt schon, den Zorn eines solchen Feldherrn erregt zu haben, der durch Freud' und Leid, die er mit ihnen geteilt hatte, enger mit ihnen verbunden war, als es selbst durch Familienbande möglich gewesen wäre.

Plötzlich streckten sich tausende von Armen der Bühne entgegen und aus tausenden von Kehlen erscholl der Zuruf: „Ehre dir, Quinctilius Ehre dir. Vater der Legion!"

Aber gleichzeitig ertönten grelle und gedehnte Pfiffe. Die Aufwiegler merkten, wohin der Legat abzielte und so trachteten sie, ihm die Herzen ihrer in den Abteilungen zerstreuten Anhänger abwendig zu machen. Es ging jetzt nur um ihre eigene Sicherheit, denn sie wussten, dass hinter Julius' Ruhe grausame Strafe lauerte.

„Er wird Versprechungen machen wie alle zuvor!" schrien die Rädelsführer. „Lasst euch nicht betören! . . . Anstatt schöner Worte verlangen wir Erleichterungen und besseren Sold! . . . Seine Beredsamkeit kann er sich für den Senat aufheben! Wenn wir fest zusammen halten, dann wird er nachgeben!"

Einige kamen bis vor die Rednerbühne, rissen sich Tunika und Untergewand vom Leib und zeigten Julius ihren Rücken mit vernarbten Wunden.

„Geißeln sind unser Lohn! Die Zenturionen zerschlagen ihre Rohrstöcke auf unseren Rücken! . . . Mit Bohnen werden wir gefüttert, wie Bettler!" schrie Virginius.

Die Reihen und Glieder gerieten in Unordnung und werden gesprengt, und die einzelnen Abteilungen der Legion strömten ineinander und durcheinander, eine regellose Masse bildend, einem geschäftigen Ameisenhaufen ähnlich. Die Aufwiegler rannten hin und her, erschöpften sich in Überredungskünsten unter heftigen Gebärden. Die Verbissensten drängten sogar durch die Masse hindurch, um die Bühne zu umringen.

Julius begriff ihre Absichten. Um ihn herum erhoben sich geballte Fäuste, zuckten Schwerter, sprühten drohende Augen. Man wollte ihn einschüchtern. Aber umstürmt von all dem tosenden Lärm, den Ausbrüchen der Wut und des Hasses, stand er unbeweglich wie eine Bildsäule da, die Linke auf den Schild gestützt. Nur mit seinem Blick hielt er die Verwegenheit der meuterischen Soldaten nieder. Er wusste, dass ein einziger Augenblick der Schwäche ihn zu Füßen der Rebellen in den Staub niederstoßen würde.

Schon streckten sich einige Arme aus um ihn zu erfassen und von der Bühne herab zu zerren. Nur eine kühne Tat konnte ihn retten und mit ihm die Legion.

Schnell, unversehens beugte er sich nieder, packte den am meisten schreienden Rädelsführer an der Schulter, zog ihn rasch auf die Bühne und warf ihn den einige Schritte hinter ihm stehenden Liktoren zu, die ihn sofort unschädlich machten.

„Bindet diese Hunde!" rief er dann einem Häuflein von Legionären zu, deren Treue er von früher her kannte, und deutete auf die zunächst Anstürmenden.

Die Masse häufte sich zu einem wirren Riesenknäuel zusammen— sie glich Bestien, welche sich in, Amphitheater gegenseitig zerfleischen.

Unter den Gutgesinnten aber ging es von Mund zu Mund: „Das Leben des Quinctilius ist bedroht!" und von allen Seiten drängten sich Freunde der Ordnung herbei, um den Abgesandten des Imperators zu beschützen. Sie waren in der Mehrzahl. Vergeblich setzten sich die Rädelsführer zur Wehr. Die erbitterten Soldaten hieben auf ihre meuterischen Kameraden ein wie auf Feinde, und hätten alle abgeschlachtet, wenn nicht der plötzliche Klang der Tuba Stillstand geboten hätte.

Nachdem einige Ruhe eingetreten war, befahl Publius, denjenigen, welchen er den Liktoren übergeben hatte, an den Rand der Tribüne zu bringen, und indem er ihn den Soldaten zeigte, sagte er: „Da seht ihr einen, welcher die Standarten eurer Legion entehrt hat! Zu einer Zeit, da Pest und Hungersnot ihr Leichentuch über das Reich ausbreiten und der Feind uns bedroht, hat er, der Soldat, der Hüter der Ordnung und der Sicherheit der Reichsgrenze, den edelsten der Imperatoren tief betrübt und seine Hand gegen seinen Feldherrn erhoben! . . . Ist er des Hochverrates schuldig? Richtet ihn selber!"

„Schuldig, schuldig!" brauste es ringsherum.

„So vollstreckt euer Urteil, wie ihr es gefällt habt!" rief Julius und stieß den Rädelsführer von der Bühne herab.

Er fiel auf die Spitzen von hundert Schwertern herab. Schon in der Luft war er hingerichtet, und nur seine zuckenden Glieder fielen zu Boden.

„Gebt mir den Virginius her!" befahl Julius.

Es geschah, und so wurden die zappelnden Rädelsführer einer nach dem anderen von den Legionären auf die Bühne gehoben. Einen jeden zeigte der kaiserliche Legat dem Heer und stieß ihn dann hinab.

Die Soldaten stürzten sich mit wahrer Wut auf die Aufwiegler, als wollten sie mit deren Blut ihre eigene Schuld tilgen. Auch die Meuterer drängten sich nun vor, durch die Strafe der Rädelsführer geschreckt, um an der Hinrichtung derselben teilzunehmen.

Nach einer Stunde erhob sich vor der Tribüne ein Leichenhaufen, der bis zu Julius' Füßen reichte. Er sah der Abschlachtung scheinbar gleichgültig zu; nur blass war er, und seine Lippen zuckten. Der Feldherr fühlte tiefen Abscheu gegen das Morden außerhalb des Schlachtfeldes, und doch konnte er nicht anders verfahren, weil er wusste, dass in solchen Fällen nur tödliche Strenge zum Ziel führte.

Als der letzte Rädelsführer seinen Geist ausgehaucht hatte, erhob Julius die Hand.

Sofort wurde es still.

„Morgen, wenn ihr euch nach dem grausigen heutigen Tage beruhigt habt, werdet ihr unter euch drei Zenturionen auswählen, damit ich von denselben erfahre, was ihr vom göttlichen Imperator verlangt. Und nun geht in eure Kasernen!"

Wortlos ordnete sich die Legion nach Abteilungen. Hörner und Trompeten erklangen. Unter den Klängen eines Marsches zog das Heer in Reih' und Glied vor seinem Feldherrn vorüber.

Er entblößte nun sein Haupt und rief mit heller Stimme: „Seid gegrüßt, Kameraden!"

„Ehre dir, Quinctilius!" antwortete die erfreute Legion.

Er hatte die Soldaten nach herkömmlicher Art begrüßt, somit hatte er wohl schon verziehen und würde wahrscheinlich nicht mehr strafen. Ruhig, als wenn nichts vorgefallen wäre, bezogen die Legionäre ihre Häuser.

Am Tage darauf wählten sie keine Abordnung, schickten sie niemand ins Hauptquartier. Sie kannten eben Quinctilius. Stets hatte er auf ihr Wohl gedacht, und er tat alles für sie, was in seiner Macht lag. Den Veteranen wies er Kolonien in seinen eigenen Besitzungen an; junge, dienstuntauglich gewordene Legionäre beschenkte er reichlich, wenn sie aus dem Lager schieden, um in ihre Heimat zurückzukehren. Die Soldaten verspürten über sich den Arm eines echten Soldaten und dachten nicht mehr an ihre unvernünftigen Forderungen. Nachdem die Hingerichteten beerdigt waren, gingen sie ohne Murren an die Arbeit und trachteten danach, die Belobung ihres Feldherrn zu verdienen.

Und Julius legte ihnen sofort eine schwere Arbeit auf. Er ließ die Befestigungen des Lagers verstärken, neue Schanzen aufwerfen, die Gräben erweitern und vertiefen. Er wusste, dass der von Servius drohende Einfall mit keinem vorherigen zu vergleichen sein würde.

Manchmal, wenn er frühmorgens die Wachtposten beging, stieg er auf die Zinnen des einen Turmes neben dem Haupttor und schaute in die silberne Ferne, dahin, wo die Umrisse der bewaldeten Berge sich am klaren Himmel abhoben. Tiefe Stille herrschte jenseits der Donau, als ob jegliches Leben dort erstorben wäre. Es zeigte sich kein einziger Reiter. Sogar Kaufleute, die sich aus Indern, Ägyptern und Griechen zusammensetzten und die ehedem oft an die Tore des Lagers pochten, waren jetzt gänzlich verschwunden, verschmähten römisches Geld. Julius legte die Stirn an die kalte Mauerzacke und horchte. Nicht das leiseste Geräusch kam vom Quadenland herüber.

So schweigen Menschen und die Natur nur vor einem gewaltigen Sturmwetter.

Kapitel 4

Das Unwetter war bereits im Anzug — obwohl noch so fern, dass es von der Grenzwache des Reiches aus noch nicht beobachtet werden konnte.

Aus dem ganzen Gebiet des freien Germanien klirrten die Waffen und hallten die heiligen Haine von den Stimmen der Priester wider. Die sonst stillen Wälder belebten sich. Stammeshäupter zogen mit ihren Sippen zu Gauversammlungen; ein Nachbar besuchte den anderen. Feinde wurden Freunde; die Ältesten hielten Rat, die Jungen übten sich im Kriegshandwerk. Alle zusammen bereiteten sich zum Feldzug gegen die römische Macht vor.

Es bestand jedoch kein unmittelbarer Anlass zum Krieg. In den Landen, welche die Schutzherrschaft Roms anerkannten, war nichts geschehen, wodurch die ungewöhnliche Bewegung sich hätte erklären lassen. Die Steuereintreiber bedrückten zwar die Steuerpflichtigen, die römischen Kolonisten hetzten eine Ansiedelung gegen die andere auf, die Kaufleute betrogen die leichtgläubigen Barbaren; aber all das gehörte zu den alltäglichen Dingen, und niemand berief deshalb Gauversammlungen. Nein, die Ursache kam von weiter her. Die freien germanischen Stämme im Norden drängten gegen die Alpen, und zwar anfangs nicht aus Rache oder zu einem bestimmten politischen Zwecke, sondern lediglich vom Bedürfnis nach größeren Raumflächen getrieben.

Den wilden Söhnen der Berge und Waldwüsteneien ganz Germaniens war es in den ihnen von Rom übrig gelassenen Grenzen zu eng geworden. Von drei Seiten, von Westen, Süden und Osten, war Germanien durch die befestigten Grenzen des römischen Reiches eingezwängt, und nach der vierten Seite hin, gegen Norden, war das Meer vorgelagert. Die Germanen liebten aber viel Luft für sich und ihre Herden. Denn da sie überwiegend von Jagd und Viehzucht lebten und dem mühevollen Ackerbau abgeneigt waren, so konnten sie ohne weite Waldgründe und viel Weideflächen nicht bestehen. Diese standen ihnen aber nicht in demselben Verhältnisse zur Verfügung, wie ihre Bevölkerung wuchs, welche sich pro Drittel eines Jahrhunderts verdoppelte. Daher verlangte es die Germanen nach weiterem Raum, und so hatte sich schon vor langer Zeit ein großer Teil derselben, der Sitte ihrer Alvorderen gemäß, auf die Wanderung begeben.

45

Die Markomannen waren damals nicht wenig erstaunt gewesen, als sie plötzlich in ihren Gauen Hunderttausende ungebetener Gäste aus dem Norden erblickten. Früher pflegte in solchen Fällen der Schwächere dem Stärkeren zu weichen, indem er anderswo Platz suchte, weil es ja an Raum nicht mangelte. Aber seit einiger Zeit hatten sich die Verhältnisse geändert Die dem römischen Reich benachbarten Völker hatten keine Lust mehr, ihre Sitze zu verlassen. Seit mehr als hundert Jahren von Königen und Fürsten regiert, welche in Rom erzogen waren, sowie trotz der Streitigkeiten und Kriege Handelsbeziehungen mit dem Süden unterhaltend, begannen diese Völker allmählich die Kultur anzunehmen. Vermögendere Markomannen und Quanden wohnten in gemauerten Häusern, rodeten Wälder, zwangen ihre Untertanen zum Ackerbau, bezogen aus dem Römerreich Wein, Bücher und Lehrer. Dies war allerdings nur der Beginn der späteren vollen Entwicklung, aber auch schon dieser erste Anfang eines neuen Lebens fesselte an die Geburtsstätte. Wenn die nördlichen Völker aus der Heimat ihrer Väter zogen, so ließen sie nur Wälder und armselige Hütten zurück, welche niemand bedauerte. Hätten dagegen die Nachbarn des römischen Kaiserreiches den Eindringlingen ihr Besitztum überlassen sollen, so verloren sie die Früchte der Kulturarbeit ganzer Menschenalter.

Deshalb waren die Markomannen über den Besuch ihrer nicht eben freundlich gesinnten Stammesbrüder keineswegs erfreut und hatten den Strom nach römischen Landen abzuleiten versucht. Aber Rom empfing die ersten neuen Kinder des Nordens an seiner Grenze nicht mit Brot und Salz, sondern mit Eisen. Die Legionäre schrieben den Barbaren, die Niederlassungsfreiheit in römischen Provinzen verlangten, eine solche Antwort auf den Rücken, dass diese eiligst wieder hinter die Donau zurückwichen.

Und so hatte es den Anschein, als ob die Entschiedenheit der Legaten und Tribunen den Germanen neue Wanderungen verleidet hätte. Indes sollte es ganz anders kommen.

Die wilden Völker hatten die reichen Länder des römischen Imperators aus der Nähe gesehen und verbreiteten nun die Kunde von deren Wundern bis in die äußersten Wälder des Nordens und Ostens. Das erweckte Habgier. Man hat uns zurückgeschlagen — sagten sie sich —, weil wir in allzu geringer Zahl eingefallen waren; aber ziehen wir nur alle zugleich aus, so muss unter der Wucht unserer Macht die eiserne Grenzsperre des Reiches zusammenbrechen! Und plötzlich, wie auf ein gegebenes Zeichen, erhob sich Mitteleuropa, Rom seines Glanzes und Wohlstandes beneidend.

Anfänglich nährte und ordnete niemand die Bewegung, sie kam von selbst, wie ein Sturm unvermutet kommt, um die Luft des heißen Sommers zu reinigen. Diejenigen Stämme, welche die Grenzgegenden innehatten, erinnerten sich an die ihnen von den Legionen beigebrachten Niederlagen; die entfernteren träumten von den reichen Fluren und Weiden der zivilisierten Länder. Wiederbelebt zeigten sich alle Gefühle des Neides, des Hasses, des Zornes, der Rache, der Habgier — alle Träume von einem schönen und bequemen Leben. Seit der Zeit der ersten Berührung zwischen Rom und Germanien war es das erste Mal, dass sich viele nordische Stämme gegen die dunkelhaarigen ‚Herren der Welt' erhoben. Die Osen und Langobarden, die Biktovalen und Hermunduren, sowie andere unabhängige Völker drängten von oben herab auf die Markomannen und Quaden. Die Verbündeten und Vasallen Roms mussten, wenn sie nicht in der wogenden Flut untergehen wollten, mit derselben gehen. Ein Stamm riss den anderen mit sich, bis ein solches Riesenheer entstand, wie es die Welt bis dahin nicht gesehen hatte.

Servius hatte so gut vorbereiteten Boden gar nicht erhofft. Die germanischen Drohungen hatte er vom Standpunkt des römischen Präfekten beurteilt und daher die Nachrichten, welche im letzten Jahr über die Donau kamen, wenig beachtet. Wusste er doch aus der Überlieferung und aus längerer eigener Erfahrung, dass die Uneinigkeit, welche unter den zuchtlosen Naturkindern fortwährend herrschte, jegliche größere Kriegsunternehmung derselben unmöglich machte.

Nun aber, da er aus seinem Zug immer mehr nach Norden kam, bis zur Grenze des Markomannenlandes, und selber sah und hörte, erschienen ihm die Vorbereitungen der Germanen in einem ganz anderen Licht. Anfangs hatte er im Quadenland so wenig Menschen gesehen, wie wenn dieses Volk von einer Pest hinweggerafft worden wäre. Männer, besonders bewaffnete, hatten sich nur äußerst selten blicken lassen; aus den Erdhöhlen und Waldansiedlungen kamen fast nur Weiber zum Vorschein, welche beim Anblick römischer Soldaten erschreckt zurückwichen. Je weiter er sich aber von der Grenze entfernte, desto öfter begegnete er bewaffneten Gruppen, welche, da sie bei Servius nicht nur germanische Signale hörten, sondern auch germanische Feldzeichen sahen und überdies durch vorausgesandte Vertrauensmänner über Servius' Absichten unterrichtet würden, die aufständische Reiterei mit Freudengeschrei begrüßten. Alle Täler hallten hier von Waffengerassel wieder; alle quadischen Jünglinge hatten sich in das Innere des Landes zurückgezogen, um fern von dem wachsamen Ohr und Auge der römischen Wachtposten sich für den Kampf vorzubereiten.

Servius fing an zu glauben, dass in den germanischen Völkern endlich das Bewusstsein ihrer Kraft erwacht war, und dieser Glaube verlieh seinem Eifer die Schwingen eines Adlers. Mit jedem Tag träumte er mehr von der Demütigung des stolzen Rom.

- o -

Hart an der Grenze zwischen dem Markomannen- und Quadenland stand auf einem breiten Hügel ein großes gemauertes Haus, das im römischen Stil gebaut war. Es lag mitten in einem riesigen, viereckigen Hof, den aus allen Seiten eine hohe, in den Ecken mit Basteien versehene Mauer umschloss, so dass das Ganze den Eindruck eines befestigten Lagers machte. Offenbar war es von einem Krieger erbaut worden, der in römischer Schule erzogen war.

Dieser Herrensitz war weithin sichtbar, denn eine halbe Meile im Umkreis hatte Menschenhand den Wald ausgerodet und die einst unzugängliche Wildnis in fruchtbare Fluren verwandelt. Gerade Wege führten zu zahlreichen kleinen Gehöften, welche hier, der germanischen Sitte entgegen, in der Ebene rund um den Hügel herum gelagert waren; Bache zogen sich durch das Tal hin, und darüber waren Brücken geschlagen. Kein wilder Barbar hauste hier als Herr und Gebieter. Überall waren Spuren geduldiger, emsiger Arbeit sichtbar, alles deutete auf ein an Zucht und Ordnung gewöhntes Haupt hin.

Dieser Behausung näherte sich in der zweiten Hälfte des März ein kleiner Trupp von Reitern, welche auf kleinen fein gebauten Pferden saßen. Nur zwei Männer, einige Schritte voran, ritten starke Rosse. Auch durch ihre Kleidung unterschieden diese sich von den anderen. Sie trugen Kleider von feiner Wolle, über ihre Schultern hingen lange Pelzmäntel herab, die unter dem Hals mit goldenen Kettlein zusammengehalten wurden; auf ihren Köpfen glänzten römische Helme, auf der Brust Panzerhemden von Stahlgeflecht.

Aus dem Wald kommend, betrachteten sie aufmerksam die des Schneekleides bereits entledigte Landschaft.

48

„Ein ganzes Heer könnte Servius monatelang mit Gerstensaft bewirten." meinte der eine, wobei er den Blick seiner unter buschigen Brauen tief hervorlugenden kleinen Augen über die Gefilde schweifen ließ. Sein fleckiges, von einem rotbraunen Bart verunstaltetes Gesicht überflog ein Schatten von Neid.

„Der alte Radbod hat in der Tat nicht umsonst Handwerker und Ackerbauern aus kaiserlichen Landen kommen lassen." erwiderte der andere, ein Blondkopf mit einnehmenden Zügen. „Und er hat durch den Wald Wege hauen und den Leuten Gehöfte bauen lassen."

„Ich hab's gesehen." brummte der Braune.

„Da gäbe es etwas nachzuahmen." meinte der Blonde.

„Vielleicht dazu, dass die Legionen unsere vieljährige Arbeit zerstampfen! Damit wird der verwünschte Krieg doch enden, in welchen wir uns nun hineinstürzen sollen, wie das liebe Vieh ins Brandfeuer."

„Ich glaube nicht, dass Servius uns zu unserem Schaden in den Krieg führen könnte."

„Servius, Servius! Immer dieser Servius!" erwiderte lebhaft der Braune. „Was hat er denn geleistet, dass wir so blindlings seiner Einladung folgen? Es ist keine Kunst, an der Spitze der Legionenreiterei ein guter Feldherr zu sein. Mit solchen Truppen könnte ein jeder von uns auch siegen."

„Wir folgen seinem Ruf, weil Servius das Haupt unseres Stammes ist. Er ist unser Fürst."

„Unser und auch sein Herr ist der markomannische König."

„Du sprichst, als ob du nicht wüsstest, dass die Wälder Radbods stets nur in einem losen Verhältnis zum König der Markomannen gestanden haben. Nicht der König führte unsere Väter in den Krieg, sondern Radbod."

„Da er in römischen Dienst übertrat, hat Servius die Rechte seines Geschlechtes verloren."

„Auch unser König und der Fürst der Quaden huldigen, wenn nötig, dem Imperator, und trotzdem hören sie nicht auf, Germanen zu sein. Da Servius den römischen Dienst aufgegeben hat, hat er die Rechte seines Geschlechtes wiedererworben."

„Einen echt römischen Advokaten besitzt dieser zweifache Überläufer an dir." brummte der Braune.

„Willibald!" rief der Blonde, seinem Gefährten einen Blick des Unwillens zuwerfend. „Um die Treue, welche wir unseren Stammeshäuptern wahren, beneiden uns sogar die Römer!"

Der Braune verstummte und biss sich auf die Lippe. Nach einer Weile meldete er sich wieder.

„Zürne nicht, Rudlieb. Aber du weißt ja, dass das Geschlecht Radbods dem meinigen den Vorrang entrissen hat."

„Den Vorrang hat euch eine allgemeine Gauversammlung abgesprochen, weil ihr aufgehört habt, dem Stamm zu dienen." erwiderte Rudlieb.

Wenn er in diesem Augenblick seinem Gefährten ins Gesicht gesehen hätte, hätte er eine Zornesfurche zwischen dessen buschigen Augenbrauen bemerkt. Er war aber ganz in Radbods Herrensitz verschaut.

„Ein Adlernest!" sagte er halblaut.

Dieses Wort rief auf Willibalds Lippen ein verächtliches Lächeln hervor.

Rudlieb spornte nun sein Pferd an, ließ ihm die Zügel schießen und zog sie erst wieder an, als der Trupp am Fuß des Hügels ankam, welchen Servius' Behausung krönte.

Offenbar fürchtete hier niemand einen Überfall, denn das Tor in der Hofmauer stand weit offen. Als die Reiter diesem sich näherten, vernahmen sie von innen den Lärm einer großen Menschenmenge.

„Servius spart nicht mit dem Gerstensaft für die Männer." bemerkte Willibald.

„Uns Häupter wird er wohl mit römischem Wein bewirten." meinte Rudlieb.

Das weite Gehöft wimmelte von Bewaffneten. Tausende von Kriegern lagen unter freiem Himmel auf Bärenhäuten und tranken Bier, welches in großen Krügen herumgetragen wurde. Dass der Hausherr nicht sparte, bewiesen die geröteten Gesichter, die lebhaften Bewegungen und die gehobenen Stimmen.

„Macht Platz!" rief Willibald im Ton eines Herrn, der zu befehlen gewohnt ist.

Die Krieger teilten sich ohne Widerspruch und bildeten ein breites Spalier. Die Nächststehenden erhoben zur Begrüßung Lanze und Schild.

Im Haus selbst hatte man die neuen Gäste schon bemerkt und dem Hausherrn gemeldet. Als Willibald und Rudlieb abstiegen, erschien auf der Schwelle Servius in germanischer Tracht. Er trug Wams und Beinkleider, beide legten sich so fest an den Körper, dass alle Muskeln hervortraten. Die üppigen goldblonden Locken waren in den Nacken zurückgekämmt und in einen Knoten zusammengefasst. Von der früheren Kleidung hatte er nur die römischen Reiterstiefel beibehalten.

Zuerst trat Rudlieb an ihn heran und, sich verbeugend, sagte er: „Willibald und Rudlieb, Eures Geschlechtes treue Gefährten, erscheinen vor Euch, Fürst, um Euch geziemend zu huldigen und Eurem Ruf zu folgen."

Servius betrachtete aufmerksam das offenherzige Gesicht Rudliebs, lächelte freundlich und antwortete: „Radbods Sohn begrüßt euch, edle Herren, ebenso freudig, wie ehedem sein Vater eure Väter begrüßte. Mein Haus sei das eurige!"

Und indem er Rudlieb die Hand reichte, fügte er hinzu: „Die treuen Augen des alten Sigar, die ich in Eurem Gesicht erkenne, sagen mir, dass sein tapferer Sohn vor mir steht."

Rudlieb neigte wieder sein Haupt.

„Euer Gedächtnis, Fürst, trügt Euch nicht; Sigars Sohn spricht zu Euch."

„Seien wir einander Freund, Rudlieb." sagte darauf Servius.

Zwei Männerhände vereinigten sich in herzlichem Druck, zwei paar blauer, kluger Augen blieben eine Weile aufeinander haften, um sich gegenseitig Treue zu geloben.

Willibald betrachtete diesen Auftritt mit bösen Blicken. Als Servius sich ihm zuwendete, erhob er stolz sein Haupt.

„Und Ihr, edler Willibald." sprach Servius. „vergesst alte Misshelligkeiten, welche unsere Geschlechter entzweiten; denn bald werden wir gemeinsam in einer Reihe kämpfen."

„Ich erscheine infolge Eurer Aufforderung." versetzte Willibald ausweichend.

„Ruht aus nach der langen Reise. Auch für euch wird es an Gerstensaft nicht mangeln."

Diese Worte galten den Gesellen der beiden Gäste.

Hierauf führte Servius die letzteren in das Innere des Hauses.

Wie in Rom, so stieß auch hier unmittelbar an den Vorraum ein großer Saal an. Er hatte jedoch kein offenes Oberlicht; auch standen hier anstatt weicher, mit Seidenstoff überzogener Sofas eichene Bänke; Blumenvasen sah man überhaupt nicht, dagegen eine Menge Spinnräder. Zwanzig Mägde spannen Flachs unter den Augen der Hausfrau.

Als die Gäste diesen Raum betraten, erhob sich unter den Frauen eine hohe Gestalt mit üppigem blondem Haar, das, im Nacken von einer goldenen Spange zusammengehalten wurde und ihre bloßen Arme bedeckte.

„Deiner Aufmerksamkeit, Thusnelda, empfehle ich die edlen Herren Rudlieb und Willibald." sprach Servius.

„Edle Herren." begrüßte Thusnelda sie, „ich will dafür sorgen, dass ihr in unserem Haus die Abwesenheit von eurer Heimat nicht empfindet."

Thusnelda ist nicht mehr jene eingeschüchterte Maid wie damals, als sie der Gefangenschaft bei Fabius entflohen ist. Ihre Jugend und ihre Glückseligkeit sind in Servius' Haus zurückgekehrt und haben ihr Gesundheit, frischrote Wangen und Anmut der Bewegungen wiedergegeben. Sofort nach Überschreitung der markomannischen Grenze, wurde sie Servius nach germanischer Sitte angetraut und waltete seit einem Monat in Radbods Haus als Herrin.

„Bitte!" sprach nun Servius und lud seine neuen Gäste ein, ihm zu folgen, indem er sie durch einen schmalen Gang — ganz wie in römischen Häusern neben dem Arbeitszimmer des Hausherrn hin — in den Speisesaal führte.

Als Willibald und Rudlieb denselben betraten, wurden ihnen zahlreiche mächtige Humpen mit römischem Wein entgegengehalten.

„Willkommen!" erdröhnte es von allen Seiten.

„Ich sehe, es geht euch gut unter dem gastfreundlichem Dach des Fürsten." bemerkte Rudlieb, während Willibald noch finster dreinschaute.

„Prächtiger Wein!" erwiderte ein feister Markomanne, unter Anstrengungen, sich von seiner Bank zu erheben, auf welcher er bequem ausgestreckt lag. „Prächtig, sage ich euch." wiederholte er und fiel schwer auf die Bärenhaut zurück, die er unter sich ausgebreitet hatte.

„Nur zu gut für dich." lachte Rudlieb, „weil du ihn nicht mit Vernunft zu trinken verstehst."

„Ein frischer Krug wartet, und ihr vergeudet unnütz die Zeit." meldete sich einer von seitwärts.

„Ein vernünftiges Wort!" stimmte der Dicke zu . . . „Es ist wahr! Es ist wahr!" bestätigte man allerseits unter frohem Lachen.

Willibald und Rudlieb gesellten sich zu den anderen.

Es waren lauter Häupter von Geschlechtern, die nur in einem losen Verhältnis zu dem Fürsten standen, welchem sie lediglich in Kriegszeiten das Befehligungsrecht zuerkannten. Jeder von ihnen besaß seinen eigenen bewaffneten Tross, welcher aus freien Mannen gemeiner Abkunft und auf zahlreichen Untertanen, welche ‚Leute' hießen, bestand. Durch weite Entfernungen voneinander getrennt, lebten sie einsam auf ihren Gebieten. Sie kamen nur aus Anlass von Gauversammlungen oder angesichts eines gemeinsamen Feindes zusammen.

Infolge der nahen Nachbarschaft mit der römischen Kultur waren sie an höhere Bedürfnisse gewöhnt. Sie wohnten, nährten und kleideten sich besser als die

Stämme im Norden, und ebenso gut war auch die Bewaffnung ihrer Trosse. Viele von ihnen sprachen lateinisch, ließen Wälder roden und betrieben regelrechten Ackerbau. Derselbe beruhte zwar hauptsächlich nur aus dem Anbau von Weizen und Gerste, welche zur Bereitung des von den Germanen so sehr geschätzten Gerstensaftes nötig waren; immerhin war aber auch dies ein bedeutender Fortschritt im Vergleich zu dem Nomadenleben anderer Stämme.

- o -

Inzwischen war Servius, nachdem Willibald und Rudlieb ihre Plätze eingenommen hatten, zu Thusnelda zurückgekehrt.

„Seit Mittag sehe ich Mucia nicht." bemerkte er zu seiner jungen Frau.

„Sie ist, wie gewöhnlich, in den Wald geritten." antwortete Thusnelda.

Servius runzelte die Stirn.

„Noch nie blieb sie so lange außer Haus, und unsere Wälder sind jetzt für Ausländer, zumal für Römerinnen, kein angenehmer Aufenthalt. Es treibt sich viel fremdes Volk umher, und auch wilde Tiere zeigen sich schon gegen Abend."

„Der alle Wunibald ist ihr steter Begleiter; der versteht ja Lanze und Speer zu führen."

„Auch Wunibald kann einer Übermacht unterliegen."

Nun erhob Thusnelda lebhaft den Kopf und sah ihren Gemahl beunruhigt ins Gesicht.

„Liebster, schicke sofort Boten hinaus! . . . Mucia ist unglücklich, sie sehnt sich so sehr nach ihrem Vaterland."

„Ich will sie selber aufsuchen."

Sprach Servius, ging vor das Haus und klatschte in die Hände.

Zwei ehemalige Legionäre, welche dort Wache hielten, eilten herbei.

„Gonar soll mir mein Pferd vorführen." befahl er, worauf der eine sich sogleich entfernte. Den Zurückbleibenden fragte er: „Hast du nicht bemerkt, welche Richtung Wunibald mit dem römischen Edelfräulein eingeschlagen hat?"

„Gegen den heiligen Hain sind sie geritten." antwortete der Soldat.

Im Hof erhob sich ein Streit. Hier lagerten um zahlreiche Feuer Gruppen von Germanen, die sich mit Würfelspiel unterhielten. Es waren freie Gesellen der adeligen Herren, welche zu der Versammlung des Stammesoberhauptes gekommen waren. Keiner von ihnen hatte die Waffen abgelegt, und alle tranken ohne Unterlass.

Servius' an die Zucht der Legionen gewöhnten Augen missfiel diese Trunksucht, welche öfters Streitigkeiten hervorrief. Das Geschrei und die Prügeleien wollten kein Ende nehmen, und das Gehöft hallte davon schon acht Tage lang wider. Den ehemaligen römischen Präfekten ärgerte solche Zügellosigkeit, aber als germanischer Fürst musste Servius sich Zurückhaltung auferlegen; denn er wusste, dass seine Gäste es ihm stark verübeln würden, wenn er ihnen Bier und Würfelspiel verweigern, sowie das Waffentragen inmitten seiner Behausung verbieten wollte. Noch war er nicht zum Herzog ausgerufen.

Gern hätte er wenigstens die vergnügten Tage abgekürzt, die gemeinsamen Beratungen beschleunigt gesehen, aber die markomannischen Herren kümmerten sich nicht um den angesetzten Beratungstag. Sie kamen der eine heute, der andere morgen, der dritte nach acht Tagen. Dieser wurde durch große Jagden, jener durch Gelage in seinem Haus verhindert, ein anderer hatte noch einen blutigen Strauß mit seinem persönlichen Feind auszufechten. Keiner beeilte sich; jeder unternahm die Reise, wann es ihm passte.

Und wiederum erwachten in Servius dieselben Zweifel, welche ihn in Rom beunruhigten. Er hatte gelernt, in Zeiten der Gefahr den Wert einer jeden Stunde hoch anzuschlagen; seine Landsleute aber vergeudeten hier unbedachtsam ganze Wochen! Wird er es schaffen, die eigenwilligen Häupter der Geschlechter unter das Gebot militärischer Folgsamkeit zu beugen? Wird es ihm gelingen, die losen Abteilungen zu einem geschlossenen Ganzen zusammenzufügen, welches dem Heer des Imperators die Stirn bieten könnte?

In solche Gedanken verlieft, bestieg Servius sein Ross. Als ihn draußen vor dem Tor des Gehöftes die Stille des nahen Abends umwehte, erhob er seine Augen gen Himmel und flüsterte: „Unbekannter Gott, der du Roms Gewalttaten gegen deine Anhänger sahst, hilf mir meine kühne Unternehmung zu vollbringen!"

Am Waldrand angelangt, stieß er in sein Jägerhorn. Die Klänge hallten weit in den Wald hinein, und nachdem das leise Echo verklungen war, neigte sich Servius über den Hals des Pferdes und horchte. Aber niemand antwortete ihm. Da trieb er mit einem Pfiff das Pferd an und galoppierte weiter in den Wald hinein. So oft er auf einen von seinen Leuten begangenen Pfad kam, wiederholte er das Signal. Eine volle Meile war er schon geritten, da vernahm er endlich den schwachen Widerhall eines Antwortsignals. Er atmete aus.

Er fand Mucia im weißen, mit dem breiten Purpurstreifen der römischen Patrizierin umsäumten Kleid an einer etwas hoch gelegenen Stelle, wo der Wald ausgerodet war und sich ein Ausblick gegen Süden bot. Sie saß auf dem Stumpf einer gefällten Eiche, den Blick auf den dunklen Gebirgszug gerichtet, hinter welchem sie in weiter Ferne Rom wusste. In bescheidener Entfernung stand der alte germanische Krieger.

Servius sprang vom Pferd, schritt auf Wunibald zu und tadelte ihn halblaut: „Du hast Enkel erlebt und doch noch nicht gelernt Befehle zu befolgen. Ein Weib ist nicht gut beschützt, wer dieser erlaubt, um diese Stunde im Wald zu verweilen."

Anstatt einer Antwort deutete der Germane auf seine Waffen.

„Ein Speer und ein Schwert reicht nicht gegen ein Rudel Wölfe." versetzte Servius in verweisendem Ton und trat der Römerin näher.

„Thusnelda ist besorgt um dich, Mucia." sprach er sie an.

Sie erhob ein von Tränen feuchtes Gesicht zu ihm.

„Ich bitte Thusnelda und dich um Entschuldigung. Servius; der Lärm in euren, Haus war mir unangenehm. Hier geht es mir gut . . . Hinter jenen Bergen ..."

Sie wollte sagen: „leuchtet die römische Sonne." aber sie verstummte.

Ihr Schmerz entging nicht der Aufmerksamkeit von Servius.

„Du weinst Mucia?" sagte er vorwurfsvoll. „Seitdem wir die römische Grenze überschritten haben, weichen die Schatten der Betrübnis nicht von deinem Gesicht. Umsonst sind Thusnelda und ich dir Schwester und Bruder. Unsere Liebe hat deinen Schmerz nicht gelindert, die ehrliche germanische Gastfreundschaft bringt kein frohes Lächeln auf deine Lippen. Dort hinter jenen Bergen aber hat man dich wie eine entartete Tochter misshandelt und verurteilt. Rom hat dich verleugnet und verstoßen!"

„Und doch ist Rom die Heimat meiner Ahnen . . ." entgegnete Mucia mit gebrochener Stimme.

Servius schwieg einige Augenblicke überlegend, dann sprach er: „Zurück zum gegenwärtigen Rom, in einen entehrenden Tod, werde ich dich nicht heimschicken. Aber vielleicht werden die Sorgen, welche sich über Marc Aurels Haupt zu einer gewaltigen Sturmwolke ansammeln, sein Herz verändern und ihn für den Gott der Enterbten milder stimmen. Dann wirst du in dein Vaterland zurückkehren, um an Julius' häuslichem Herd zu walten. Für ihn will ich dein edles Haupt gerettet haben."

Leichte Röte überflog Mucias bleiches Gesicht.

„Er wird niemals aufhören, in allem ein echter Römer zu sein." sagte sie leise.

„Auch Steine erweichen unter der geduldigen Hand der Zeit. Sei guten Mutes und versuche, einstweilen nicht mehr an dein Rom zu denken."

Er beugte sich, nahm Mucia wie ein Kind auf seine Arme und trug sie auf ihr Pferd.

Sie widerstrebte nicht.

„Verzeihe, Servius, der Undankbaren, das sie deine Güte nicht zu schätzen weiß. Aber Heimweh nach Rom hat in mir alle anderen Gefühle erstickt."

Schweigend ritten sie nebeneinander, ihren Gedanken nachhängend. Die Römerin empfand das Peinliche ihrer Lage, da sie gezwungen war, von der Gastfreundschaft eines aufrührerischen Präfekten der römischen Legionen Gebrauch zu machen; der Germane war verwundert über die Vaterlandsliebe, welche nicht einmal durch die erlittene Ungerechtigkeit und Schmach zum Schweigen gebracht werden konnte.

Mucias Betrübnis enthüllte vor Servius' Augen eine neue Seite des Römer-Charakters und zugleich der römischen Macht. Denn der riesige Staatskörper musste doch noch eine innere Kraft besitzen, wenn seine einzelnen Glieder selbst dann noch sich als Teile des Ganzen fühlten, nachdem sie verschmäht und abgeschlagen waren. Julius' Worte kamen ihm wieder in den Sinn. War es möglich, dass dieses verweichlichte, im Glück leichtsinnige Volk sich wirklich emporzuheben vermag, wenn es sich von einer ernsten Gefahr bedroht sieht? So oft schon hatte es geschienen, dass das römische Reich der Rache der Besiegten unterliegen müsste, und doch hat es schließlich auch die kühnsten ' Feinde bezwungen . . .

Mit einer nachdrücklichen Bewegung erhob Servius sein Haupt, welches sich unter der drückenden Last seiner Gedanken gebeugt halte. Er durfte sich nicht Zweifeln hingeben, welche seine Tatkraft zu schwächen imstande waren. Seine Pflicht war, sich selbst und der Kraft des geeinigten Germanien zu vertrauen.

Kapitel 5

Schon waren Servius und Mucia dem Waldrand nahe, als das Ohr des Germanen von einem Klang weit entfernter Hörner gestreift wurde, den die geräuschlosen Schwingen der Nacht herübertrugen.

„Entschuldige, Mucia." sagte er sogleich, „dass ich dich jetzt dem Schutz Wunibalds übergebe. Jetzt droht dir keine Gefahr mehr."

Mucia und Wunibald ritten weiter; Servius hielt sein Pferd an, kreuzte die Arme über der Brust und horchte.

Die Klänge wiederholten sich; es waren keine Jägersignale. Er legte beide Handflächen an die Ohren, die Musik wurde immer vernehmlicher; es war ein römischer Kriegsmarsch, offenbar waren es Soldaten.

Das ist gewiss Hermann! dachte Servius. Denn welch' andere Legionäre hätten den Mut, in unruhigen Zeiten bis ins Markomannen-Land vorzudringen? Er selbst hatte sich als römischer Präfekt nie allzu weit von der Grenze entfernt, wenn es galt, abenteuerliche Banden zu verfolgen.

Plötzlich fiel ihm Hermanns Aufgabe ein, nach Fabius zu fahnden. Die Ereignisse der letzten Wochen hatten Fabius vollständig aus Servius' Gedanken verdrängt. Wenn Hermann den Sklavenhändler ergriffen hätte! . . . Wenn er jetzt den Ägypter lebendig brächte! . . . Schon bei diesem Gedanken ballte sich Servius' Faust.

Servius gehörte einem Volk an, das persönlich erlittenes Unrecht niemals verzieh. Die eigenwilligen Naturkinder, die von Selbstbeschränkung im Interesse sozialer Ordnung noch keinen rechten Begriff hatten und denen die christliche Lehre der Nächstenliebe unbekannt war, nannten die Rache ein Recht und heiligste Pflicht jedes freien Mannes. Der Germane verzieh dem eigenen Bruder nicht; Eigentum und Leben des treuesten Gefährten waren im Falle einer Beleidigung in Gefahr. Die lange Reihe von Jahren, welche Servius im römischen Reich mit seiner wohlgeordneten Rechtspflege zugebracht hatte, erwies sich als unzulänglich, um in seinem Blut die von den Vätern ererbten Gefühle zu unterdrücken. Er hatte gehorchen gelernt, jedoch nur im Lager und im Kampf; außerhalb des Soldatendienstes betrachtete er das Recht, sich Gerechtigkeit zu verschaffen, als sein ausschließliches Eigentum ... Dieser ägyptische Schacherer hatte aber Servius' Braut die größten Ungerechtigkeiten zugefügt und auch ihn persönlich verhöhnt. In die helle Mondnacht hinausspähend, sah Servius vor seinem geistigen Auge deutlich seinen Feind, mit dieser in Rom seines Schmerzes spottete und ihn einen täppischen germanischen Bären nannte. „Mit Fabius hast du zu tun." so sprach damals der Ägypter. Wenn es nun Fabius mit dem Bären zu tun bekäme? . . .

„Ein seltenes Vergnügen würde ich mir bereiten!" zischte der Germane durch die zusammengepressten Zähne. Sein Gesicht hatte in diesem Augenblick einen grausamen Ausdruck.

Er beugte sich über das Pferd und lauschte. Die Hornklänge verstummten. Dagegen ertönte dumpf auf dem Waldboden der Hufschlag eines Reitertrupps.

Servius legte sein Horn an den Mund und blies das Abendsignal. Es erklang als Antwort von den Reitern zurück.

„Es ist Hermann!"

Er beugte sich noch tiefer und spähte den Reitern entgegen.

Auf dem Waldweg hob sich eine dunkle Masse ab, die mit jeder Minute deutlicher hervortrat. Servius unterschied zuerst die Helme, welche auf dem schwarzen Hintergrund der Reitermäntel hier und da im einfallenden Mondlichte erglänzten. Bald war der Tross so nahe, dass an dessen Spitze Hermann zu erkennen war. Dem alten Zenturio folgte ein in den Legionen ungewöhnliches Ding, welches, näher kommend, sich als ein zweirädriger Karren herausstellte. Darin lag etwas wie ein großes Bündel auf einer handvoll Stroh.

Servius heftete seinen Blick auf den Karren, und ein glühendes Rachegefühl stieg ihm dabei in die Augen. Vor innerer Erregung hielt er den Atem zurück.

„Sei gegrüßt, Feldherr!" riefen fünfzig Stimmen, und fünfzig Lanzen schlugen an die Schilde.

„Was Ihr befohlen habt, Herr, haben wir getan." meldete sich Hermann. „Die Häupter der Quaden ziehen von allen Seiten zu Eurem Sitz heran. Lange waren wir unterwegs, weil Fabius von einer Kolonie ..."

„Fabius?!" unterbrach ihn Servius, den Namen des Ägypters mit einem Schrei ausstoßend.

„Jawohl, Herr. Fabius flüchtete von einer Kolonie auf die andere in Richtung zur Reichsgrenze hin. Erst auf der letzten haben wir den Vogel gefangen."

Servius war eine Weile lang wie erstarrt.

„Her mit ihm!" rief er dann mit heiserer Stimme.

Inzwischen hatte Hermann auch schon Befehl gegeben, den Karren zu leeren. Zwei Legionäre waren von ihren Pferden gesprungen, packten ohne weiteres den Karren an einem Rad, kippten ihn um und schüttelten seinen Inhalt so nahe vor Servius' Ross aus, dass es vor dem herauskollernden formlosen Bündel sich hoch aufbäumte.

Servius sprang ab. Er beugte sich über den gefesselten Körper seines Feindes, griff nach dessen Kopf und wendete ihn mit dem Gesicht dem Mond zu. Es war das Gesicht einer Leiche mit geschlossenen Augen.

„Er lebt nicht!" schrie er und warf Hermann einen drohenden Blick zu.

Aber in demselben Augenblick zuckte die vermeintliche Leiche und schlug die Augen weit auf.

Lange schauten sie einander schweigend an: der Rächer und sein Opfer. Der höhnische Blick des Germanen sog gierig den stummen Schrecken der starren Augen des Steuerpächters ein.

Endlich begann Servius: „Der läppische germanische Bär begrüßt dich, ausgezeichneter Ritter des römischen Reiches, auf dem Erbe seiner Väter. Rast gebührt dir nach so langer Reise. Ich will dir ein Bett bereiten, so wohlig, dass die lebensmüden römischen Wüstlinge dich darum beneiden sollen. Nicht das leiseste Geräusch wird deinen Schlaf stören; du wirst träumen können ohne Ende."

Und wiederum weidete der Rächer seine Augen an dem starren Schrecken des Opfers.

Fabius wandte seinen Blick nicht von Servius' Gesicht. So verharrt ein Vöglein regungslos, wenn es über sich die Krallen des Sperbers erblickt.

„Umsonst hast du einen Berg Gold zusammengerafft und hinter dem Appischen Tor dir ein prachtvolles Mausoleum erbaut." fuhr Servius fort. „Umsonst hast du gestohlen, betrogen, gelogen, den Armen ihren letzten As entrissen. In derjenigen Unterkunft, welche ich dir zugedacht habe, wirst du bequem ohne Geld auskommen. Mit all' deinen Millionen könntest du darin kein Stücklein Schwarzbrot kaufen."

Nun begann Fabius am ganzen Körper zu zittern.

„Fürchte nicht," höhnte Servius, „kalt sollst du es bei mir nicht haben! Ich will dich so sorgfältig zudecken, dass nicht einmal die Luft deiner verzärtelten Haut weh tun soll. Ich weiß, dass du die Kühle unserer Wälder nicht verträgst, und des Hausherrn Pflicht ist, seinem Gast alle Bequemlichkeit zu bieten."

Da wandte er sich den Soldaten zu und befahl: „Macht eine Grube, hackt einen Haufen Zweige von den Bäumen!"

Diese Worte entrissen Fabius Brust einen dumpfen Seufzer.

Er ließ den irren Blick um sich schweifen. Er suchte nach einem Ausweg aus dem Netz. Er fand keinen. Wenn er rufen und schreien wollte, von niemand würde er gehört werden, außer von wilden Tieren, welche sich im Wald meldeten. Da erwachte in ihm der Händlergeist.

„Ich gebe dir die Hälfte meines Vermögens." begann er.

„Behalte nur deine geraubten Millionen," antwortete Servius; „ich werde noch eine Handvoll Gold dazu werfen damit du bis zum letzten Augenblick den Anblick des geliebten Metalls nicht entbehrst."

„Alle meine germanischen Sklaven will ich freilassen."

„Wer die Sklaverei geduldig erträgt, ist der Freiheit nicht wert."

„O, habe Erbarmen mit mir!" flehte nun Fabius.

„hast du dich jemals in deinem Leben eines Unglücklichen erbarmt?"

„Nicht ich habe es verschuldet . . . Nicht meine Hände haben Thusnelda aufgegriffen."

„Man hat mir gesagt, dass auch deine ägyptischen Götter die Lüge verabscheuen. Bete zu ihnen, denn du weißt, dass du keine Erbarmung verdient hast."

Wiederrum entfuhr ein starker röchelnder Seufzer Fabius' Brust. Dann schloss er die Augen und wandte das Gesicht zur Erde.

Inzwischen hatten die Soldaten mit ihren Schwertern eine tiefe Grube in die Erde gegraben.

„Befreit ihm die Hände, damit er sich wehren kann, wenn der Tod ihn zu würgen beginnt!" befahl Servius.

Zwei Soldaten trugen Fabius in die Grube.

„Da hast du noch ein Andenken deiner Schandtaten!" höhnte Servius und warf Fabius einige Goldmünzen ins Gesicht. „Nun gehab' dich wohl!"

Die Soldaten warfen nun Reisig in die Grube; darunter zappelte die lebendige Leiche. Einige Augenblicke noch sah man Kopf und Arme; bald wurden auch sie mit Erde bedeckt. Ein hoher Erdhügel entstand an Stelle der Grube.

Servius bestieg wieder sein Pferd und rief Hermann herbei. Mit größter Ruhe, als wenn er etwas ganz Gewöhnliches vollzogen hätte, fragte er: „Hast du die Stimmung der Quaden erforscht?"

„Das ganze Volk wird sich zum Kampf gegen Rom erheben. Auch habe ich erfahren, dass zum Fürsten der Quaden eine Gesandtschaft von den Jazygier gekommen ist. Auch diese schleifen ihre Schwerter und härten ihre Lanzen im Feuer."

Servius überlegte. Das slavische Volk der Jazygier war zu beiden Seiten der Theiß zwischen Pannonien und Dacien *(Anmerk.: heutiges Ungarn/Walachei)* eingeteilt. Es war ein tapferes, unruhiges Volk und stets geneigt, alte Rechnungen mit Rom auszugleichen. Die Jazygier saßen fest auf ihren Pferden und wussten ihre Pfeilbogen vortrefflich zu handhaben. Servius berechnete ihre Kräfte und wies denselben in dem zukünftigen Kriegszug ihre Stellen an.

Mit dem Kriegsplan beschäftigt, dachte er gar nicht mehr an Fabius. Auch nicht einen Augenblick fühlte sein Herz eine mitleidige Regung über die grauenvolle Lage des Elenden, welcher, lebendig begraben, nun von Todesängsten gequält war. Aber dieser hätte auch Servius nicht geschont, wenn er ihn in seine Macht bekommen hätte.

Mitleid, Erbarmen galt in der heidnischen Welt als Schwäche.

-o-

Nächtliche Stille lag über dem Gehöft, als Hermanns Reitertruppe darin einzog.

In hölzernen Schuppen, die sich längst der Umfassungsmauern hinzogen, lagerten die Krieger auf reichlich vorhandenem Stroh, gleichgültig gegen die nächtliche Kälte. Neben einem der erlöschenden Feuer saßen noch drei Markomannen, so aufmerksam mit etwas beschäftigt, dass sie nicht bemerkten, wie Servius sich ihnen näherte.

Sie waren tief im Würfelspiel vertieft.

„Ich habe genug." sagte ein kleiner, schmächtiger Geselle von Willibalds Tross. „Das Glück hat mich liebgewonnen. Wenn ihr nicht aufhört, gewinne ich euch auch noch die Freiheit ab."

„Spiel' weiter!" brummte mit vor Aufregung heiserer Stimme ein riesiger Kerl mit den Schultern eines Gladiators. „Was kümmert dich meine Freiheit!"

„Es widerstrebt mir, mit meinem Fuß dein Kopf berühren zu müssen." entgegnete der glückliche Spieler. „Wir sind ja in derselben Ansiedlung aufgewachsen."

„Wenn die Götter es so wollen, wirst du deinen Fuß auf meinen Kopf setzen und mir den Strick um den Hals legen." erwiderte der Riese und warf eine kleine Silbermünze auf den Holzklotz, welcher als Tisch diente.

Die Würfel kollerten. Drei Paare erhitzter Augen verfolgten gierig ihre Bewegungen. Der Riese hatte verloren.

Er stieß einen Fluch aus, dann gurtete er sein Schwert ab, warf es vor sich hin und rief: „Meine letzte Habe! . . . Wirf!"

Nach einer Weile war auch das Schwert im Besitz des Willibaldschen Gesellen.

Am Feuer wurde es still. Der Riese ballte die Fäuste, sah finsteren Blickes auf den Haufen voller Geld und anderer Gegenstände, die vor dem glücklichen Spieler aufgestapelt lagen, und schnaufte, offenbar irgendetwas Äußerstes bei sich erwägend.

„Morgen wirst du alles zurückgewinnen." meldete sich nach einer längeren Weile der dritte Markomanne.

Der riesige Kerl aber schrie: „Bis morgen wäre ich von der Wut verzehrt! Entweder gewinne ich sogleich, oder Winfried spannt mich zusammen mit seinem Ochsen vor den Pflug, oder tut sonst mit mir, was er will. Ich setze mich selber um alles, was du mir abgenommen hast. . . . Wirf!"

Winfried, besonnener als der andere, zögerte.

„Du weißt, Sigar, das Manneswort so viel bedeutet, wie ein Eid, wie ein Urteil der Stammesältesten. Bedenke, dass dich daheim Frau und Kinder erwarten."

Sigar machte eine Gebärde heftigen Unwillens.

„Wirf, wenn ich's sage!" schrie er. „Von dir brauche ich nicht zu lernen, wie man ein gegebenes Wort hält!"

„Überleg' es noch einmal!"

„Wirf!" schrie der Riese noch erboster.

Es geschah nach seinem Willen. Die Würfel kollerten wieder: Sigar hatte seine Freiheit verloren.

Lange betrachtete er starren Blickes die verwünschte Zahl, welche ihn der Freiheit beraubte, bleich und stumm — dann warf er sich vor Winfried auf das Gesicht und sagte: „Nicht mehr dein Genosse bin ich, sondern dein Vieh. Nimm mich in Besitz."

Mit einem einzigen Faustschlages hätte er sich seines bedeutend schwächeren Herrn entledigen können; er hätte mit Gewalt zurückgewinnen können, was ihm das missgünstige Geschick genommen; er hätte auch flüchten und sich im Walddickicht verbergen können — aber überallhin wäre ihm die Ächtung aller germanischen Männer gefolgt, welchen die Erfüllung einer persönlichen Verpflichtung als unumstößliches Gebot galt.

Schon hatte Winfried sich erhoben, um zum Zeichen der Besitznahme das Haupt Sigars mit seinem Fuß zu berühren, als auf der Entfernung von wenigen Schritten Servius hinzusprang und ausrief: „Sind dir zwei Leibeigene ein genügender Preis für diesen Dummkopf?"

Der Anblick des Fürsten machte Winfried betroffen.

„Ich habe ihn im Spiel gewonnen, Fürst." murmelte er verlegen.

„Ich weiß es und bestreite dir dein Besitzrecht nicht. Aber schade wäre es um Sigars Arme für weibische Arbeit. Ich gebe dir zwei Leibeigene für ihn. Ist's nicht genug?"

„Sigar gehört fortan Euch. Fürst."

„Du wirst in meiner Leibwache dienen." sagte Servius zu Sigar. „Wenn du aber noch einmal Würfel berührst, lasse ich dich henken."

Sprach er und ging ins Haus.

- o -

Der Saal war schon leer; nur Thusnelda saß noch vor ihrem Spinnrad.

„Du schläfst nicht?" fragte Servius sorglich. „Du hast dir deine Ruhe schon längst verdient."

„Ich kann schlafen, wenn dir Gefahr droht. Drinnen haben sie zu viel Wein getrunken ... sie zanken ..."

„Trunksucht und Zänkereien sind auf germanischem Boden leider nichts Verwunderliches."

„Einige von ihnen wollen keinen Krieg, sie drohen dir . . ."

„Sie drohen . . . mir?" Servius lächelte ungläubig.

„Jener Rotbraune, der kurz vor Abend angekommen ist, hat sie gegen dich aufgebracht." erzählte Thusnelda, sich an ihren Gemahl anschmiegend. „Für heute, bitte, meide ihren trunkenen Zorn."

In diesem Augenblick drang der Lärm lauter Stimmen aus dem Speisesaal herüber.

„Sie werden sich schlagen!" rief Servius, und sich von Thusnelda schnell losmachend, eilte er zu seinen Gästen.

Er erschien zu rechter Zeit. Schon halten die markomannischen Herren ihre Schwerter gezückt und wollten aufeinander losgehen, um nach Barbarenart den Streit zu entscheiden. Von Wein und Zank erhitzt, fuchtelten sie mit den Waffen und überhäuften einander mit Schmähworten.

„Nur ein Rotfuchs weicht vor kühner Tat zurück!" schrie Rudlieb.

„Nur ein Narr geht in die Falle!" schrie Willibald dagegen, die Stimme seines Gegners überbietend.

„Nieder mit dem Fuchs!" heulten einige Markomannen, welche um Rudlieb standen.

66

„Haut zu . . . schlagt zu!" brüllten die Anhänger Willibalds.

Beide Parteien waren eben im Begriff, über einander herzustürzen.

Da rief Servius mit gewaltiger Stimme in den wüsten Lärm hinein: „Auseinander!"

Willibald aber brüllte: „Folgt ihm nicht! Was hat er zu befehlen? . . . Noch hat uns sein Krieg nicht in seine Gewalt gegeben! . . . Schlagt zu!"

Die Schwerter hangen aneinander.

Nun stürzte Servius sich zwischen die Kämpfenden. Er riss Willibald das Schwert aus der Hand und stieß ihn mit einem so wuchtigen Faustschlag vor die Brust, dass er zu Boden schlug.

Seine Gewandtheit und ungemeine Körperkraft übten auf die Natursöhne eine bessere Wirkung, als vernünftige Worte es vermocht hätten. Als Servius die Streitenden zum zweiten Mal aufforderte, sich zu trennen, widersetzte sich keine Stimme seinem Willen. Mit stummer Bewunderung blickten die Häupter der Geschlechter auf ihren Fürsten.

Er aber zog nun sein Schwert, erhob es, ließ seinen Adlerblick über die Versammelten schweifen und sprach, jedes Wort scharf vom anderen trennend:

„Ich, der Sohn Radbods, des Feldherrn eurer Väter, verkünde in diesem Augenblick für den Bereich der Wälder, die meinem Befehl unterstehen, den Krieg gegen Rom! Ist unter euch jemand, den die Macht der Legionen schreckt, so trete er vor, und das Tor meiner Behausung steht ihm offen, damit er ungehindert zu Weib und Kind heimkehren kann."

Er hielt inne und ließ den Herren Bedenkzeit. Da niemand sich meldete, schleuderte er das Schwert auf den Tisch und rief aus: „Fortan ist dies euer Wille, euer einziges Gesetz! Mein Schwert soll euch Führer und Richter sein!"

Nun rief Rudlieb: „Heil Euch und Ehre, unser Herzog!"

Und im Saale brauste es: „Heil und Ehre Euch, unser Herzog!"

-o-

Verwundert horchten am anderen Morgen die Gäste des Servius auf, als sie durch Hörner- und Trompetenschall bei Tagesanbruch aus dem Schlaf gestört wurden. Bisher war ihre Ruhe nach übermäßig genossenen Getränken nie und von gar niemand unterbrochen worden, bis sie nach Belieben sich von selber erhoben. Wie bei sich daheim, so lagen sie auch hier sonst bis in den hellen Tag hinein auf der Bärenhaut, ohne sich auch nur um ihre Pferde zu kümmern.

Nur das weibliche Geschlecht begrüßte im freien Germanien den Sonnenaufgang. Die Frauen rührten sich emsig vom frühen Morgen an im Haus und in den Stallungen bei den Tieren. Weiber hatten nicht nur die Speisen zu bereiten, den Flachs zu spinnen und zu weben und die Kinder zu erziehen, sondern auch im Wald Holz zu fällen und mit dem Pflug ins Feld zu gehen.

Ohne Unterschied des Alters, des Standes und des Vermögens betrachtete jeder freie Germane den Müßiggang in Friedenszeiten als das Vorrecht des ‚starken Geschlechts'. Jagd, Bier, Würfel und Waffenspiele füllten sein Leben aus. In Ermangelung von Gesellschaft brachte er den Tag am Feuerherd zu, ein gleichgültiger Zeuge des emsigen Treibens der Frauen und der Unfreien.

Unter zornigem Grunzen rieben sich die Markomannen im Gehöft ihre verschlafenen Augen. Als sie aber erfuhren, dass ihre Herren gestern den Fürsten zum Herzog ausgerufen und der Fürst sofort den Kriegszustand verkündigt habe, sprangen sie ohne Widerspruch auf und beeilten sich, ihre Feldzeichen aufzusuchen.

Nicht ohne Verzug fand der Geselle seinen Genossen, der Reiter sein Pferd, der Fußgänger seinen Schild und Speer. Ohne Ordnung über das ganze Gehöft zerstreut, suchten die Krieger ihre Herren. Einer stieß an den anderen, die Stärkeren drängten sich durch die Menge hindurch, nicht mit Flüchen und Rippenstößen sparend.

Mit geringschätzigem Lächeln betrachteten die ehemaligen römischen Legionäre dieses Durcheinander. In vollständiger Marschordnung erwarteten sie schon weitere Befehle. Ein kurzes, von den Zenturionen hingeworfenes Kommandowort hatte genügt, damit ein jeder seinen Platz einnimmt.

Endlich hörte das Schelten und der Lärm auf; die einzelnen Trosse der Markomannen standen gesammelt um ihre Herren.

Da trat Servius aus dem Haus. Unter dem langen germanischen Mantel, welcher ihm bis an die Knöchel reichte, trug er einen silbernen römischen Schuppenpanzer, auf dem Haupt einen Helm mit wie zum Flug ausgebreiteten Adlerflügeln.

Tausende von Augen wendeten sich seiner herrlichen Erscheinung zu, und ein Gemurmel der Bewunderung rauschte durch die Reihen.

„Seid gegrüßt, Gefährten!" rief er, nachdem er sein Ross bestiegen hatte.

Ein brausender Zuruf, ähnlich dem plötzlich über dem Wald losbrechenden Sturmwetter, beantwortete seinen Gruß.

„Heil Euch, Fürst und Herzog!" erscholl es gleichzeitig aus Tausenden von Männerkehlen.

Mit diesem Zuruf bestätigten die Germanen die Wahl ihrer Herren. Der römische Präfekt war von jetzt an der vom ganzen Stamm anerkannte Herzog.

Nachdem Stille eingetreten war, befahl Servius den Häuptern der Geschlechter, einen Kreis um ihn zu bilden. Er reckte sich hoch aus seinem Ross und begann: „Wenn die Kraft unseres mächtigen Feindes durch Mut, Tapferkeit und große Zahl der Streiter gebrochen werden könnte, dürften wir ohne weitere Vorbereitungen gegen Rom ziehen; denn Mut und Tapferkeit haben wir von unseren Vorfahren geerbt, und Streiter wird uns das freie Germanien mehr stellen, als wir eigentlich nötig hätten. Aber auch der stärkste Arm widersteht nicht auf längere Zeit dem an militärische Zucht gewöhnten Soldaten, und der Mut unterliegt schließlich stets der Kriegskunst."

Aufmerksam hörten die Häuptlinge der Sippen zu. Nur Willibald allein traute sich, die Lippe verächtlich aufzublähen: „Auch uns sind römische Listen nicht unbekannt!"

In Servius' Augen blitzte es jedoch so drohend auf, dass Willibald sein Ross zurückzog und mit einer unwillkürlichen Bewegung seine Rechte ans Schwert legte.

Eine Weile herrschte dumpfes Schweigen. Es schien, als wollte der Fürst sich auf den hochmütigen Edeling stürzen. Servius aber runzelte die Stirn und sprach weiter:

„Wenn ihr die Stimme der beredten Vergangenheit hören wollt, wisst ihr, dass Zwietracht und Hochmut viele Niederlagen über unsere Altvorderen gebracht haben. Diese Eigenschaften haben unseren großen Armin gemordet, berühmten Helden die Hände gefesselt. Schlachten verloren; diese Eigenschaften waren immer die treuesten Verbündeten Roms. Wer sich aber mit dem Ungetüm Rom messen will, muss Manneszucht kennen und üben und klug sein wie dieses selbst. Ich werde euch daher zuerst die Zucht der römischen Legionen beibringen, und wehe dem." — hier hob er die Stimme — „der es wagen würde, sich meinem Willen zu widersetzen!"

Er unterbrach seine Rede und ließ einen herausfordernden Blick über den Ring schweifen, als ob er eine Antwort erwartete. Keine Lippe bewegte sich. Willibald kniff die Zähne zusammen und ließ den Kopf hängen.

Dann fing Servius wieder an:

„Rudlieb wird mit seinem Tross alle meinen Befehlen unterstehenden Ansiedlungen durcheilen. Alle freien Männer, die zum Waffentragen fähig sind, sollen vor dem nächsten Vollmond an meinem Sitz erscheinen. Wenn einer sich weigern sollte, Rudlieb, lasst ihn henken, als Verräter, ohne mein Urteil anzurufen. Längstens in einem Monat erwarte ich Euch zurück."

„Es soll Eurem Befehl gemäß geschehen, Herzog." sprach Rudlieb und schied sofort aus dem Ring.

„Ihr aber, edle Herren." sprach Servius weiter, „werdet vom heutigen Tag an für eine gewisse Zeit die Gewalt über eure Truppen verlieren. Meine Hauptmänner aus den Legionen werden euren Mannen die römische Zucht beibringen, euch selber aber werde ich in der Kunst des Gehorchens und des Befehlens unterweisen. . . . Hermann I" Laut erscholl der Ruf.

Im vollen Galopp kam der alte Hauptmann herangesprengt.

„Ihr habt befohlen, Herzog!'

„Du wirst die Truppe der edlen Herren in zwanzig Abteilungen einteilen, einer jeden wirst du hundert Mann von den Unsrigen beigeben sowie einen Hauptmann und zwei Unterhauptleute. Du hast dafür zu sorgen, dass ich nach einem Monat die Früchte deiner Mühen belobigen kann. Ferner wirst du den Bau von Sturmböcken und anderen Belagerungsmaschinen, den ich anordnen werde, überwachen. Ich ernenne dich zum Lagermeister."

„Ich will die Augen meines Feldherrn in einem Monat mit dem Anblick eines geübten und Zucht haltenden Heeres erfreuen." versprach Hermann.

„Du wirst römische Ordnung im Lager einführen."

„Es soll alles nach eurem Befehl geschehen, Herzog."

Mit dumpfem Schweigen hörten die germanischen Herren Servius' Anordnungen, die nicht jedem gefielen. Aber die stolze Gestalt des Herzogs hatte eine glänzende Mauer von dreitausend geharnischten Kriegern in ihrem Rücken errichtet. Nur ein Wink, und diese Mauer stürzt über sie und zermalmt sie mit ihrem Gewicht. Die ernste Haltung der ehemaligen Legionäre ließ eine offene Neigung zur Widerstand nicht aufkommen.

Als sich Servius dann wieder an die Häuptlinge der Sippen wandte und ausrief: „Mir nach, edle Herren!" da spornten sie ihre Pferde und folgten dem Herzog, um unter seiner Leitung die Schule des Gehorchens und des Befehlens zu beginnen.

Von nun an hatte sich der helle Tag nicht mehr über die Trägheit der germanischen Krieger zu wundern: das Lärmen trunkener Stimmen hörte auf. Die säumige Sonne des erst erwachenden Frühlings beleuchtete noch nicht die bewaldeten Gipfel der Berge im Osten, wenn die Trompeten zum Morgenbad riefen. Abteilungsweise tauchten die Germanen ihre Körper in den stark strömenden Bach, welcher unten das Tal durchschnitt, und plätscherten in dem eisig kalten Wasser, ohne zu frösteln. Dann begannen gleich nach dem Frühmahl, welches aus Gerstensuppe bestand, gewürzt mit ein wenig Salz und etwas mehr Asche, die Waffenübungen. Unter der Leitung der ehemaligen römischen Zenturionen lernten die Barbaren kunstgerecht fechten und nach Kommando zu kämpfen.

Auch jetzt geizte Servius mit dem herzstärkenden Lieblingstrank nicht, beschränkte jedoch die Menge und ließ ihn erst nach beendetem Tageswerk verabreichen.

Die an die strenge Ordnung gedienter Truppen nicht gewöhnten Naturkinder murrten anfangs über die Härte ihrer Vorgesetzten; als aber Servius einem, der sich erkühnte, gegen Hermann die Hand zu erheben, dieselbe abhauen, und zwei andere, welche mit der Kost unzufrieden waren, gefesselt ins Loch werfen und drei Tage lang fasten ließ, da hörte das Murren auf. Er selbst, der Fürst und Herzog, ging ja mit gutem Beispiel voran: er verließ sein Nachtlager vor Morgengrauen, mühte sich mit den Herren bis zum Abend ab, aß die gewöhnliche Soldatenkost und begab sich als letzter zur Ruhe. Sein Beispiel wirkte denn auch sogar auf die Widerspenstigsten.

- o -

Während dieser Vorbereitungen zum Krieg dachte Servius gar nicht an einen abseitsstehenden Zeugen derselben, an Mucia. Es kam ihm gar nicht in den Sinn, dass das beständige Waffengeklirr für die Cornelierin, welche sich ohnehin nach ihrem Vaterland sehnte, geradezu herzzerreißend sein musste. Thusnelda, auf deren Kopf die Sorge um die Beköstigung eines ganzen Heeres lastete, konnte ihrem ersten und liebsten Gaste nicht viel Zeit und Aufmerksamkeit widmen.

Sich selbst überlassen, brachte Mucia den größten Teil des Tages außerhalb des Hauses zu. Ihr auf der Spur folgte unverdrossen der alte Wunibald, schweigsam, wachsam und jeden Augenblick bereit, die seiner Aufsicht anbefohlene Römerin gegen Menschen und Tiere zu verteidigen. Zu ihrer Begleitung gehörten auch zwei große, zur Jagd auf Raubtiere abgerichtete Hunde. Schon manchen Wolf hatten sie abgewürgt, manchem Bären standgehalten.

Schon früh am Morgen begab sich Mucia zu Pferd in den Wald, immer in südlicher Richtung. Sie wollte ihrem Vaterland so nahe sein, wie nur irgend möglich, und möglichst fern dem Waffengeklirr, welches ihr eine Qual war.

An das in Rom erlittene Unrecht und den ihr angetanen Schimpf dachte sie nicht mehr. Die Gefahr, welche unter ihren Augen das heilige Rom bedrohte, verwischte in ihr die Erinnerung an eigenes Leid und tilgte in ihrem Herzen die Verbitterung ihres Vaterlandsgefühls. Auf Flügeln wäre sie gern über Wälder und Berge zu den Ihrigen geeilt, um sie vor dem heranbrausenden Sturm zu warnen. Denn Mucia begriff sehr wohl, dass der Feldzug, den Servius gegen Rom vorbereitete, sich sehr von den früheren germanischen Kriegszügen unterschiede. Sie hatte so viel von der toten Macht gehört, die in den ungezügelten Barbaren schlummere, dass sie den Zweck der Übungen, die der germanische Oberfeldherr jetzt vornahm, ahnte. Offenbar wollte er die rohe, ungeschlachte Kraft durch Selbstbewusstsein, durch Zucht und

Ordnung stärken — er wollte das Römerreich mit dessen eigenen Mitteln bekämpfen.

Was wenn es ihm gelingen würde?

Mucia wusste, dass der letzte Krieg mit den Parthern die Legionen, welche überdies zahlreiche Mannschaften durch die Pest verloren hatten, bedeutend geschwächt hatte. Vielleicht würde der Imperator dem neuen Krieg vorbeugen, wenn ihm Servius' Vorkehrungen bekannt wären. Schon viele Kriege sind durch die Klugheit und Gewandtheit der Senatoren im Keim erstickt worden, wenn sie zu rechter Zeit mit Geschenken und Versprechungen zu den unzufriedenen Völkern gesandt wurden.

Doch vergeblich suchte Mucia nach einem Ausweg aus der Falle, in welcher sie sich befand. Von den Grenzen des Reiches war sie durch undurchdringliche Wälder getrennt, welche nur für Germanen ihre Pfade öffneten. Sicher würde sie sich verirren und eine Beute wilder Tiere oder die Sklavin eines Barbaren werden, wollte sie den Weg allein unternehmen. Von der Dienerschaft hatte sie auch erfahren, dass die Markomannen zwanzig Meilen im Umkreis alle Wege, Pfade und Pässe bewachten, um Servius' Vorbereitungen vor römischer Wissbegierde zu schützen. Einige kühnere Spione hatten schon ihre Verwegenheit auf dem erstbesten Baumast gebüßt; trotz ihrer Verkleidung als reisende Kaufleute hatte man sie erkannt und ohne Umstände aufgeknüpft.

Einige Male hatte Mucia es versucht, sich halbfreien Handwerkern zu nähern, welche noch von Servius' Vater Radbod in anstoßenden römischen Provinzen zu Gefangenen gemacht worden waren. Ein Teil derselben wohnte in den Wäldern in eigenen Hütten und war mit der Erzeugung von Haus- und Wirtschaftsgeräten, Schilden und Lanzen beschäftigt. Niemand überwachte diese ehemaligen römischen Bürger. Der Sieger hatte ihnen zwar die Freiheit genommen und sie zu seinen Leibeigenen, zu ,Leuten' gemacht, aber die Freiheit der Bewegung hatte er ihnen belassen. Sie arbeiteten frei für sich und zahlten dem Herrn nur einen Zins in Getreide, wenn sie Ackerbauern waren, oder in anderen Erzeugnissen, je nach dem von ihnen ausgeübten Handwerk.

Eine Verständigung mit diesen Halb-Leibeigenen wäre nicht schwer, wenn der alte Wunibald sich nicht mit der Beharrlichkeit eines Schattens so an Mucias Fersen heften würde. Stundenlang stand er, wenn sie ruhte, hinter ihr, an einen Baumstamm gelehnt, oder folgte ihr in knapper Entfernung. So war es ihm von Servius befohlen worden.

Schon hatte Mucia alle Hoffnung verloren, sich jemals des Schützes ihres Wärters, wenn auch nur für einige Augenblicke, zu entledigen, als ihr ein Zufall zu Hilfe kam.

Eines Tages, als sie sich einer von Leuten und freien Germanen bewohnten Ansiedlung näherten, zeigten sich ihre Pferde plötzlich beunruhigt. Die Hunde sträubten die Haare im Nacken, knurrten zornig aus und stürzten sich in ein Dickicht, von wo ein Brummen vernehmbar wurde.

„Ein Bär!" rief Wunibald, winkte ihr zu, in das Dorf zu reiten und galoppierte den Hunden nach.

Die günstige Gelegenheit mit Freuden ausnutzend, gab Mucia ihrem Pferde die Reitgerte und sprengte dem Dorf zu, an dessen einem Ende die Hütte eines kriegsgefangenen Römers stand, welchen Mucia nach seiner Haar- und Gesichtsfarbe schon früher einmal als solchen erkannt hatte. Er war Korbflechter.

Auch heute fand sie ihn vor seiner Hütte bei der Arbeit.

„Sei gegrüßt!" sprach sie ihn lateinisch an, stieg vom Pferd und stellte sich dicht neben ihn.

Der Mann zuckte auf, gab aber keine Antwort.

„Nicht das Rauschen germanischer Wälder schläferte dich ein, als deiner Mutter Schoß dir der liebste Ruheplatz war." sagte Mucia, den Kopf des Mannes leicht mit der Hand berührend. „Nicht die kühle Sonne der Barbaren hat dein Haar und dein Gesicht dunkel gefärbt!"

Das Gesicht des Mannes wurde rot, aber seine Lippen blieben geschlossen. Argwöhnisch schaute er um sich, ob sich nicht jemand in der Nähe befindet.

„Du fürchtest Dich?" fuhr Mucia fort. „Mir kannst du vertrauen. Zu dir spricht Mucia Cornelia."

Schnell erhob der Mann seinen Kopf.

„Mucia Cornelia?!" flüsterte er, die Patrizierin verwundert anschauend.

„Du kennst den Namen?"

„Wer bei uns sollte ihn nicht kennen! Dieser Name ist ja mit so großem römischen Ruhm verflochten. Marcus Cornelius nahm mir den Eid als Legionär ab!"

„Du sprichst mit der Tochter seines Bruders."

Der Mann ergriff den Saum von Mucias Kleid und presste ihn an seine Lippen.

„Auch Dich hat man gefangen genommen?" flüsterte er.

„Unserem Vaterland droht große Gefahr." sprach sie. „Den Bürgerkranz würde sich derjenige verdienen, wer sich bis zum Lager der Bataver hindurchschleichen und davon berichten würde, was im Haus des Servius vorgeht."

Der Mann warf Mucia einen solchen Blick zu, wie man ein Kind ansieht, welches ein Sternlein vom Himmel herab verlangt. Er lächelte nachsichtig und entgegnete: „Du kennst nicht die Geheimnisse und die Breite der Waldwüste , welche uns von der Grenze des Reiches trennt. Die Barbaren bewachen in unruhigen Zeiten jeden Pfad, und was ihren Augen entgeht, das wittern bald die Raubtiere."

„Die Pflicht kennt keine Hindernisse, welche nicht überwindbar wären."

Der Römer schüttelte sein Haupt und nahm seine Arbeit wieder auf.

Sie schwiegen. Er flocht an seinem Korb weiter, sie schaute nachdenklich vor sich hin.

Vom Wald her erklang freudiges Hundegebell, bald darauf auch die Stimme Wunibalds, welcher die Hunde mal mit schmeichelnden, mal mit scheltenden Worten zur Ruhe verwies.

„Mein Wächter naht." sagte Mucia schnell. „Gibt es also keine Möglichkeit, zur Grenze zu gelangen?"

Der Mann zuckte nur die Achseln.

„Aber man kann ihnen auf der Spur folgen, wenn sie einmal die unheilvolle Reise angetreten haben." fügte Mucia hinzu. „Willst du dann mein Begleiter sein?"

Der Römer nickte nur mit dem Kopf zum Zeichen des Einverständnisses, da schon der Hufschlag von Wunibalds Pferd zu hören war.

Mucia stieg wieder auf und setzte ihr Pferd gegen das andere Ende des Dorfes in Bewegung, wo in diesem Augenblick ein großer Lärm entstanden war. Der Anfangs nur kleine Menschenknäuel vergrößerte sich sehr bald, denn aus allen Hütten eilten Männer, Weiber und Kinder hinzu. Mucia erblickte ein Weib, welches von einem alten Germanen an einem Strick um den Hals geführt wurde. Diese ging mit tief gesenktem Haupt, umweht von ihren goldblonden Haaren, bedeckt mit Wunden. Von allen Seiten flogen Steine auf sie, Erdklumpen und schmähende Worte. Wer immer ihr beikommen konnte, peinigte sie mit Rutenstreichen. Sogar die Hunde bellten sie wütend an.

Mucia war über den Anblick dieses Auftrittes so entsetzt, dass sie Wunibald erst wahrnahm, als er vom Pferd herab auch seine Reitpeitsche auf den Rücken der Unglücklichen niedersausen ließ.

Hierauf wandte er sich schmunzelnd an seine Schutzbefohlene mit den Worten: „Ein noch unausgewachsenes Tier . . . prachtvoller, dichter und weicher Pelz. Er soll auf Eurer Bank liegen."

Ein junger Bär lag quer über seinem Pferd vor dem Sattel.

Der Gegensatz zwischen seinen gemütlichen Worten und seiner unmittelbar vorhergegangenen Tat empörte Mucia.

„Warum misshandelt die Menge und Du mit ihr das arme Weib?" fragte sie zornig.

„Eine Treubrüchige!" antwortete Wunibald mit erhobener Stimme.

„Ein unreines Tier!" bestätigte die Menge nachdrücklich.

Letztere zog mit der Gerichteten in Richtung Wald; Mucia schwenkte ab, um heimzukehren. Wunibald folgte ihr in einiger Entfernung, froh, dass er sich mit seiner Beute nicht länger herumzuschleppen brauchte, und dass er sie zu Hause noch warm zeigen durfte. Er hatte ein Meisterstück in der Waidmannskunst geleistet; der Speer war mit dem ersten Stoß dem Bären in den Rachen gefahren und beim Genick herausgekommen. Der schöne Pelz war sonst nirgends verletzt; nur beide Ohren waren von den braven Hunden arg zugerichtet.

Mucia ritt langsam, in Gedanken vertieft. Minucius Felix kam ihr in die Erinnerung zurück, jener ebenfalls zum Christentum bekehrte afrikanische Rhetor, der da von der Notwendigkeit gesprochen hatte, dass die zivilisierte Welt in dem Quell neuer Tugenden und Ziele ein verjüngendes Bad nehme müsste. Sollten etwa die Barbaren berufen sein, die alte Welt aufzufrischen — die Barbaren, welche Manneswort so hoch in Ehren halten und weibliche Untreue so grausam strafen? . . .

Die Patrizierin des ‚hölzernen Rom' erkannte und fühlte die geistige und sittliche Gesundheit der Barbaren, und die Betrübnis über die römischen Zustände nagte sich noch tiefer in ihr Herz hinein.

Kapitel 6

Julius Quinctilius Varus, der kaiserliche Legat und Diktator, stand im höchsten Stockwerk des einen der zwei Haupttürme des Bataverlagers und schaute durch eine schmale Fensteröffnung gegen Norden. Unten in den Kassernenhäuschen herrschte die lautlose Stille nächtlicher Ruhe. Die Krieger hatten nach dem Abendgebet ihre Lagerstätten aufgesucht und schliefen ohne Sorge vor dem ungewissen Morgen.

Diese ungewisse Zukunft schwebte schon seit dem Beginn des Frühjahrs über dem Lager. Täglich kam aus dem Germanenland irgendein römischer Kolonist oder Kaufmann ins Lager, welcher vor dem Krieg flüchtete, der jeden Augenblick auszubrechen drohte. Aber April, Mai und Juni waren verflossen, und jenseits der Donau blinkte keine einzige Lanze.

Vergeblich drangen Freiwillige ins Innere des Quadenlandes vor. Da sie nirgends bewaffnete Gruppen sahen, so kehrten sie mit beruhigenden Nachrichten zurück: die Barbaren haben entweder einen Feldzug gegen einen Bruderstamm unternommen oder stecken in den Tiefen der Wälder auf großen Jagden. Vielleicht haben sie sich sogar entschlossen, dort nach dem Muster römischer Kolonien, aber weit weg von diesen, feste Wohnsitze zu gründen und sich dem Ackerbau zu widmen. Die

Befürchtungen der Kolonisten und Kaufleute könnten der ungewohnten Verödung und Geschäftslosigkeit entspringen. Weib und Kind bewohnen zwar noch die alten Hütten und Höhlen, aber wohl nur so lange, bis die neuen Sitze nach Ausrodung der Waldtiefen hergerichtet sind.

Durch solche und ähnliche Vermutungen der freiwilligen Kundschafter fühlte sich alles im Lager beruhigt; nur Julius ließ sich durch das sonderbare Verhalten seiner Nachbarn nicht irreführen. Er hatte sein Tribunat im Dienst an der nördlichen Grenze erworben; somit kannte er die Gebräuche und Gewohnheiten der Germanen sehr wohl. Aus persönlicher Erfahrung wusste er, dass sie im Frühjahr oder Herbst die Donau nie in größeren Gruppen überschritten. Da sie nämlich keine große Zahl von Booten besaßen, zogen sie lieber im Sommer durch Furten oder im Winter auf dem Eis über den Strom. Nur kleine Grüppchen drangen, stets fluchtbereit, zu jeder Jahreszeit in das Reichsgebiet.

Je länger die unheildrohende Stille jenseits des Grenzstroms andauerte, desto eifriger wachte Julius über der Sicherheit der seiner Obhut anvertrauten Provinz. Er beritt unausgesetzt die längs der Grenze zerstreuten Befestigungen, hielt Truppenbesichtigungen ab, ließ die Holzbrücken über der Donau abbrechen und bei Tag und Nacht alle Furten bewachen.

Denn es ist ja kein Geringerer als Servius, welcher hinter jenen Wäldern und Bergen befehligt, die so hartnäckig schweigen, als sei jegliches Leben in ihnen erstorben! Der ehemalige römische Präfekt wird keine zuchtlosen und ungeordneten Horden gegen die Legionen führen; denn er weiß es ebenso wie Julius, dass unbesonnene Kühnheit schließlich stets der bedachtsamen Kriegskunst unterliegt. Er wird seine Vorbereitungen sicher treffen mit der Gewissenhaftigkeit eines vorsichtigen Feldherrn treffen. Er erstrebt ja keine Beute, sondern einen endgültigen großen Sieg.

Es gehört in der Tat Verwegenheit dazu, sich mit der Macht Roms messen zu wollen. Die Stärksten fielen Rom zu Füßen, niedergeschmettert von besten wuchtigen Schlägen. Der Löwe, auch wenn er schwer krank ist, pflegt noch immer gefährlicher zu sein, als ein gesunder Hirsch.

Julius unterschätzte Servius und die von dessen Seite drohende Gefahr durchaus nicht, zweifelte aber auch keinen Augenblick an dessen Niederlage. Er war überzeugt, dass er allein, ohne die Hilfe anderer Truppen, ihn zurückschlagen würde.

Manchmal nur, wenn er nach den Mühen eines ganzen Tages sein Nachtlager aufsuchte, dann vor übermäßiger Anstrengung nicht einschlafen konnte und die Streitkräfte des Reiches mit denen aller Feinde verglich, überkam ihn die Furcht vor etwas Unbekanntem. Nicht um sich selber fürchtete er; diese Furcht war seinem Mut fremd. Eine aus tiefstem Innern seines vaterlandsliebenden Herzens kommende Stimme erinnerte ihn dann an die durch den letzten Krieg und durch die Pest bewirkte Verminderung der Legionen, an die Meutereien der Soldaten und an die Verweichlichung der Führer. Sein römischer Stolz antwortete dieser Stimme mit einen, verächtlichen Lächeln; sie aber hörte nicht auf, ihn an zahlreiche Niederlagen zu erinnern, welche den ‚Herren der Welt' von Barbaren beigebracht worden waren. Wenn gar alle Feinde sich verständigten?! ...

Bei solchen Gedanken trieb es Julius, vom Lager aufzuspringen, mit fieberhafter Eile Kleider und Rüstung anzulegen, Tore und Türme abzugehen, und nachdem er sich überzeugt hatte, dass alle Posten wachten, einen der beiden Haupttürme zu besteigen und so unverwandt nach den germanischen Wäldern zu schauen, als wollte er ihnen mit der Kraft seines Blickes das Geheimnis entreißen, welches dahinter auf der Lauer zu liegen schien.

Auch heute fand er keine Ruhe. Kaum hatte er die Augen geschlossen, da erschien vor seinem geistigen Blick eine mächtige Woge, welche sich mit dem Brausen und Tosen eines ganzen Meeres gegen das Bataverlager wälzte, die Mauern und die Tore niederriss, die Türme zum Sturz brachte und die Soldatenhäuser wegschwemmte.

Julius erwachte über solche Wahnvorstellung und sprach unmutig durch die zusammengekniffenen Lippen: „Warum zögern denn die Hunde? . . . Wollten sie doch nur recht bald kommen, damit ich ihnen die Lust zur Beunruhigung des Reiches für immer austreibe."

Er machte wieder seinen nächtlichen Rundgang und kam in den einen der nördlichen Türme.

„Hast du nichts bemerkt?" fragte er den Legionär, welcher im obersten Stockwerk Wache hielt.

„Gar nichts. Die Berge schweigen, die Wälder rauschen ihren Vögeln zum Schlaf." antwortete der Soldat. „Sogar Kaufleute lassen sich seit einer Woche drüben nicht mehr blicken."

Julius schaute zu dem kleinen Fenster in die dunkle Nacht hinaus, wie er es seit mehreren Wochen zu tun pflegte.

Der Mond hatte die Donauufer noch nicht mit dem Flor seines Silbernebels überzogen; hell leuchtete in seinem Phosphorglanz nur der Abendstern am Himmel und sandte der Erde seine langen, zitternden Strahlen zu. In die lautlose Stille hinaushorchend, half Julius den Augen mit dem Ohr nach. Aber auf den Wäldern, deren dunkle Umrisse sich an dem minder dunklen Gesichtskreise scharf abhoben, kam nicht das leiseste verdächtige Geräusch herüber.

In den nahen Wassertümpeln erinnerten sich die Frösche an die Freuden und Enttäuschungen des vergangenen Frühlings, sie sangen nicht im Chor, wie im Mai und in der ersten Hälfte des Juni: es meldete sich einer, träge und widerwillig; nach einer Weile antwortete ihm ein zweiter, dann ein anderer und nach einer Unterbrechung noch ein anderer. Plötzlich begannen alle ihre Stimme zu erheben und machten einen solchen Lärm, als wollten sie sich gegenseitig fressen. Das war nicht mehr das harmonische Lied der Freundschaft, sondern das schnarrende Geschrei eines Haufens miteinander kämpfender Feinde.

Zum ersten Male begann Julius über diesen regellosen, hasserfüllten Lärm nachzudenken. Er hatte ihn schon alle Tage vorher gehört, aber nicht beachtet. Heute reizte ihn alles. Schon seit frühem Morgen verspürte er eine innere Unruhe, welche ihn von Ort zu Ort trieb. Er besichtigte tagsüber einige Befestigungen, setzte über die Donau, kehrte ins Lager zurück, beging alle Tore desselben, schalt die Zenturionen und bemerkte Nachlässigkeiten im Dienst, wo sie gar nicht vorhanden waren.

Er kannte diese Unruhe sehr wohl; stets ging sie wichtigeren Ereignissen in seinem Leben voraus.

Vielleicht kommen sie schon? . . . Vielleicht naht Servius' Drohung, verstohlen schleichend wie ein vorsichtiges Raubtier, verdeckt von den Bergen . . .

Julius strengte wieder seine Augen an, aber undurchdringlich war das Dunkel der Nacht.

„Warum machen die Frösche einen solchen Lärm?" murmelte er, sich dabei dem Soldaten zuwendend, als ob er wirklich eine Antwort erwartete.

Aber sofort wurde er inne, wie töricht die Frage war, und indem er den Legionär scharf ins Auge nahm, fragte er anders: „Du bist Rufius aus der vierten Kohorte?"

„Du weißt es, hochberühmter Legat." antwortete der Soldat, stramm an der Mauer stehend und seinem Feldherrn direkt in die Augen schauend. Der enge Raum war mit einer Öllampe und während Julius' Anwesenheit noch mit einer Fackel beleuchtet.

„Du hast unter meinem Befehl in Dacien gekämpft; ich kann mich deiner erinnern. Du hast dem göttlichen Imperator gut gedient. Warum sehe ich auf deiner Brust kein Zeichen der Gnade des obersten Kriegsherrn?"

Der Legionär zögerte mit der Antwort eine Weile, dann sagte er mit leiser Stimme: „Der göttliche Imperator erteilt die Abzeichen seiner Gnade denjenigen, welche sie mehr verdient haben als ich."

„Ich kenne Legionäre, die nicht so tapfer sind wie Rufius, und trotzdem sind sie mit Armspangen und mit dem Bildnis des Imperators geschmückt worden. Ich erinnere mich nicht, dass du eine deiner Tapferkeit entsprechende Belohnung gefordert hättest. Warum das?"

Der Soldat schwieg verlegen.

„Dein Feldherr fragt dich." drängte Julius.

„Indem ich der Standarte, welcher ich Treue geschworen habe, ehrlich diene, erfülle ich nur meine Pflicht." murmelte der Soldat.

„Du sprichst wie ein Patrizier, aber auch den Patrizier schmerzt der Mangel gebührender Anerkennung. Die Pflicht ohne Lohn ist eine viel zu große Bürde für die Kräfte eines Sterblichen. Morgen meldest du dich im Prätorium um die Armspange der Tapferkeit zu empfangen."

„Du hast es befohlen, hochberühmter Legat." erwiderte der Legionär in einem so gleichgültigen Ton, dass Julius sich darüber verwunderte.

Er nahm die Fackel von der Mauer herab, beleuchtete das Gesicht des Kriegers und betrachtete ihn aufmerksam.

„Auch kann ich mich nicht erinnern." sagte er nach einer Weile, „dass du irgendeinmal an Meutereien teilgenommen hättest. Nur Trotzige sind über die Anerkennung ihres Feldherrn nicht erfreut. Warum dankst du nicht?"

Der Soldat war unter dem Einfluss von Julius' forschenden Blicken ein wenig erbleicht, und wieder zögerte er mit der Antwort.

„Dich fragt Quinctilius, der Freund des tapferen Soldaten." sprach Julius nach kurzem Schweigen. Vielleicht hat dich der Zenturio ungerechtfertigt misshandelt? Vielleicht ist dir ein anderes Unrecht geschehen? Alles kann ich nicht wissen."

„Dein besorgtes Auge bemerkt jegliche Ungerechtigkeit, und dein rechtliches Herz liebt jedes, auch das geringste Verdienst." antwortete der Legionär. „Das wissen alle Krieger im ganzen Reich."

„Warum also sprichst du mit mir wie mit einem Fremden? . . . Es ist meine Pflicht, Tapferkeit und Diensteifer zu belohnen."

„Verzeihung, Feldherr, aber meine Seele verlangt nicht nach irdischen Ehren."

Der Legionär senkte seinen Blick, als erwarte er in Demut sein Urteil.

Julius stutzte. Des Legionärs Seele verlangt nicht nach irdischen Ehren . . . Dieselben Worte hatte Julius schon irgendwo, schon irgendeinmal gehört. Aber wo? wann . . ?

Nach Ehren, Reichtum und Freuden dieser Erde verlangt es doch alle Sterblichen, da sie darin den höchsten, den einzigen Lebenszweck erblicken. Die Armen beneiden die Reichen, die Schwachen sind des Starken Feind, die Unbekannten möchten die Berühmten überflügeln, die Dienenden sich ihre Herren gehorsam machen. So ist es immer gewesen, und so wird es wohl bleiben bis zum Erlöschen des menschlichen Geschlechts. Nur zeitweilig hat sich ein Weiser oder ein Held über das gewöhnliche Sinnen und Trachten der Menschen emporgehoben . . . Wer aber hat diesen gemeinen Soldaten da gelehrt, eine so stolze Sprache zu führen, dass kein Quinctilier, Cornelier oder Claudier derselben sich zu schämen hätte? War er vielleicht ein Jünger Epiklets, des Sklaven-Philosophen? . . .

Mit Staunen betrachtete Julius den Legionär. Plötzlich blitzte es in seinen Augen bedrohlich auf. Er erinnerte sich nun, wo er jene Worte, wenigstens dem Sinn nach dieselben Worte, gehört hatte. Sie, die verhassten Christen, die verkehrten Neuerer, waren es, welche aus Hass gegen Rom die Verachtung kaiserlicher Gnaden und Ämter predigten. Jene Worte hatten im Gerichtssaal so manches Mal sein Ohr beleidigt; denn so schön sie auch klangen, erhielten sie doch eine ganz andere, unangenehme Färbung dadurch, dass sie von christlichen Lippen kamen.

Er hielt die Fackel dem Legionär dicht vor die Augen und rief: „Du bist ein Christ!"

Der Soldat schwieg.

„Weißt du, dass man die Anhänger dieses gefährlichen Aberglaubens den Tigern vorwirft, wie ein Aas?" fuhr er fort.

Der Soldat rührte sich nicht.

„Du hast den Standarten des Imperators Treue geschworen!"

Nun schaute der Legionär dem Legaten fest in die Augen und sprach: „In deiner Gnade, Feldherr, hast du beschlossen, mich für meinen Diensteifer zu belohnen. Das bedeutet, dass ich der Standarte des göttlichen Imperators Treue gehalten habe. Wenn Rom seine Tapferen mit dem schmählichen Tod auf der Arena belohnt, so nehme ich diese Auszeichnung an mit dem Gehorsam, welcher einem Soldaten zukommt."

In seiner Stimme lag auch nicht ein Schatten von Hohn, in derselben zitterte vielmehr niedergehaltener Schmerz, gepaart mit Ergebung.

Die Drohung in Julius' Augen erlosch. Er steckte die Fackel wieder an die Mauer und sagte ruhig: „Morgen wirst du dich für die Armspange der Tapferkeit melden. In der allerersten Schlacht aber siehe zu, dass du für die Ehre des heiligen Rom stirbst. Du hast einen ehrenhaften Tod verdient."

Der Legionär richtete sich hoch auf, Julius trat wieder an das Fenster.

Schmerzliche Gedanken wogen nun unter der Hirnschale des römischen Patriziers. Ein gemeiner Soldat, der Sohn eines Barbaren, hat ihn beschämt, da er ihn an die Pflichten des Vorgesetzten gegenüber dem Untergebenen erinnerte. Denn es ziemt sich nicht einem Krieger, welcher für die Ehre der Standarte sein Leben zu lassen bereit ist, eine schmähliche Todesstrafe anzudrohen, ob er nun diesen oder jenen Glauben bekennt. Für den Feldherrn auf dem Schlachtfeld ist die Frage des Bekenntnisses seiner tapferen Soldaten ohne Belang. In den Legionen dienten schon lange Bekenner verschiedener Götter, und sie starben doch alle freudig für Roms Größe.

Dieser Christ hat ihn gedemütigt, er hat seine Gnade geringschätzig hingenommen. Er begnügte sich mit dem Bewusstsein Treuer Pflichterfüllung und unverbrüchlichen Einhaltens des geschworenen Eides, wie ein Patrizier vergangener Zeiten, welchen das damals arme Rom für seine Tapferkeit und Bürgertugend noch nicht belohnen konnte.

Wenn die Christen sich mit den uralten römischen Überlieferungen befreunden wollten, würde Julius ihnen seine Anerkennung nicht versagen; denn gerade er hielt die Selbstverleugnung hoch in Ehren. Aber diese Sektierer sagten offen und laut vor dem Richterstuhl des Prätors und angesichts des Richtschwertes heraus, dass die Macht des heiligen Roms im Untergang begriffen sei, dass ihr Gott den Kapitolinischen Jupiter von dein goldenen Thron herabstürzen und dessen Platz einnehmen werde. Löwen und Tigern in den Rachen geworfen, ans Kreuz geheftet, mit Eisenhacken in Stücke zerrissen, auf eisernen Rosten gebraten verhöhnten sie mit gleichgültigem Lächeln die Macht des Imperators. Ihr Heldenmut war Hochverrat! Sie mussten massenhaft vertilgt werden; denn wenn ihre Zahl sich vermehrte, wenn besonders die bewaffnete Macht . . .

Julius erbleichte, ganz entsetzt über die sich ergebenden weiteren Schlüsse...

Ostwärts jenseits des Stromes wurde über dem Waldrand ein schwacher Lichtschimmer sichtbar, einem sehr entfernten Feuerschein ähnlich. Bald darauf erglänzte hinter den nun mit ihren Spitzen zum Vorschein kommenden Baumwipfeln der obere Rand der Mondscheibe in rosigem Licht, scharf sich abhebend auf dem dunklen Grund des Firmaments. Der Feuerschein wurde immer schwächer, je höher der Mond aufstieg; dann schwebte er als volle rote Scheibe über dem Wald. Julius schien es, dass auch das über die Erde sich ergießende Licht des Mondes rot, ja sogar blutrot sich am ganzen Gesichtskreis hin verbreite. Wohin er immer blickte, nach rechts, nach links, vor sich: überall sah er Blut. Gleichzeitig begrüßten die Frösche den Aufgang des Mondes mit einem solchen Lärm, als wollten sie den Zeugen ihres Gezänkes verscheuchen.

Der Mond ging unbekümmert seinen Himmelspfad weiter und verlor unterwegs sein grelles Licht; je höher er sich über die schwarze Wand der Wälder erhob, desto kleiner wurde seine Scheibe und desto bleicher sein Gesicht. Schon hatte er sich weit von den Baumwipfeln getrennt und zog langsam, gleichmäßig und ruhig über die blaue Wölbung, unendlich seinen, silbernen Dunst über die Erde breitend. Sein zaubervolles Licht benahm jetzt den Bergen, Wäldern und Gewässern die schwarze Hülle der Nacht. Es wurde so hell, dass Julius sogar die Baumstümpfe von gefällten Eichen jenseits der Donau deutlich unterscheiden konnte.

Da ließ sich ein Geräusch vernehmen. ... Es war ein Hirsch, welcher sich würdevollen Schrittes dem Stromufer näherte. Am Wasser blieb er stehen, trank davon, hob den Kopf, schaute in den Mond und ging weiter, so langsam, wie er gekommen war.

Julius spähte wieder nach den markomannischen Bergen aus, welche nordwärts den Gesichtskreis abschlossen — mit Riesen vergleichbar, die den Zutritt zu einem verzauberten Land verwehrten.

Als er so dastand und hinausspähte, mit Augen und Ohren ganz in die Ferne versenkt, glaubte er durch die feierliche Stille der herrlichen Sommernacht, wenn auch äußerst gedämpft, das Gesumme eines noch sehr entfernten Lärmes herüberschallen zu hören. Eine Weile lang hielt er den Atem an, und rief dann plötzlich:

„Sie kommen!"

Rufius, der ruhig aufrecht an der Mauer stand, machte eine Bewegung, als wollte er sich dem Fenster nähern; doch wurde er durch die Anwesenheit des Legaten wieder festgebannt.

„Sie kommen!" wiederholte Julius. „Schaffen es deine Augen den Nebel des Mondlichtes zu durchdringen?" fragte er den Legionär.

„Ich bin einer von denjenigen, welche die Zenturionen mit der Nachtwache zu bedenken pflegen." antwortete Rufius.

„So schau dorthin!" befahl Julius, mit der Hand die Richtung weisend. „Siehst du die schmalen Schatten, welche über dem Bergrücken emporsteigen und sich zu einer Wolke zu vereinigen scheinen, deren Rand vom Mond beschienen ist?"

Der Blick des Soldaten forschte in der angegebenen Richtung.

„Dein Adlerauge trügt dich nicht, hochberühmter Legat." bestätigte Rufius nach längerem Schweigen. „Das ist Rauch von großen Lagerfeuern . . . Die Germanen kommen."

„Morgen haben wir einen heißen Tag." sagte Julius.

„So wird sich mir die erwünschte Gelegenheit bieten, meinen müden Körper auf blutgetränktem Boden liegen zu lassen, wie du befohlen hast." murmelte Rufius. „Ich habe mich viel geplagt ..."

Der Feldherr warf dem Soldaten, welcher mit niedergeschlagenen Augen dastand, einen gerührten Blick zu. Der großmächtige Herr hatte plötzlich Erbarmen mit dem Kämpfer, der zu einem unrühmlichen Tod bestimmt war.

„Vergib mir, Rufius." sagte er mit weicher Stimme. „In deinen Adern fließt nicht das Blut der ersten Bürger Roms, darum weißt du nicht ..."

Er beendete den Satz nicht, da ihm einfiel, dass der germanische Freie den Schmerz eines Römers nicht verstehen würde.

„Vergib mir und gedenke nicht mehr meiner Worte." sagte er weiter und streckte Rufius seine Rechte entgegen.

Der alte Krieger aber fiel ihm zu Füßen, umfasste seine Knie und küsste sie.

„Es wäre nicht traurig, zu sterben unter den Augen eines solchen Feldherrn, wie du es bist, hochberühmter Herr." sprach er mit tränenerstickter Stimme. „Auch ist der Tod einem Armseligen nicht furchtbar, welcher auf Erden nichts zurücklässt, außer einem kurzen Gedenken bei ebenso armseligen Menschen. Der morgige Tag würde mich im Jenseits mit denjenigen vereinigen, die ich hier lieb hatte; er würde mir das teure Antlitz meiner Mutter, meiner Braut wiedergeben . . . Bemitleide mich nicht, mein Feldherr, denn ich erscheine mir vielmehr beneidenswert."

In Julius' Seele blitzte es auf, als wäre plötzlich ein großes Licht hineingefallen. Endlich glaubte er das Geheimnis des Christentums erfasst und die Quelle entdeckt zu haben, woraus so wunderbare Kraft sprudelte. Dieser Enterbte der bestehenden Ordnung, welcher auf Erden kein Glück genossen hatte, erhoffte es in einer anderen Welt. Nun wusste er, mit welch' süßem Gift der orientalische Aberglaube unglückliche und gute Menschen sättigte, wie er Helden heranbildete.

Dieser gemeine Soldat war ebenso wie er selbst bereit, für die Ehre Roms sein Leben zu lassen, nur mit dem Unterschied, dass ihn, den Patrizier, das Vaterland für die treuen Dienste mit großen Machtbezeugnissen und mit dem Senatorenpurpur, mit großem Ansehen bei arm und reich, selbst beim Imperator, und mit Ruhm bezahlt machte, jenen Armen aber, einen unbedeutenden Stift in der Staatsmaschine, höchstens mit einem Stücklein Goldblech belohnte, auf dem das Bildnis des Imperators prangte. Den Namen des unsterblichen Quinctiliers wird die Geschichte auf ihren Blättern verzeichnen, den Namen des Rufius den Millionen anderer hinzufügen, welche von der Zeit in den Abgrund der Vergessenheit geworfen werden. Wie sollte er dem Armseligen verübeln, dass er sich mit der Beglückung in einer anderen Welt tröstete ? . . .

„Wenn dein Gott dir gestattet, den Fahneneid zu halten." sprach Julius nach längerem Schweigen, „so bete zu ihm in schwerer Stunde."

Er berührte Rufius' Haupt und stieg dann langsam vom Turm herab.

Mutigen Geistern ist es eigen, dass sie nur von einer unbestimmt geahnten, schleichenden und überhaupt noch unbekannten Gefahr beunruhigt werden, dass aber sofort Gemütsruhe bei ihnen eintritt, sobald die Gefahr in Sicht gekommen oder irgendwie bekannt geworden ist. Wenn in der Nacht schlecht verriegelte Türen poltern, so erschrickt für einen Augenblick auch der Mutigste und bleibt beunruhigt, solange er nicht weiß, ob das Gepolter von Einbrechern oder von einem Erdbeben herrührt; hat er aber die Ursache erkannt, so trifft er mit Fassung seine Maßnahmen. So war es jetzt auch mit Julius. Er wusste nun die Gefahr in seiner Nähe. Ja, er konnte dieselbe schon bis zu einem gewissen Grad ermessen; er wusste, dass sich die Germanen mit Sonnenaufgang am anderen Ufer der Donau zeigen würden. Darum hatte er es auch nicht eilig; er ließ seine Legion ruhig schlafen, damit sie umso mehr Kräfte sammeln, deren sie für morgen sehr bedarf. Ein plötzlicher Überfall noch zur Nachtzeit erschien ihm völlig ausgeschlossen.

Servius' Drohung näherte sich ihrer Ausführung. Aber wurde ein zum Tode Verurteilter, durch das lange und bange Erwarten des Urteils bereits ermüdet, dasselbe gleichgültig hinnimmt, so fand jetzt Julius die Sachlage ganz in der Ordnung und atmete erleichtert aus. Er hielt noch hier und da bei den Toren Nachschau, kehrte dann in sein Quartier zurück, streckte sich auf sein Lager und schlief sogleich ein.

Einen so erquickenden Schlaf hatte er schon sehr lange nicht gehabt.

Kapitel 7

Noch hatte die aufgehende Sonne die Fluten der Donau nicht vergoldet, als im Bataverlager Hornsignale die Krieger aus dem Schlaf weckten. Schnell kleidete sich der Soldat an und rüstete sich; denn die Hörner klangen heute anders als gewöhnlich. Nach den Hörnern erscholl die Tuba, um einen blutigen Tag anzukündigen.

Julius, von höheren Offizieren und Standartenträgern umgeben, trat aus dem Hauptquartier, bestieg die Tribüne und erwartete die Aufstellung der Legion.

Als das Fußvolk und die unlängst herbeigezogene Reiterei, kretensische Bogenschützen und balearische Schleuderer, in Reih' und Glied vor ihm standen, hielt er folgende Ansprache:

„Gefährten! Zur Tapferkeit werde ich euch nicht aufmuntern, denn ihr wisst ebenso gut wie ich, was im Angesicht des Feindes zu tun ist. Ich will euch nur daran erinnern, dass Sieger meine Anerkennung und des Imperators Gnade, Besiegte aber Sklaverei bei Barbaren zu erwarten haben. Indem ihr die Ehre und die Macht des heiligen Rom verteidigt, verteidigt ihr eure eigene Freiheit, welche das höchste Gut des Menschen ist. Dessen eingedenk, werdet ihr siegen oder sterben. Es lebe der Imperator!"

„Es lebe der Imperator und sein Legat!" rief das Heer.

„Und du, Mars." sprach Julius weiter, sein Haupt entblößend, „der du dem römischen Volk tausend Siege in gewaltigen Schlachten bereits gespendet hast, sei auch heute Lenker unseres Schwertes, wie du es seit Jahrhunderten warst. In deine göttlichen Hände legen wir unser Leben und unsere Ehre."

Lautlose Stille herrschte eine längere Weile hindurch im ganzen Lager, unterbrochen nur von dem Klirren der Pferdegeschirre. Alt und jung, Römer und Barbaren, alle vergaßen im Angesicht des Kampfes ihre Unterschiede, jeder betete nach seiner Art, sich dem Schutz höherer Gewalten empfehlend.

Zuerst bedeckte Julius sein Haupt wieder mit dem Helm, dann zu den Präfekten des Lagers sich wendend, befahl er: „Die Bogenschützen und Schleuderer werden die Zugänge zu den nächsten Furten verteidigen. Die Wurfmaschinen kommen auf die Mauern. Die Reiterei soll sich in Bereitschaft halten."

Darauf begab er sich mit seiner Umgebung auf die Zinnen eines der Haupttürme, von wo aus er die feindlichen Bewegungen verfolgen konnte.

Noch ließ sich nichts blicken, obwohl die Sonne ihre Tageswanderung schon angetreten hatte und der ganze Grenzpass klar vor Augen lag. Nur in ziemlich weiter Entfernung blitzte es an den Berghängen von Zeit zu Zeit auf wie von unzähligen Lichtern, welche sich in der Richtung gegen das Lager bewegten. Julius beobachtete dieselben sehr aufmerksam.

„Sie kommen in ungeheurer Zahl und gut bewaffnet, soviel man aus den dort blinkenden Lanzenspitzen ersehen kann." sprach er zu seiner Umgebung.

„Vor Mittag werden sie nicht am Stromufer angekommen sein." bemerkte einer der jüngsten Tribunen. „Wir haben Zeit."

Kaum hatte er das ausgesprochen, als aus den Wäldern längs der Donau auf germanischer Seite ein solches Geschrei erscholl, dass sogar erfahrene Krieger aus Julius' Umgebung sich betroffen anschauten. Sie kannten sehr gut das Geschrei, welches jedem germanischen Einfall vorausging, aber ein so mächtiges Tosen und Lärmen hatten sie noch nicht gehört. Zudem erfüllte es einen so gewaltigen Raum, dass die Richtung, auf welcher es kam, eigentlich nicht recht zu erkennen war.

Vergeblich horchte und schaute Julius bald da-, bald dorthin. Das Tosen war so außerordentlich, als ob die ganzen Wälder sich gegen die Grenze in Bewegung gesetzt hätten. Wolken von Vögeln kreisten über den Baumwipfeln, ratlos, nach welcher Seite sie sich hin flüchten sollten; denn überall erzitterte unter ihnen die Luft von tosendem und tobendem Lärm. Adler und Krähen, Geier und Eichelhäher, Habichte und kleine Vögel, Räuber und Sänger vermengten sich miteinander, versöhnt durch gemeinsame Furcht; Eichhörnchen schossen von Wipfel zu Wipfel durch die Luft, kreuz und quer, ohne irgendwo Ruhe zu finden. Ganze Herden Auerochsen, Elche, Büffel, Hirsche, Wölfe, Füchse stürmten aus den Wäldern hervor und stürzten sich blindlings in die Fluten der Donau, wo so manches Stück am anderen Ufer dem zielsicheren Pfeil der kretensischen Bogenschützen erlag.

Julius schaute unverwandt gegen die Berge; er beobachtete noch immer die blinkenden Lanzenspitzen, welche schier kein Ende nehmen wollten, während die Wälder von immer stärkerem Geschrei und Getöse widerhallten. Er winkte dem ältesten von den Standartenträgern zu und fragte ihn lispelnd: „Begreifst du, was da vorgeht?"

„Ich weiß es." murmelte der Befragte. „Einen solchen Einfall von Germanen hat das Reich noch nie gesehen."

„Du wirst dich unverzüglich nach Rom begeben! Du wirst weder dein Pferd noch dich selber schonen; du wirst nicht einen Tag volle sechs Stunden ruhen, bevor du nicht vor dem Präfekten der Prätorianer erschienen bist und ihm berichtet hast, was deine Ohren gehört und deine Augen bisher gesehen haben. Glückliche Reise!"

„Du sollst zufrieden sein, Feldherr." sprach der Standartenträger und stieg schnell vom Turm herab.

Das Getöse näherte sich immer mehr und bedrohlicher dem Lager. Mit seinem Widerhall überflutete es weit und breit die ganze Gegend, so dass es alles Tagesgeräusch des Lagers in sich verschlang. Da drangen durch den eintönigen Lärm hindurch helle Hornsignale, und fast gleichzeitig zeigte sich am Waldrand eine unübersehbare Kette von Reitern. Sie stürmten hervor, ritten schnell quer über den kahlen Grenzstreifen, beschossen die am anderen Ufer aufgestellten Bogenschützen und Schleuderer mit einer Wolke von Pfeilen, dann wichen sie ein wenig zurück, teilten sich in zwei Hälften und sprengten, die einen gegen Westen, die anderen ostwärts.

Wunderlich sahen diese Reiter aus. Vom Hals bis zu den Fersen mit einer grauen Schale bedeckt, die sich an den Körper anschmiegte und keinen Pfeil durchließ, saßen sie auf kleinen, flinken Pferden, welche auf dieselbe Weise, wie sie selbst, gegen Geschosse gesichert waren. Bei den Tieren hatte der eigentümliche Panzer große Augenlöcher.

Es waren Jazygier, ein slavischer Stamm aus Sarmatien, die besten Bogenschützen unter den Barbaren. In ihrem aus Pferdehufen zusammengesetzten Panzer steckend, setzten sie sich dreist den Pfeilen der Kretenser aus. Im Angriffskampf leisteten sie außerordentlich gute Dienste.

Julius runzelte die Stirn, denn er sah Feinde vor sich, welche er nicht erwartet hatte. Ihren Plan erriet er sofort: sie wollten die Donau weiter stromaufwärts und abwärts an Stellen übersetzen, die von römischen Truppen nicht verteidigt waren.

Schon wollte er den Mund öffnen, um ihnen Reiterei entgegen zu schicken, als aus dem Wald eine zweite Kette jazygischer Reiter hervorbrach, bald darauf auch eine dritte. Die zweite führte dieselben Bewegungen aus wie die erste, die dritte dagegen blieb in zehn Abteilungen beisammen und nahm gegenüber den dem Lager zunächst gelegenen Furten Aufstellung.

Nun schwärmte Fußvolk aus den Wäldern hervor, bewaffnet mit Schwert, Schild und Lanze. Riesenwuchs, mächtiger Körperbau und blondes Haar verrieten dessen Abstammung; es waren Germanen. Sie schritten in solcher Ordnung einher, als ob nicht Barbaren dem Lager sich näherten, sondern gediente römische Truppen. Angeführt wurden sie von ehemaligen Legionären. Julius erkannte diese von weitem an den kleinen runden Schilden und den blinkenden Brustharnischen. Sogar die Federbüsche auf den Helmen hatten sie beibehalten.

Schon standen die ersten Reihen unweit vom linken Donauufer, schon war der ganze Grenzstreifen, soweit das Auge reichte, in ein wogendes Meer von Menschen- und Pferdeköpfen verwandelt, und noch immer ächzte der Waldboden unter den Tritten einer darin verborgenen schweren Menge von Kriegern, und an den Berghängen blinkte noch immer eine unzählige Folge von Lanzenspitzen. Also war das Meer von

Häuptern, welches Julius bereits vor sich sah und welches an Zahl seine Legion zehnmal übertraf, nur ein kleiner Teil der Überschwemmung, von welcher das Reich heimgesucht werden sollte! ...

Denn dies war kein gewöhnlicher Einfall . . . sondern eine leibhaftige Überschwemmung! ... Da kommt endlich über Rom jene Rache der Barbaren, welche von Vaterlandsfreunden seit hundert Jahren vorhergesagt wurde .. . jene Riesenwelle, die Julius in seinen Traumerscheinungen schreckte.

Er begriff sofort, dass an einen Angriff nicht zu denken war, sondern nur an Verteidigung.

„Die Bogenschützen und die Schleuderer zurück! Alles hinter die Lagermauern! Blei schmelzen! Die Wasserkessel unaufgesetzt heizen!" lautete sein Befehl.

Die Mauern, erwog er, werden ihren Ansturm aushalten. Wenn sie keine Belagerungsmaschinen mit sich führen, kommen sie nicht in das Innere des Lagers.

Aber siehe da: das Meer von Barbaren spaltete sich, und aus dem Wald kam eine lange Reihe von Wagen mit Sturmböcken daraus, Türmen auf Rädern und Belagerungshütten.

Julius neigte sein Haupt, schloss die Augen und betete inbrünstig zu Mars: „Strafe diesen Verräter!"

Derjenige aber, welchen er soeben Verräter genannt hatte, wurde in diesem Augenblick von den Germanen mit einem so gewaltigen Freudengeschrei begrüßt, dass davon die Luft meilenweit erzitterte. Hoch zu Ross stand er auf einer Anhöhe, umgeben von den Häuptern der Geschlechter. Er steckte ganz in einem silbernen Schuppenpanzer; die Adlerflügel an seinem Helm waren in schwingender Bewegung; ein weißer Mantel floss von seinen Schultern.

Nachdem es still geworden war, deutete Servius mit seinem langen Schwert auf das Bataverlager. Auf dieses Zeichen hin erschollen Hornsignale, und die Jazygier stürzten sich zuerst in die Donau. Ihnen folgten die Quaden und Markomannen, dann Völker, welche Julius unbekannt waren. Letztere schleppten die Belagerungsmaschinen aus Holzflößen hinter sich her.

Der Übergang über die Donau vollzog sich gleichzeitig an so vielen Stellen, dass an ein Aufhalten der Barbaren gar nicht zu denken war. Die Jazygier allein hätten die Bogenschützen und Schleuderer der Legion bis auf den letzten Mann aufgerieben: durch die Furten gingen solche Massen von Menschen, dass sich das Wasser des Stromes hob.

Mehr erstaunt als ängstlich betrachtete das römische Heer diese unzählige Menge von Köpfen, welche, von den Lagermauern schräg abwärts gesehen, die ganze Donau auszufüllen schienen. Der Grenzlegionär, an leichte Siege über die Nachbarn gewöhnt, hatte bisher ihre Zahl gering geschätzt.

Schon standen Tausende auf dem rechten Ufer des Stromes. Bald war in dieselben Ordnung gebracht, und nun zogen sie nicht etwa geradeswegs gegen das Lager, sondern hinter dessen südliche Seite, einen gewaltigen Halbkreis bildend, welcher sich immer mehr verengte und zusammenschloss, je mehr neue Kräfte dazu kamen.

„Sie schließen uns ein." bemerkte einer von den Tribunen.

„Servius führt sie an!" antwortete Julius nur; und bezeichnend.

In der Tat war die führende Hand die eines erfahrenen Feldherrn. Gewöhnlich stürzten sich die Germanen sofort mit großem Geschrei über den Feind, um nach kurzem Kampf entweder zu siegen oder den Rückzug anzutreten. Heute beeilten sie sich nicht.

Nachdem das Lager von drei Seiten eingeschlossen war, standen die Massen still und erwarteten geduldig die Signale. Ehemalige römische Zenturionen ritten fortwährend vor den Fronten hin und her, Servius' Befehle überbringend.

Schon hatte die Sonne die Hälfte ihrer Tageswanderung vollbracht, als von mehreren Stellen gleichzeitig Hörner erklangen. Die Jazygier, eine lange Kette bildend, begannen den Kampf. In gestrecktem Galopp sprengten sie bis an die Mauern des Lagers vor, schossen gegen die Verteidiger derselben ihre Pfeile ab und zogen sich ebenso schnell zurück. Dieses blutige Spiel wiederholten sie oft, wodurch sie die römischen Bogenschützen und Schleuderer stark beunruhigten und denselben große Verluste beibrachten.

Unter ihrer Deckung rückten im Marschschritt gedienter Truppen zwei Reihen Fußvolk vor. welche Brustharnische und Lederhosen trugen. Von Standartenträgern wurden denselben Drachen mit weil geöffnetem Rachen vorangetragen, das Feldzeichen der Quaden. Gegen alle germanische Sitte gingen sie lautlos vor. Im Bereich der römischen Geschosse angekommen, deckte sich die vordere Reihe mit den Schilden, die zweite erhob die ihrigen über die Köpfe, um sich vor den Pfeilen und Steinen zu schützen.

Vergeblich waren die Anstrengungen der römischen Schleuderer, diese lebendige Mauer zu durchbrechen. Die Quaden schritten so fest geschlossen voran, dass ihre Schilde keine Lücke für das Eindringen feindlicher Geschosse boten. Mit dumpfem Gepolter fielen die Steine auf das Dach von Schilden, unschädlich für die Beschossenen.

Hart hinter dem Fußvolk knarrten die Belagerungsmaschinen, auf ihren Scheibenrädern von unsichtbaren Händen vorwärts bewegt. Da kamen herangerollt Sturmböcke, Türme, Wagen mit Leitern und Reisigbündeln, Holzhütten mit Fenstern, geschoben von im Innern verborgenen Menschenkräften. Auch dieser Belagerungspark bewegte sich zum großen Erstaunen der Römer in größter Ordnung, ohne das gewöhnliche germanische Geschrei.

In dem Augenblick, da die Quaden nach Überschreitung des Grabens den Wall erklommen hatten, erscholl ein Befehl, welcher von einem Hauptmann zum anderen weitergegeben wurde. Mit blitzartiger Geschwindigkeit senkte nun die erste Reihe ihre Schilde und ließ ihre Wurfspeere über die Mauer sausen. Dies geschah so plötzlich, dass bevor die Römer es merkten, die Germanen schon wieder die Schilde gehoben hatten. Gleich darauf kam eine zweite Welle von Speeren aus der zweiten Reihe der Quaden.

Lautes Geschrei von den Mauern herab beantwortete die Geschicklichkeit der Barbaren. Der römische Soldat bekam jetzt einen Begriff davon, dass er einen Feind vor sich hat, welcher fürchterlich werden kann.

Im rechten Augenblick forderte die Tuba von den Zinnen des Hauptturmes die römischen Maschinisten auf, an ihre Arbeit zu gehen; denn die Sturmböcke der Feinde bewegten sich geradeswegs gegen die Tore. Die Wurfmaschinen wurden in

Bewegung gesetzt, und ein gewaltiger Steinhagel prallte an die Belagerungswerkzeuge der Barbaren.

Aber den bedrohten Sturmböcken eilten jetzt zwei neue Reihen Quaden zu Hilfe, sowie eine Menge halbnackter Riesen mit rotbraunem Kopfhaar, die nur mit dem Schild und einer am Ende spitz zugebrannten Stange ausgerüstet waren.

Jetzt erst erhoben die Germanen ihr Schlachtgeschrei. Entsetzen erregende Laute quollen unter ihren Schilden hervor und schallten über das Lager als fürchterliche Drohung.

„Gegen Rom! Gegen Rom!" brüllte es ringsherum.

Die neuen Reihen der Quaden ließen ihre Speere durch die Luft sausen und teilten sich dann, um den halbnackten Riesen Platz zu machen. Blindlings, ohne die geringste Vorsicht zu beobachten, sprangen diese Wilden zu den Sturmböcken und zu den Wagen, auf welchen die Leitern lagen. Von der Mauer herab flogen Pfeile und Steine, ergoss sich geschmolzenes Blei und siedendes Wasser. Der Tod konnte von diesem Augenblick an seine Opfer nicht mehr zählen.

Die Germanen fielen haufenweise, aber auf der Leiche oder dem schwer verwundeten Körper eines Barbaren standen deren sofort drei lebendige, und jeder frisch heranrückende Krieger, durch den Blutgeruch und den Anblick der Gefallenen noch mehr gereizt, sowie durch den wachsenden Lärm des Kampfes betäubt, achtete immer weniger auf die Geschosse der Verteidiger des Lagers. Mit der Wut verwundeter Raubtiere schlugen die Verbrühten an die Tore und erkletterten die Leitern.

Es war unnötig, dass die Tuba im Lager die Römer noch besonders aufforderte, ihre Kräfte anzuspannen. Geübte und dabei unübersehbare Massen von Kriegern vor sich sehend, begriff der römische Soldat von selbst, dass er nicht mehr das Lager, sondern sich selbst verteidigte. Er verdoppelte daher seine Kräfte, er fühlte keine Verwundung, er arbeitete mit der linken Hand, wenn die rechte kampfunfähig geworden war.

Die Pfeile der Jazygier, die Speere der Quaden, die Geschosse, welche von den beweglichen Türmen entsendet wurden, fielen so dicht und so sicher, dass nach zwei Stunden nur mehr zwei Drittel der Verteidiger auf den Mauern standen. Schon war es den Germanen gelungen, einige Stellen der Mauern zu besetzen; schon stieg im Innern des Lagers hier und da Rauch auf von den Soldatenhäusern, welche mittels der von den Mauern hineingeschleuderten brennenden Reisigbündel in Brand gesteckt worden waren. Und stets frische Kräfte kamen auf Seiten der Germanen an die Reihe. Aber nicht mehr der quadische Drache, sondern der Adler der Markomannen wurde den nun Heranrückenden vorangetragen. Ihre kurzen Schwerter, den römischen ähnlich, blitzten von weitem.

Julius bemerkte die sich vollziehende Wandlung und runzelte die Stirn. Er stand noch immer auf den Zinnen des Turmes. Die Jazygier hatten ihn an den Standarten, welche über seinem Haupt sichtbar waren, als obersten Befehlshaber erkannt und beschossen ihn mit Pfeilen. Einige derselben prallten an seinem silbernen Brustharnisch ab, zwei rissen ihm den Federbusch vom Helm, zwei andere durchbohrten einen neben ihm stehenden Standartenträger, welcher über die Brüstung hinabstürzte. Julius merkte nichts davon, so ausschließlich war seine Aufmerksamkeit auf den Kampf gerichtet. Nicht für einen Augenblick kam ihm der Gedanke, dass sein Leben unausgesetzt von der größten Gefahr bedroht sei. Mit vorgeneigtem Kopf, mit einer tiefen, senkrechten Furche über der Adlernase, mit fest zusammengekniffenen Lippen verfolgte er die Bewegungen der Feinde mit dem Blick eines Raubvogels, welcher im Begriff ist, sich auf ein ausersehenes Opfer zu stürzen.

Der Pfeil eines Jazygiers sprengte die goldene Agraffe, mit welcher sein Mantel über der rechten Schulter zusammengehalten war. Er rührte nicht einmal die Hand, um das fallende Kleidungsstück festzuhalten. Er hörte nichts, er sah nichts, was ihn selber betraf: er sah nur die neuen Reihen von Germanen und hörte das Geheul der Angreifenden.

Denn die halbnackten Wilden, die sich die Schädel an den Mauern einschlugen, schrien nicht mehr — sie heulten in übermenschlichen Tönen, wütend über den Widerstand der Römer. Der Kampf hatte schon jenen Grad von Verbissenheit erreicht, bei welchem der Mensch seiner selbst vergisst, unempfindlich gegen Verwundungen, gleichgültig gegen den Tod ist. Die Germanen, blutüberströmt, mit bis auf die Knochen reichenden Brandwunden bedeckt, erkletterten die Leitern und warfen immer mehr feurige Bündel in das Innere des Lagers. Aber auch die von den Pfeilen der Jazygier arg verfolgten Verteidiger der Mauern kannten keine Vorsicht mehr.

Da befahl Julius: „Die Bogenschützen und Schleuderer weg von der Mauer! Die Lanzenträger und Schwertfechter hinauf!"

Die heulenden Wilden fürchtete er nicht; er wusste was zu tun war mit ihnen, wenn ihre Masse nicht von Quaden und Markomannen durchsetzt wäre.

Mit forschendem Auge berechnete er die feindlichen Kräfte. Da kämpften vor den Mauern schon Tausende von geübten und auf Kommandorufe hörenden Soldaten, und rechts und links vom Lager, hinter diesen scheinbar ohne Ordnung zusammengewürfelten beweglichen Massen standen, von diesen durch ihre Unbeweglichkeit und Ordnung scharf getrennt, noch zahlreiche Abteilungen, welche nur auf das Zeichen warteten, um mit einzugreifen.

Der Wucht dieses riesigen Heeres wird seine Legion nicht standhalten können, und wollte sie es. so würde kein einziger Legionär das eitle Wagnis überleben, denkt Julius. Es sollen nur die Markomannen mit ihrer römischen Waffe die Mauern erklimmen, dann beginnt ein fürchterliches Schlachten. Wen das Schwert des feindlichen Soldaten nicht erreicht, den streckt die Stange eines Wilden nieder, oder er erstickt im Rauch des Lagerbrandes. Die untergehende Sonne wird mir noch einen riesigen Schutthaufen und die verzerrten Züge der Leichen von Kriegern bescheinen, welche einen ehrenvolleren Tod verdient haben.

Das Lager wird nicht zu halten sein. Wenn die Lanzenträger und Schwertfechter die Barbaren auch bis zum Abenddunkel aushalten könnten, so ist doch morgen die Legion unrettbar ihrem Schicksal verfallen. Für ihn hat jeder Arm einen großen Wert, der Feind dagegen kann vor den Mauern so viele Leichen anhäufen, dass darüber hinweg neue Kräfte in das Innere der Befestigung gelangen. Dann entrinnt kein einziger Legionär diesem Käfig . . . Wenn dagegen ein Ausfall gemacht würde, dann blieb gewiss die Hälfte der Soldaten auf dem Schlachtfeld, aber die andere Hälfte würde sich durch die germanischen Scharen durchschlagen und dem heiligen Rom noch weiter unschätzbare Dienste leisten können . . .

Diese Gedanken ordneten sich schnell in Julius' Kopf. Er beugte sich noch mehr über die Brüstung, wie ein sprungfertiges Raubtier.

Er suchte den besten Ausweg, aber nirgends fand er eine offene Stelle. Gegen Norden beengte die Donau seine Bewegungen, gegen Osten und Westen wimmelte es von Barbaren, und dem südlichen Tor gegenüber stand Servius selbst mit seinen auserwählten Truppen. Offenbar wusste dieser Verräter, dass der Hauptkampf nicht auf den Mauern ausgefochten werden würde, weil er die allerbesten Soldaten zum größten Teil untätig in seiner Nähe behielt, wogegen er die halbnackten Wilden schonungslos den Pfeilen und Steinen, dem glühenden Blei und siedenden Wasser der Römer preisgab.

Und doch musste dem zwecklosen Morden ein Ende gemacht, ein Teil der Legion für Rom gerettet werden . . .

Julius richtete sich hoch auf und sprach zu seiner Umgebung in entschlossenem Ton: „Wir werden uns einen Weg bahnen mitten durch die Massen. Wen Mars am Leben erhält, der stelle sich übermorgen in Juvavum *(Anmerk.: das heutige Salzburg)* ein. Dort werden wir uns vereinigen und unsere Anzahl bestimmen."

Er hielt inne, abwartend, ob einer von den Obersten der Kohorten eine Bemerkung machen würde. Da keiner sich meldete, weil alle sich der Sachlage genau bewusst waren, so befahl er weiter: „Die erste Kohorte macht den Ausfall durch das östliche Tor, die zweite durch das westliche, alle übrigen durch das südliche. Die Reiterei wird uns den Weg bahnen. Die Bogenschützen und Schleuderer entwickeln sich an den Flanken. Die Schwertfechter und Lanzenträger kommen in Doppelkeilordnung in die Mitte. Es ist unabdingbar, die Schlachtordnung bis zum alleräußersten Augenblick aufrecht zu erhalten. Was vom Ganzen losgetrennt wird, soll sich nach Möglichkeit zusammenhalten. Stets ist zu beachten, dass man die Barbaren durch Ordnung und Schnelligkeit besiegt."

Er winkte dem Tubabläser und den Hornisten zu, dann sagte er noch: „Und nun, Geführten, auf Wiedersehen übermorgen in Juvavum oder in einigen Stunden im Reiche der Schatten!"

Mit einem freundlichen Blick verabschiedete er sich von seinen Untergebenen und stieg als erster vom Turm herab . . .

Soeben nähern sich frische Markomannenkräfte der Festung — da öffnen sich plötzlich zum großen Erstaunen der Barbaren die Tore, und römische Reiterei sprengt in das Gewühl, ihre verderbliche Arbeit beginnend. Der Ausfall kommt so unverhofft und so heftig, dass die lebendige Mauer um das Lager an drei Stellen auf einmal durchbrochen wird. Die langen Schwerter der Reiterei haben in wenigen Minuten breite Wege für das Fußvolk ausgemäht. Bevor den Belagerern recht bewusst wird, was vorgeht, hat sich das römische Lager unbehindert geleert.

Julius ging mit dem größeren Teil der Kohorten geradeaus gegen Süden vor, in der Richtung, wo Servius Stellung genommen halte. Sich in der Mitte seiner Truppen haltend, beherrschte er deren Bewegungen.

Er hatte richtig vermutet, dass Servius den Ausfall erwartete. Von dem Hügel, auf welchem letzterer stand, sprengten Hornisten nach allen Seiten, den Germanen neue Befehle zubringend. Aber nur die Markomannen und die Quaden gehorchten und schlossen sich eiligst zusammen; die Halbnackten dagegen erhoben ein grässliches Geschrei und setzten den Kampf auf eigene Faust fort. Ein Teil derselben fiel über die verlassenen Mauern in das Lager ein, der andere stürzte sich über die Römer her.

Mit der Kaltblütigkeit von erfahrenen Meistern des Kriegshandwerks, welche das wilde Lärmen und die rohe Prügelei dieser jetzt ungeordnet kämpfenden Barbaren nicht aus der Fassung bringt, bahnte sich Julius' Abteilung eine Gasse durch die tosenden Wogen menschlicher Leiber. Wie ein Pflug den Acker, so durchfurchten die Legionäre die Massen von Germanen. Vergeblich wollten die Wilden sie aushalten. Die Schwerter der Römer parierten die ungeschickten Stangenhiebe und streckten jeden nieder, welcher sich auf Schwertlänge näherte. Fiel aber ein Legionär unter der Wucht der Stange, so zogen seine Kameraden ihn und sein Pferd sofort in die Mitte, und die Lücke wurde ausgefüllt.

Da rauschte es ringsherum. Es war das Schwirren der Pfeile der Jazygier, vermengt mit dem Geklapper ihrer eigentümlichen Panzer. Die römischen Bogenschützen und Schleuderer erwiderten dreimal den Angriff derselben; damit waren aber ihre Geschosse verbraucht und sie mussten sich, zu weiterem Kampf unfähig, in die Mitte zurückziehen. Immer öfter erscholl jetzt das Kommando der Zenturionen: „Schließt euch!" denn Tote und Schwerverwundete gab es nun so viele, dass man sich um sie nicht mehr kümmern konnte, sondern sich nun vor Zersprengung hüten musste.

Kaum hatten die Jazygier sich zurückgezogen, als die Juliussche Abteilung auf beiden Flanken von frisch herangerücktem markomannischen Fußvolk angegriffen wurde. Beiderseits kamen Lanzen und Speere sehr bald außer Gebrauch; nur mit

Schwertern, Mann gegen Mann, wurde jetzt gekämpft. Zwar standen die Markomannen in der Handhabung des kurzen Eisens den Römern nach, aber sie hatten die Übermacht. Die römischen Flanken waren bald durchbrochen, und der Feind wühlte sich in den Rumpf der Abteilung hinein. Hinter den markomannischen Schwertfechtern drangen die Wilden mit ihren Stangen ein und erweiterten die Öffnung. Die Legionäre kämpften mit der Verzweiflung von Gladiatoren, aber ihre Arme waren schon ermüdet. Nur mit der äußersten Anstrengung gelang es Julius, die Schlachtordnung noch einigermaßen aufrecht zu erhalten.

Da erdröhnte plötzlich der Erdboden unter den Hufschlägen Tausender von Pferden. Julius sah nach der Richtung: es war Servius an der Spitze seiner auserlesenen markomannischen Reiterei. Anfangs flog er geradeaus auf Julius' Abteilung zu, aber vor der Front derselben machte er eine jähe Schwenkung nach links, um gleich darauf in Keilordnung den römischen Kohorten in die Flanken zu fallen, und zwar mit so ungestümer Gewalt, dass er sie sofort in zwei Hälften spaltete.

Zu Ende war es mit der Schlachtordnung. Römer und Germanen vermischten sich; überflüssig wurde Julius' Wachsamkeit, unmöglich sein Kommando. Jetzt war er ein gemeiner Soldat wie alle anderen; seine Aufgabe bestand nur mehr darin, sein Leben so teuer wie möglich zu verkaufen.

Und es war höchste Zeit für ihn, selbst das Schwert zu schwingen; denn er war von Feinden umringt, welche es jedoch zunächst auf die Standarten abgesehen hatten. Diese mussten vor allem verteidigt werden. Mit dem Schilde sich deckend, hieb er vom Pferd herab mit sicherer Hand auf diejenigen feindlichen Soldaten ein, welche miteinander um den Ruhm wetteiferten, eine Standarte zu erobern, und eine kleine Schar von Legionären, welche zum Teil sich zu ihrem Feldherrn erst durchschlagen mussten, schöpfte aus seinem Beispiel neue Kraft. Ganz besonders zeichnete sich ein alter Soldat aus, welcher sich zwischen Julius und die nächsten Feinde warf und unter denselben ein fürchterliches Blutbad anrichtete. Obwohl selber schwer bedrängt, warf der Legat hin und wieder ein Auge auf den tapferen Krieger. Es war Rufius!

Kaum aber hatte ihn Julius erkannt, als jener mit blutüberströmtem Gesicht niedersank. Noch einmal erhob er sich, streckte seine Rechte mit dem Schwerte gegen den Feldherrn auf und rief: „Mein Schwert lege ich in deine Hände zurück. Ich habe vollbracht, was mein Feldherr mir befohlen hatte!" Ein neuerlicher Hieb eines Barbaren streckte ihn zum zweiten Mal nieder, nun aber für immer.

Julius, der Feind der Christen, war gerührt, wie noch nie in seinem Leben. Unter dem ersten Eindruck wollte er abspringen und dem braven Soldaten, welcher noch vor wenigen Augenblicken ihm ein so treuer Gefährte war, zum Abschied die Hand reichen; aber die Feinde drangen so heftig auf ihn und seine kleine Schar ein, dass kein einziger Schwerthieb ungeschehen bleiben durfte.

Umso wuchtiger und schneller sauste nun das Schwert in seiner Hand. Dem nächsten Barbaren versetzte er einen Hieb über den Kopf, und durch eine gewandte Armbewegung stieß er das Schwert mit demselben Streich einem zweiten zwischen die Rippen. Von neuem ausholend, traf er einen dritten gegen den Leib, und fast gleichzeitig stieß er mit seinem Schild einen vierten vom Pferd.

Aber umsonst verteidigt er sich mit großer Geistesgegenwart und Gewandtheit; lange kann er der Übermacht nicht trotzen. Hunderte Arme besitzt er nicht, und hundert Schwerter sieht er auf sich eindringen. Noch einige Sekunden, und sein unausweichliches Schicksal wird ihn erreicht haben, umso mehr, als sein treues Streitross verwundet ist. Schon beugt er sich und streckt den Kopf vor wie ein verfolgtes Wild, welches blindlings dem sicheren Tod entgegenrennt, als er hinter sich ein germanisches Kommando vernimmt, von einer klangvollen Stimme gegeben, die er sehr wohl kennt.

Mit einem jähen Ruck wendet er schnell entschlossen sein Pferd, um die Niederlage der Legion an dem Urheber zu rächen. Aber in demselben Augenblick schmettert Servius Schild mit solcher Wucht auf seinen Helm nieder, dass der Legal wankt und betäubt vom Pferd gleitet. Er verspürt ein heftiges Ohrensausen, es wird dunkel vor seinen Augen. Noch glaubt er die lateinischen Worte zu hören: „Lieg' ruhig, rühr' dich nicht!" — dann hört, sieht und fühlt er nichts mehr . . .

- o -

Als der römische Oberfeldherr aus seiner Ohnmacht wieder erwachte, war es um ihn herum so still, als ob des Krieges zermalmende Tritte diesen Boden nie berührt hätten. Verstummt war das Geschrei der Barbaren. Wie ein Traum zog vor seinen geistigen Augen die Geschichte des Tages vorüber.

Wie ein Traum? In der Tat, Julius schlummerte wieder ein und träumte alles durch: die ersten Zeichen des Herannahens der Barbaren, die Alarmierung des Lagers vor Sonnenaufgang, seine Ansprache an die Legion, das Hervorbrechen von Tieren und Menschen aus den germanischen Wäldern, die verschiedenen Abschnitte des Kampfes — alles bunt durcheinander.

Plötzlich zuckte er auf ... er war in seinem Traum an dem Schlusspunkt seiner Erlebnisse angelangt, an der kurzen Begegnung mit Servius. Er riss die Augen weit auf und fühlte sich nun vollständig wach und bei voller Besinnung. Er sah aber nur tiefste Finsternis. Bald jedoch spürte er, dass sein Gesicht zugedeckt war. Er schob die Hülle zurück; es war der grobe Mantel eines gemeinen Legionärs, mit welchem sein ganzer Oberkörper samt Kopf bedeckt war.

Von oben, von dem reinsten, durch kein Wölkchen beeinträchtigten dunkelblauen Himmel einer herrlichen Sommernacht schaute auf ihn der Mond herab — derselbe, welcher gestern das Bataverlager beschienen hatte, in dem ruhig, sorglos, auf ihre Kräfte vertrauend Tausende von kerngesunden Soldaten geschlafen hatten. Auch dieselben glänzenden Sterne flimmerten am Himmelsgewölbe, wiewohl der Dampf eines Meeres von Blut und unzählige letzte Seufzer dorthin aufgestiegen waren. Kein einziges Sternlein hatte sich gerötet oder war fahler geworden als gestern . . .

Julius drückte die Augen zu und rief nun in vollwachem Zustand die Ereignisse des vergangenen Tages klar in sein Gedächtnis zurück. Alles bis zum letzten Augenblick, bis zu Servius' wuchtigem Schlag, welcher ihn der Sinne beraubte, stand deutlich vor seinem Auge, aber zu dem schauerlichen Bild gesellten sich auch sofort Gedanken über seine eigene Schuld oder Unschuld.

Zum ersten Mal in seinem Leben war er auf dem Schlachtfeld unterlegen — so furchtbar vernichtet wie einst sein Urgroßvater Publius Quinctilius Varus im Teutoburger Wald. Und nicht die Künste des Servius hatten ihn bezwungen, sondern sein eigener römischer Hochmut, welcher die Barbaren geringschätzte. Wenn er die Mahnungen, mit welchen Kolonisten und Kaufleute aus dem Quadenland ihm gegenüber nicht gespart hatten, beachtet und nicht in den Wind geschlagen hätte, so hätte er viel mehr Kräfte im Lager und um das Lager vereinigen können; er hätte alle Truppen zusammengezogen, welche längs der Donaugrenze zerstreut waren. Er bekleidete ja Amt und Würde eines außerordentlichen Legaten des Imperators; seinen Befehlen unterstanden drei Provinzen: Vindelicien 1), Raetien 2) und Noricum

3) *(Anmerk.: 1) Das Land zwischen Lech, Inn, Donau und Alpen. 2) Das Alpengebiet zwischen St. Gotthard und Brenner. 3) Das heutige Österreich südlich der Donau, Salzburg, Steiermark und Kärnten.).*

Hatte er gegen das Vaterland etwas verschuldet? Hatte er durch Leichtsinn und Unbedachtsamkeit gefehlt? Das Gewissen des Feldherrn und Soldaten machte ihm keinerlei Vorwürfe. Er hatte getan, was er konnte, bis er besinnungslos liegen blieb. Ja, der römische Hochmut allein hatte ihn besiegt, welcher infolge vielhundertjähriger Überlieferung von Kriegstriumphen in seinem Blut steckte. Außerdem aber muss der Zorn der Götter mit im Spiel gewesen sein. Denn nur die erzürnten überirdischen Gewalten konnten über das Reich eine solche Überschwemmung bringen, wie sie bisher die Geschichte nicht verzeichnet hatte. Es waren ja über die Donau Völker hereingebrochen, von welchen Julius nicht einmal erzählen gehört hatte. Und so weit sein Auge sehen konnte, überall hatten solche Völkermassen gewogt, dass sie in grauer Ferne zu einer unkenntlichen Flut verschmolzen. Der ganze Norden mit seinen bekannten und unbekannten Völkern stand unter Waffen, um das heilige Rom zu zerschmettern. Einen solchen Einfall hatte niemand vorhersehen können.

Also war sein Gewissen rein. Nichts hatte er verschuldet! jeder andere Feldherr an seiner Stelle hätte ebenso gehandelt.

Jetzt erst fühlte Julius das Bedürfnis, sich zu erheben, aber auch jetzt erst verspürte er eine Last auf seinen Beinen. Sie stecken unter einer Pferdeleiche, glücklicherweise jedoch nur unter Kopf und Hals derselben, so dass er nach einiger Anstrengung sich davon befreien konnte. Anfangs konnte er sich noch nicht aufrecht halten, denn seine Füße waren erstarrt, und bei der ersten Bewegung fiel er der Länge nach auf einen Leichenhaufen. Je mehr er sich aber abmühte, auf die Beine zu kommen, desto rascher trat in seinem Körper der regelmäßige Blutkreislauf ein, und bald hatte er seine Beweglichkeit wiedererlangt, die nur durch schwere Müdigkeit in seinen Gliedern beeinträchtigt wurde.

Aufrechtstehend warf er einen Blick um sich herum. Römische und barbarische Krieger lagen da zu zweien, zu dreien ober haufenweise, einträchtig im letzten Schlaf neben und übereinander ruhend. Soweit sein Blick reichte: nichts als Leichen von Menschen und Pferden, und in näherer sowie weiterer Entfernung zahlreiche Brände und Feuerscheine. Das Lager der Bataver brannte lichterloh; diese riesige Fackel half dem Mond das grausige Bild zu beleuchten. Außerdem brannten zahlreiche Ansiedelungen, Dörfer und Städtchen der weiten Umgebung. So beleuchteten die Barbaren ihre Wege. Diese selbst aber waren schon so weit von ihm entfernt, dass der Zwischenraum all ihren Lärm in sich verschlang.

Julius horchte. Vielleicht ließ sich irgend eine Stimme vernehmen, die Hilfe verlangte, vielleicht hatte der Gott der Schlachten irgendjemand noch außer ihm selbst verschont, damit er einen Gefährten hatte in dieser grauenvollen Stunde. Aber diejenigen, welche von den Siegern auf dem Schlachtfeld zurückgelassen waren, brauchten von den Lebenden nichts mehr; sie hatten aufgehört zu hungern und zu dursten, zu hassen und zu lieben. Sie erwachten nicht einmal von dem heiseren Gekreisch der Geier, welche über dem Schlachtfeld kreisten; ohne Widerstand ließen sie sich die Augen aushacken und den Leib zerfleischen. Julius entsetzte sich vor diesem grausigen Bild, obwohl ihm ja die blutigen Szenen der Schlachtfelder nicht neu waren.

Gesenkten Hauptes verfiel er in Nachdenken. Wie um seinen Stolz zu bestrafen, hatten die Götter nur ihn allein auf dem Leichenfeld seiner Legion lebendig belassen, ihn, der die Drohungen der Barbaren stets mit geringschätzigem Lächeln begrüßte. Und obendrein hatte er sein Leben lediglich der Großmut seines ehemaligen Freundes, des Verräters und Mörders der Legion, zu verdanken. Denn alle Umstände sich ins Gedächtnis zurückrufend, musste er zu dem Schluss gelangen, dass Servius ihn absichtlich mit seinem Schild betäubt und seinen Leib mit dem groben Legionärmantel zugedeckt hatte, um ihn zu retten.

Also kann Rom das gleiche Schicksal zuteil werden wie jenen Elenden, welche es seit so vielen Jahrhunderten an seine Triumphwagen fesselte. Es kann sich zu den Füßen eines Mächtigeren winden — ein gemeiner Sklave, welcher denjenigen um Erbarmen anfleht, den er vorher als Herr mit den Füßen getreten hatte.

„O Götter, o Götter." murmelte Julius und sandte einen vorwurfsvollen Blick gen Himmel. „Wo bist du gewesen, Mars, als meine geliebte Legion wie ein tönernes Gefäß zerbrach? . . . Habe ich dir nicht treu gedient seit meinen jüngsten Jahren?"...

Der Himmel aber schwieg. Auch der Mond kümmerte sich nicht um das Blutgefilde, wiewohl seine Strahlen sich in Tausenden von weit geöffneten glasigen Augen brachen.

Nicht zum ersten Mal sah Julius, der Zeuge und Lenker vieler Schlachten gewesen war, ein von Leichen besätes Feld, aber in dieser nur von unzähligen Geiern belebten Einsamkeit lag ein solcher Graus, dass es Julius heiß verlangte, dass irgend ein Gefallener sich erheben möge und ihn mit menschlicher Stimme ansprechen würde, wäre es auch ein halbnackter Barbar. Der lebende Mensch sehnte sich nach einem anderen lebenden Menschen, ohne Unterschied, ob es Freund oder Feind wäre.

Er beschloss, Umschau zu halten, ob er vielleicht einen noch warmen oder zuckenden menschlichen Körper fände. Mit den ersten Schritten, die er nach seiner Erhebung machte, umging er den Leichenhaufen, auf welchen er kurz vorher gefallen war. An einer neben einem Pferd liegenden Leiche erkannte er sein eigenes letztes Werk. Ein frostiger Schauer durchrieselte seine Glieder.

Unweit davon lag die Leiche eines Legionärs mit blutüberströmtem Gesicht, in der von sich gestreckten Rechten das Schwert haltend.

„Rufius, erwache!" rief Julius unwillkürlich.

Doch Rufius war seiner Pflicht, dem Zuruf seines Feldherrn zu folgen, für ewig entbunden.

Reue über die dem braven Christen zugefügte Beleidigung erfasste Julius' Herz, und eine Träne in seinem Auge erglänzte im Mondlicht wie ein kostbarer Edelstein.

„Deine Auszeichnung hast du dir aus dem Hauptquartier im Lager nicht abholen können." sprach er mit halb erstickter Stimme zu dem Toten. „Nun, da du nach so treu und gehorsam erfüllter Pflicht in das Lager aller gefallenen römischen Krieger hinübergegangen bist, will ich dich auszeichnen wie keinen vorher. Du hast dein Schwert in meine Hände zurückgelegt; ich entnehme es deiner Rechten, um dasselbe zu Rom im Tempel des Mars aufzubewahren."

Er beugte sich über die Leiche, die Träne in seinem Auge fiel auf Rufius' Antlitz, auf dessen Blut, und Julius schämte sich ihrer nicht.

Er nahm das kurze Schwert des Legionärs an sich und war im Begriff, weiter zu gehen, als er ein vom Bataverlager herkommendes leises Geräusch zu vernehmen glaubte. Er hielt den Atem zurück, horchte und schaute.

Aus dem Hintergrund des schon schwächeren Feuerscheins zeigten sich entfernte schwarze Gestalten, welche nach und nach größer wurden, sich dem Schlachtfeld näherten. Vor ihnen her flackerte ein unruhiges, rotes Licht.

Diesem Licht ging Julius pochenden Herzens entgegen.

Über Leichen und nichts als Leichen führte ihn sein Weg. Um eine jede Leiche der Legionäre lagen mehrere von Barbaren. Teuer haben sie ihr Leben verkauft! . . . Tüchtige Soldaten sind sie gewesen! . . . O Rom, du göttervergessendes Rom, wenn du jetzt hier wärest und sähest, was du an diesen Soldaten verloren hast!

Schon befanden sich die schwarzen Gestalten am Rande des Schlachtfeldes. Zwei Reiter waren es, von denen einer fortwährend mit der Fackel den Boden beleuchtete. sie bewegten sich langsam, offenbar unter den Toten jemand suchend.

Als Julius dieselben schon gut unterscheiden konnte, blieb er stehen und rief: „Wer da!"

Die Reiter hielten an, der eine hob die Fackel hoch empor.

Beherzt schritt Julius noch einige Schritte vorwärts.

„Wer da!" rief er zum zweiten Male noch lauter.

„Julius! . . . Julius!" erklang es nun durch die nächtliche Stille silberhell in seinen Ohren, silberhell und so freudig ausjauchzend, dass Julius am ganzen Leib erzitterte.

All sein Blut staute sich in seinem Herzen, um heiß sich durch alle Adern zu ergießen.

Sie sollte es sein?! ... Sie hier?

Einer der zwei Reiter sprengte über die Leichen voran, der andere ihm nach. Auch Julius beschleunigte möglichst seine Schritte. Als sie zusammenkamen, glitt der erste Reiter vom Pferd und warf sich mit ausgebreiteten Händen in Julius' Arme.

„Julius! . . . Julius!" schluchzte Mucia an der Brust des geliebten Mannes.

Und er vergaß den römischen Patrioten in sich und den strengen Prätor, ihren Richter. Seines Panzers missachtend, presste er sie an sich. Die Götter haben sie ihm gesandt in der schwersten Stunde seines Lebens als teuersten, als süßesten Trost. Zu einer Stunde, da er auch einen wilden, barbarischen Feind freudig begrüßt hätte, erschien an seiner Seite das ihm liebste Wesen, das mit ihm Freud' und Leid sein Leben lang hatte teilen wollen; die einst von ihm unter allen Römerinnen Auserkorene, dann aber von ihm selbst dem Tod Geweihte. Und treu hing sie an ihm; denn keine zufällige Fügung konnte eine solche Begegnung sein.

Julius fragte nicht, woher sie gekommen war; dazu war sein Glücksgefühl allzu groß. Der stählerne Mann, unerbittlich ebenso gegen sich selbst wie gegen andere, fühlte nun die Wonne der wahren Liebe, die Macht des Bundes zweier Herzen.

Sie aber fühlte sich wohl an dem eisernen Panzer, dessen Härte und Kälte sie nicht spürte. Ihr Schluchzen hatte sehr bald aufgehört, sie war in eine Art seliger Bewusstlosigkeit verfallen, aus welcher sie nicht erwachen wollte. Die Gemütsbewegung war zu heftig gewesen. Endlich raffte sie sich einigermaßen auf und machte dem Wirrwarr ihrer Gedanken in abgerissenen Sätzen Luft.

„Mich verzehrte Heimweh . . . nach Rom, nach Rom! . . . In der Nacht schreckten mich Schatten der Cornelier, am Tage quälte mich der Waffenlärm der Barbaren ... Es waren ihrer so viele, o so viele! . . . Mein Herz strebte zu euch, ich wollte euch benachrichtigen . . . Aber er, Servius, überwachte meine Schritte unablässig, ich konnte nicht zu euch kommen . . . Als sie loszogen, verfolgte ich ihre Spur . . . Dieser Sklave begleitete mich. Er gehört dem Servius, aber er ist ein Unsriger ... er ist ein Kriegsgefangener Radbods ... Du wirst ihn belohnen, Julius ..."

Sie konnte nicht weiter sprechen. Wiederum schluchzte sie, stärker und länger als früher.

Julius versuchte sie zu beruhigen, aber sie weinte noch mehr; als er merkte, dass seine Worte nur die entgegengesetzte Wirkung hatten, hörte er auf ihr zuzusprechen und streichelte ihr nur liebevoll den Kopf.

„Julius!" stieß sie endlich wieder hervor. „Von den Bergen herab habe ich dich und deine Niederlage gesehen . . .

Nein, dich habe ich nicht gesehen, ich habe dich nur geahnt. . . Ich habe um dich gezittert ... ich habe zu meinen Gott für dich gebetet wie damals auf dem Forum Romanum, als ich selbst ihn noch nicht recht kannte, du aber in großer Gefahr schwebtest . . . Ich habe dich nach der Schlacht gesucht . . . ich habe dich tot geglaubt, nun habe ich dich lebendig wieder . . . Julius, mein Julius!"

Wieder ließ sie ihren Tränen freien Lauf. Bedeutend ruhiger fuhr sie dann fort: „Wir bleiben jetzt beisammen, nicht wahr, Julius? ... Du wirst mich doch nicht mehr dem Scharfrichter ausliefern . . . Nicht dass ich den Tod fürchtete . . . nein, nur Schimpf und Schande verträgt eine Cornelierin nicht. Ich will sterben, wie mir mein Schicksal gebietet; ich will den Tod einer Römerin sterben im Dienste des Vaterlandes ... Du kehrst sicher zu deinem Kriegshandwerk zurück; lasse es mich mit dir teilen. Du weißt, dass ich mich zu Hause mit der Arzneikunst befasse und kranke Sklaven gepflegt habe. Ich will dich auf deinen Kriegszügen als Ärztin begleiten; ich will Sterbende trösten und Verwundete pflegen. Entweder verzeiht mir Rom, dass ich mich von seinen Göttern abgewendet habe — ich konnte nicht anders, Julius, und du hast mir schon im Mamertinischen Kerker gestattet, meinem Gott zu dienen — oder es wird auf dem Schlachtfeld, wo so viele Pfeile fliegen, sich auch einer für Mucia Cornelia finden. So viele meiner Ahnen haben auf dem Feld der Ehre ihren Tod gefunden. Ihr Andenken und ihr Ruhm wäre befleckt, wenn ich das Feld der Schande betreten sollte . . . Ohne dich aber und ohne Rom ist mir das Leben eine Qual."

Julius umfing liebevoll ihren Kopf, wie um denselben vor dem Richtschwert zu schützen und sprach: „Wir werden gemeinsam dem Vaterland dienen, Mucia. Ich hege keinen Hass mehr gegen die Bekenner des orientalischen Aberglaubens, aber ich kann deinen Gott nicht lieben, weil er eine neue, unserem Vaterland gefährliche Ordnung der Dinge schaffen will. Ich habe hier das Schwert eines christlichen Legionärs, eines so tapferen und pflichttreuen Soldaten, dass ich ihn wie einen Bruder liebgewonnen habe, obwohl er barbarischer Abstammung war. Sein Schwert will ich als heilige Reliquie im Tempel des Mars aufheben. Er liegt unweit von hier."

„Eines christlichen Legionärs?" fragte Mucia.

„Ja. Rufius war ein Christ."

„Julius!" sprach Mucia und küsste seine Hände. „Tote beerdigen ist eines der Werke christlicher Nächstenliebe. Rufius war vor unserem christlichen Gott mein Bruder, und auch du hast ihn wie einen Bruder liebgewonnen. Überlassen wir seine Leiche nicht Geiern und Raben, übergeben wir sie der Erde."

Auch die heidnischen Römer hatten vor der Majestät des Todes eine solche Scheu, dass sogar die Leichen christlicher Märtyrer, die in der Arena von Löwen und Tigern zerfleischt worden waren, gesetzlich den Verwandten und Bekannten zur Bestattung ausgeliefert werden mussten, und christliche Begräbnisgenossenschaften erfreuten sich des Rechtsschutzes.

Umso weniger also sträubte sich Julius; im Gegenteil sprach er: „Mucia, du hast mir aus der Seele gesprochen."

Alle drei schritten zu der Stelle, wo Rufius seine Seele ausgehaucht hatte. Sie war wegen der Nähe eines großen Baumstumpfes leicht wieder zu finden. Sie machten mittels der Schwerter von gefallenen Legionären eine Grube in die Erde und legten seinen Leichnam hinein.

„Julius." sagte nun Mucia, welche Rufius' Schwert nicht gern in einem heidnischen Tempel sehen mochte, „lasse Rufius auch im Grab sein Schwert. Der alte Krieger war ja ein Menschenalter hindurch mit demselben verwachsen. Trenne ihn davon auch im Todesschlaf nicht."

Willig druckte der Feldherr das Schwert dem toten Legionär wieder in dessen Rechte.

Sie bedeckten die Leiche mit dem lockeren Erdreich.

„Leicht sei dir die Erde!" sprach nun Julius.

„Ruhe in Frieden!" sprach Mucia, band zwei von den Schwertern, welche zur Aushöhlung der Grube gedient halten, kreuzweise zusammen und steckte sie auf das Grab.

„Rufius, deine Auszeichnung ist dir nicht entgangen." sprach noch Julius. „Es ist dir eine solche zuteil geworden, dass vielleicht dein Feldherr dich darum zu beneiden haben wird."

Sie verließen die Stätte, und nach mühsamem Durchwandern des Leichenfeldes kamen sie an den Rand desselben. Im Osten stieg schon die Morgenröte auf.

Da hörten sie plötzlich Pferdewiehern hinter einem Leichenhügel. Julius blickte hin und sah ein stattliches Ross wie festgebannt an einer Stelle stehen. Es hatte den Kopf den Wanderern, oder vielleicht den beiden Pferden derselben zugewendet und wieherte wiederholt.

Sie gingen hin und fanden das treue Tier neben dem ausgestreckten Körper seines germanischen Herrn stehen, dessen Gewand mit Blut getränkt war und dessen Augen sich noch bewegten. Das Pferd scharrte ungeduldig mit dem Vorderfuß.

Der Markomanne zuckte zusammen, verdrehte die Augen, röchelte, und seine Glieder dehnten sich. Es war sein letzter Atemzug gewesen.

„Wir sind genau zur rechten Zeit gekommen, damit ich ein Pferd als herrenloses Gut bekomme." sprach Julius wehmütig. „Das habe ich dir zu verdanken, Mucia; denn ohne Rufius' Begräbnis wären wir entweder gar nicht hierhergekommen, oder zu früh. Einem noch Lebenden hätte ich das Pferd nicht weggenommen. Woher habt ihr, du und dein Begleiter, eure Pferde?"

„Die sind aus Servius' Stall."

„Nun, Servius hat, als er Rom verließ, fünf gute Pferde meinem Stall entnommen und dieselben nach einigen Tagen vom Weg aus als abgetriebene Schindmähren zurückgeschickt. So seid ihr ganz im Recht, euch seiner Pferde zu bedienen."

Er hob Mucia in den Sattel, schwang sich selber auf des Germanen Pferd, und fort ging es gegen Juvavum.

Kapitel 8

Vor dem kaiserlichen Palast in Rom fand in den ersten Tagen des Septembers eine eigenartige Versteigerung statt. Auf langen Tischen lagen sehr verschiedene, nie im Besitz gewöhnlicher Sterblicher befindliche Gegenstände, um Käufer anzulocken. Da glänzten reingoldene Gefäße, zum persönlichen Gebrauch der Imperatoren bestimmt. Da schimmerten Schnüre mit selten großen Perlen: die berühmte Sammlung des Kaisers Hadrian.   Im Sonnenlicht prangten zahllose Kleider der Kaiserin Faustina, der ersehnte Gegenstand des Neides hauptstädtischer Putzpuppen. In Reihen standen goldstrotzende Triumphwagen und Sänften da, prachtvoll gearbeitete Hausgeräte von Citrusholz mit Schnitzereien, sowie kostbare

Andenken an frühere Imperatoren. Alles, was Marcus Aurelius von seinen Vorgängern auf dem Thron überkommen hatte, was er selbst gesammelt und von barbarischen Königen an Geschenken erhalten hatte, trugen Prätorianer hinaus vor den Palast, um es anzubieten.

Eine dicht gedrängte Menschengruppe umlagerte den Palast, so dass an den Tischen nur ein verhältnismäßig kleiner Platz für die Käufer freigehalten werden konnte. Unter diesen befanden sich auch wohlhabende Juden und ägyptische Händler, welche irgendeine Kostbarkeit vielleicht um einen Spottpreis zu erhaschen hofften, sowie besonders viele kostbar gekleidete Jüdinnen, welche die Kleider der Kaiserin mit den Fingern betasteten. Die nicht sehr zahlreichen Prätorianer, welchen die Aussicht und Aufrechterhaltung der Ordnung oblag, hatten mit den Juden ihre liebe Not; diese machten ihnen viel mehr zu schaffen als das ganze sonstige Volk; denn ihnen galt der Imperator, welcher seine Kostbarkeiten versteigern ließ, nicht mehr als ein schuftiger Schuldner. Dem reichen Juden Bibius aber, der als Kauflustiger erschien, küssten sie den erkauften schmalen Purpursaum der Rittertoga. Diesen betrachteten sie als ihren Melech (König); und in der Tat übte er durch seinen Einfluss eine Art Regierung aus. Welche Autorität sollten da noch für Leute seines Volkes die Prätorianer besitzen? . . .

Außer Bibius kamen viele andere reich gewordene Wucherer, Zöllner und Steuerpächter zu der Versteigerung. Mit Faustschlägen und Rippenstößen hießen sie die ihnen vorangehenden Sklaven Platz machen durch die römische Menge, welche eine solche Behandlung sonderbarerweise ruhig hinnahm.

„Hier ein Polster, aus welchem der göttliche Trajan am Tag vor seinem Tod ruhte!" rief ein kaiserlicher Kammerherr, welcher den Ausruferdienst bei der Feilbietung versah. „Zehntausend Sesterzen! Wer bietet mehr?"

Heiseres Gelächter war die Antwort.

„Keinen As ist es wert! Der göttliche Trajan hat auf Heu wie ein Bettler geschlafen!" meldete sich einer unter den Lachern in grässlich verunstaltetem Latein — so ungefähr, als wenn er auf deutsch gesagt hätte: „Kn As is's nischt wert! Der göttliche Trajaner hat geschlufen üs Hei. wie ä Bettler!"

Neuerliches Lachen belohnte den Witz.

„Zehntausend Sesterzen! Wer bietet mehr?" wiederholte der Kammerherr.

Alles schwieg. Juden, Ägypter und sonstige Emporkömmlinge wollten billig kaufen, um teuer weiter verkaufen zu können; oder sie wollten sich mit dem Besitz prachtvoller Gegenstände und geschichtlicher Andenken brüsten, aber diese doch nur um möglichst billigen Preis erstehen. Auch hatten sie kein Verständnis für den Wert von Dingen, welche nicht reines Gold oder Silber waren; den Kunstwert oder sonstigen idealen Wert bemaßen sie je nach dem Interesse, dass Römer höherer Stände für den betreffenden Gegenstand an den Tag legten.

Da trat ein Senator an den Tisch, besah das aufgebotene Polster, und mit lauter Stimme rief er:

„Hunderttausend!"

Es war Marius Pomponius, der vorjährige Prätor der Ausländer.

Einen Augenblick stutzten die Juden.

„Hunderttausend! Bietet niemand mehr?" rief der Kammerherr.

„Fünftausend dazu!" schrie jemand heiser hinein.

„Noch fünftausend!" bot ein feister Steuerpächter.

„Fünfzehn!" bot wieder ein Römer.

„Zweimal hunderttausend!" steigerte Marius Pomponius.

Nun stieg das Angebot sehr schnell. In nicht vollen zwei Minuten hatte Bibius das Polster um dreihundert tausend Sesterzen erstanden.

„Er will sich beim Imperator einschmeicheln!" rief jemand laut.

Sofort nahm das ein anderer auf und schrie:

„All die Wucherer wollen mit dem Ritterpurpur die Schurkereien ihres ganzen Lebens verdecken!"

In der Tat bewarb sich Bibius um die Gunst, ein einziges Mal an Marc Aurels Tisch speisen und einige Stunden in der Gesellschaft von Senatoren im Palast des älteren Imperators zubringen zu dürfen. Dieser aber hatte ihn damit abweisen lassen, dass er überhaupt keine solchen Empfänge veranstalte. Mit dem hohen Preis für das Trajansche Polster wollte er nun den von schweren Sorgen heimgesuchten Kaiser umstimmen. Aber es bedurfte noch der Verwendung des Statthalters von Pannonien — wo Bibius glänzende Wuchergeschäfte gemacht hatte, die von dem Statthalter als gemeinnützig ausgegeben wurden — um wenigstens das zu erreichen, dass der jüdische Goldkönig von dem jüngeren Imperator Lucius Verus einmal abgefüttert wurde.

„Ein Schwert des göttlichen Titus!" meldete wieder der Kammerherr.

Die Plebs unter den Juden erhob in ihrem Jargon ein höhnisches Geschrei über den Eroberer Judäas.

„Der große Imperator." erklärte der Kammerherr, „hat es von dem bezwungenen Judäa als Ehrengeschenk erhalten. Zwanzigtausend Sesterzen! Wer bietet mehr?"

Und er zeigte ein Schwert, dessen Griff und Scheide reich mit Edelsteinen besetzt war.

Die Juden schwiegen, es kam aber auch sonst kein Angebot.

„Zwanzigtausend Sesterzen!" wiederholte der Kammerherr.

„Gebt es den Juden umsonst zurück, aber schickt sie Heim

nach Judäa, auf das sie Rom nie wieder betreten!" rief einer aus der Menge.

„Schlagt damit die Barbaren zurück!" rief ein zerlumpter römischer Bürger und warf den Prätorianern, welche den Kammerherrn umgaben, eine Handvoll gekochter Bohnen ins Gesicht.

„Recht hat er! Recht hat er!" schrien nun die Juden, froh, dass der Zorn der Menge eine andere Richtung erhielt.

Und ein dem ersteren ebenbürtiger Quirite rief den Prätorianern zu: „Wozu seid ihr denn da? Wozu kleiden wir euch, wozu schmücken wir euch mit Federbüschen und

113

vergoldeten Harnischen, wozu füttern wir euch wie Mastschweine für die kaiserliche Tafel?"

„Faulenzer!... Feiglinge!... Tagediebe!" brüllte die Plebs.

„Über ruhige Bürger herfallen, das versteht ihr!"

„Drohnen! . . . Schmarotzer!"

„Fort mit euch auf den Kriegsschauplatz!" brüllte das Volk. „Fresst in Rom nicht den Armen das Brot weg! Es ist davon ohnehin zu wenig da!"

Die Juden schmunzelten. Die Prätorianer schauten zornig zu dem Volkshaufen hinüber, einige legten die Hand an den Griff ihres Schwertes. Aber es waren ihrer nur zwanzig vor dem kaiserlichen Palast, und sie hatten die Kostbarkeiten der Schatzkammer zu bewachen, während die Volksmasse sehr zahlreich war und dazu höchst erbittert über die bedrohlichen Nachrichten aus den nördlichen Provinzen.

In der Tat war dort etwas so Unerhörtes geschehen, die Sachlage so gefährlich geworden, dass in Rom selbst die Mutigsten und Kaltblütigsten ihre Ruhe verloren.

Die Germanen halten gleichzeitig Vindelicien, Raetien, Noricum und Pannonien *(Anmerk. Das heutige Ungarn südlich der Donau, auch Kroatien usw.)* überschwemmt, alle Länder diesseits am rechten Ufer der Donau mit Feuer und Schwert verwüstet, Dörfer und blühende Städte in Schutt und Asche gelegt, Tausende fleißiger und gesitteter Einwohner zu Sklaven gemacht. Berge überschritten, die bisher für sie unerreichbar gewesen waren, und nun näherten sie sich einer Hagelwolke gleich den Grenzen Italiens selbst.

Rom wollte an solche Verwegenheit anfänglich gar nicht glauben, geschweige denn an Erfolge derselben; als aber täglich Eilboten kamen und Hilfstruppen forderten, da erzitterte es und — schimpfte auf seine bewaffnete Macht. „Sie haben sich von Barbaren schlagen lassen!" — schrie der Pöbel auf den Gassen. „Verweichlicht sind sie in den Winterlagern. Man muss ihnen Blut abzapfen, weil sie vom Faulenzen zu fett geworden sind."

Unkenntnis und Gehässigkeit sprachen aus dem Pöbel. Der Soldat war kein Faulenzer, wie er selbst, der Straßenbummler; der Soldat war nicht fett geworden, allerdings auch nicht so mager, wie der stolze Quirite, welcher den Anspruch erhob, auf Staatskosten zu leben.

Gleich nachdem man in Rom von der Vernichtung des Bataverlagers erfahren hatte, war der Präfekt Victorinus mit der Hälfte der kaiserlichen Leibwache gegen den Feind gezogen. Sie wurde von den Germanen in den Staub getreten, bevor sie die Alpen erreichte. Jetzt war die andere Hälfte der Prätorianer unter der Anführung eines neuen Präfekten, des berühmten Kriegers Marcus Macrinius Vindex ausgezogen. Nur eine kleine Gruppe war für eine notdürftigste Aufrechthaltung der Ordnung in Rom zurückgeblieben. Aber der Pöbel achtete es nicht, dass der frühere Präfekt auf dem Schlachtfeld sein Blut verspritzt hatte und dass der neue mutig und ohne Aufenthalt den Lanzen und Pfeilen der Barbaren entgegeneilte; er vergaß auch, dass die Pest ein Drittel der Legionen hingerafft hatte. Bei Tag und Nacht stand vor seinen Augen nur das Gespenst der Schreckenstage des gallischen Brennus und Hannibals

---

(Anmerk.: Die Gallier waren im Jahre 390 v. Chr. unter ihrem Heerführer (Brennus) in Italien eingefallen, hatten die Römer geschlagen und darauf Rom geplündert. Bei dieser Gelegenheit geschah die Rettung des Kapitols vor nächtlicher Eroberung durch die heiligen Gänse, deren Geschrei die Besatzung weckte. — Im Jahre 217 v. Chr. aber stand dem Karthager-Feldherrn Hannibal nach mehreren siegreichen Schlachten in Norditalien ebenfalls der Weg nach Rom offen, worüber großes Entsetzen in der Stadt entstand. Damals entstand der Schreckruf: Hannibal ante portas! „Hannibal steht vor den Toren.")

---

und in seiner Angst schimpfte der Pöbel über das Heer und murrte über die Regierung, der er dadurch ihre Aufgabe erschwerte.

Und doch hatte die Regierung, seitdem die Germanen die Alpen überschritten hatten, die ganze Gefahr erkannt, und sie machte alle möglichen Anstrengungen, um den unvorhergesehenen Schlag von Rom abzuwenden. Schon kamen zu Wasser und zu Land die an afrikanischen Gestaden und in den Provinzen des Morgenlandes zerstreuten Legionen. Schon machte sich der Soldat, welcher in Italien vom parthischen Kriegszug ausruhte, wieder marschbereit, verstärkt durch frisch herangezogene Kräfte; schon hatte Marcus Aurelius seine eigenen und seines Bruders Sklaven und Gladiatoren unter Waffen gestellt, ja, sogar die Kerker geöffnet, indem er auch des gemeinen Verbrechers Kräfte nicht verschmähte. Wer zwei gesunde Arme besaß, hörte auf Mörder, Betrüger, Dieb zu sein, wenn es so dringend galt, die durch die Pest den Legionen geraubten Kräfte einigermaßen zu ersetzen. Nur die römische Plebs rührte keinen Finger zur Selbstverteidigung.

Aber auch an diese Plebs, an den ärmeren Staatsbürger welchem die Missernte des Vorjahres noch fühlbar war, dachte Marcus Aurelius. Um kein Murren über neue Steuern aufkommen zu lassen, befahl er, den ganzen Schmuck seines Palastes und die Kostbarkeiten der kaiserlichen Schatzkammer in öffentlicher Versteigerung zu Geld zu machen . . .

„Zwanzigtausend Sesterzen für das Schwert des göttlichen Titus!" rief der Kammerherr wieder aus. „Spart nicht euer Geld in solchen Zeiten: gebt davon etwas für die Legionen ab, von deren Tüchtigkeit der Frieden an eurem häuslichen Herd abhängt. Fallen die Legionen, dann setzen die Barbaren ihren Fuß auch auf eure Nacken . . . Kauft, Quiriten, kauft! Eure Freigebigkeit für den Staat wird euch nach Beendigung des Krieges durch die Gnade des göttlichen Imperators vergolten werden. Zu diesem Zweck werden die Namen der Ersteher hier niedergeschrieben."

Letztere Aufmunterung verfehlte ihren Zweck nicht, jedoch erst bei den nächsten Gegenständen der Versteigerung; das judäische Schwert wanderte in die Schatzkammer zurück, denn es fand sich dafür kein einziges Angebot. Die Römer verachteten es wegen seiner Herkunft, die Juden wollten nicht ihre Schmach mit ihrem Geld bezahlen, den Ägyptern und Griechen aber war es zu teuer, um damit ein gutes Geschäft zu machen.

Nun drängten sich um den Tisch des ausrufenden Kammerherrn Zöllner, Advokaten und Unternehmer öffentlicher Bauten, lauter Leute, welche in den Provinzen gar unverschämt ihr Raubhandwerk trieben. Jetzt wollte sich der eine wegen seiner habgierigen Hebelgriffe mit der Regierung aussöhnen; der andere erhoffte Niederschlagung seines Prozesses vor dem Prätor wegen verschiedener Gewalttaten; ein dritter, der nach Ehren und Würden strebte, glaubte dadurch, dass er für eine Kleinigkeit eine große Summe zahlte, die Aufmerksamkeit der Spender von Würden und Titeln auf sich zu lenken. Auch reiche Kaufleute öffneten ihren Säckel weit, denn es schmeichelte dem Sohn eines Freigelassenen, seine Frau in den Kleidern der Kaiserin glänzen und seine Kinder aus Tischgeschirr essen zu sehen, welches bisher nur von Weltbeherrschern gebraucht wurde.

Sünde, Eitelkeit und Dummheit vereinigten sich zu dem schönen Zweck, den Staatsschatz zu füllen; sittliches und geistiges Elend stellte sich in den Dienst der Tugend. Emporkömmlinge aller Art überboten einander, zum großen und lauten Vergnügen des Pöbels, mit der Versessenheit von Händlern, welche sich die Trümmer einer vornehmen Einrichtung streitig machen.

Diesen Wettbewerb zwischen Ehrsucht und Schlechtigkeit betrachteten aus der Ferne zwei Patrizier, die vor dem Atrium des Palastes stehend den Verlauf der Feilbietung verfolgten.

„Du könntest diesen Citrustisch kaufen." sagte der eine;

„er reizte ja stets dein Kennerauge."

Anstatt zu antworten, zuckte der Angeredete nur die Achseln.

„Hunderttausend Sesterzen für diesen Tisch, welcher aus Neros Goldpalast stammt!" rief der Kammerherr aus.

„Der Preis ist gar nicht zu hoch." sagte der erste Patrizier.

„Bald werden ihn jene Raben verdreifachen, die sich an dem Schaden von Armen und Schwachen gemästet haben." murmelte der andere.

„Marcus Quinctilius drückt sich aus, wie ein hungriger Plebejer."

„Oder wie ein Stoiker, wenn du willst." erwiderte Marcus.

„Der lustige Ex-Prätor ein Stoiker?" lachte der Senator Mucius. „Vielleicht hüllst du dich noch in einen durchlöcherten Mantel, bestreust dein Haupt mit Asche anstatt Goldstaub und rufst mit Heraklit: Weinet, denn alles ist Unsinn und Nichts!

Aus deiner Rede höre ich übrigens die Müdigkeit einiger schlaflosen Nächte. Schlafe dich aus, und du wirst wieder an der Lehre des göttlichen Epikur Gefallen finden!"

Marcus schwieg.

Er war nicht mehr jener unbedachtsame Jüngling, welcher jedes ernstere Wort mit Lachen beantwortete. Irgendein tiefer Schmerz, eine große Enttäuschung war über sein glattes Gesicht gezogen und hatte unter den Augen und um die Lippen deutliche Spuren zurückgelassen. Mit verschränkten Armen verfolgte er gleichgültig den Fortgang der Versteigerung. Er näherte sich nicht einmal den Tischen, obwohl der Besuch von Antiquitätenausstellungen früher zu seinen Lieblingsunterhaltungen gehörte.

„Zweimal hundertfünfzigtausend! " rief der Kammerherr. „Wer bietet mehr?"

„Noch ist der Preis nicht übertrieben." bemerkte Mucius. „Kaufe. Marcus, denn das Stück ist deiner Sammlung würdig."

„Solch ein Luxus ist nicht für einen Quinctilier." antwortete Marcus. „Heutzutage können nur Händler und Betrüger Citrustische kaufen."

Mucius warf ihm einen aufmerksamen Blick zu.

„Das ist nicht mehr die Ermüdung nach schlaflosen Nächten . . . Du sprichst von Luxus, du? Wo im ganzen Reich findest du einen zweiten, der, ohne seine Lebensart zu ändern, den ganzen Palast der Imperatoren kaufen könnte?"

„Du sprichst von den Millionen meiner Frau."

„Ich spreche von den Millionen des Gatten der Livia Fabia."

„Du solltest wissen, dass das Gesetz das Vermögen der Frau vor der Verschwendungssucht des Mannes schützt, wie die Emporkömmlinge unsere Gewohnheiten nennen. Du warst ja Prätor. Auch habe ich gehört, dass deine Ehehälfte ebenfalls selber mit ihren Rechenmeistern über Geldangelegenheiten verhandelt."

„Aah!" machte Mucius. „Ich habe nicht glauben wollen, als man mir sagte, dass du dich betreffs der Freigebigkeit des Fabius getäuscht habest. Also doch! Ja, dieses schmutzige Gesindel strebt geradezu leidenschaftlich nach unseren Namen und Beziehungen, möchte aber möglichst wenig dafür bezahlen. Und doch ist es leichter, tausend Millionen zu rauben und zu erschwindeln, als das Anrecht auf patrizischen Purpur zu besitzen . . .

„Patrizischen? Sind denn wir in Wahrheit Patrizier, du und ich? . . . Unsere Väter legten auf dem Altar des Vaterlandes alles nieder, was sie von ihm erhielten; wir aber möchten nur vom Vaterland nehmen, ohne dafür etwas zu leisten. Die Verdienste unserer Ahnen gehören doch nur unserem Namen, nicht aber uns persönlich."

„Marcus!" rief Mucius, laut auflachend. „Wenn du Lust hast, den Citrustisch zu erstehen, so leihe ich dir Geld dazu. Aber mit dem anderen verschone mich; denn ein Weiterverhandeln in der von dir eingeschlagenen Richtung könnte dich auf die Narreteien jener hungrigen Philosophen bringen, welche von der Nichtigkeit und Eitelkeit der irdischen Freuden faseln, weil sie uns um unseren Purpur und um unsere Paläste beneiden. Aus dir spricht die pecunia deficiens — der bittere Geldmangel - ich kenne die widersinnigen Einfälle eines Daseins von solch' zwiespältiger Natur . . . Wieviel hast du nötig? Sprich!"

Aber Marcus beantwortete das Lachen seines Freundes nicht wieder mit Lachen. Vor sich hinschauend, entgegnete er leise: „Wenn du so wie ich acht Monate hindurch die Bitternis der Demütigung zu verkosten gehabt hättest, vom frühen Morgen bis zum Abend angewidert von jeder Bewegung und von jedem Wort eines grundgemeinen Weibes; wenn du um jede Sesterze mit der Schlauheit eines Händlers feilschen müsstest, vielleicht würde dich das mit deiner Schamröte erworbene Geld anekeln. Ich ersticke an den verwunschten Millionen, ich fühle mich angewidert von dem goldenen Zwinger, in den ich mich mit meiner Freiheit habe einfangen lassen. Ich hatte nicht geglaubt, dass das Quinctilier-Blut noch so kräftig in meinen Adern fließt. Ich wollte mich den Tatsachen anpassen, ich wollte den Nachkommen albanischer Könige in mir niederhalten, ich rief die ganze Weisheit des Skeptizismus zu Hilfe . . . Vergeblich sind meine Selbstüberwindungsversuche ich kann die Demütigung nicht ertragen, nicht um den Preis aller Schätze der Welt . . . Nein, ich kann nicht!"

Soviel Aufrichtigkeit klang aus Marcus' Worten, dass Mucius ernst wurde. Auch sein Gesicht überflog nun ein dunkler Schatten.

Eine Weile lang schwiegen beide, dann sprach wieder Mucius: „Ich bin glücklicher als du, Marcus; denn in mir ist das Feuer der Mucier schon erloschen. Nicht im Feld, sondern im Rat dienten meine Vorfahren dem Vaterland, und wahrscheinlich habe ich ihr schmiegsameres Naturell geerbt, welches übrigens noch durch die Herkunft meiner Mutter gemildert worden ist, welche von ägyptischen Freigelassenen abstammte. Ihr Quinctilier seid mit dem Schwert in der Hand geboren, und was ein Soldat ist, siegt oder stirbt."

„Siegt oder stirbt." wiederholte Marcus leise für sich, wobei er seinen Blick ziellos über den Volkshaufen vor sich irren ließ.

Plötzlich wendete er sich Mucius zu und sprach: „Weißt du, dass der Einfall der Germanen keine gewöhnliche Spielerei der Barbaren ist, sondern die Drohung eines Hannibal? In großen Massen wälzt sich die Flut geradeswegs gen Rom. In einem Monat kann die Stadt der Städte sie vor ihren Toren sich stauen sehen."

„Die Legionen werden sie aufhalten. Schon ziehen . . ."

„Alles zieht aus gegen die Barbaren!" fiel ihm Marcus lebhaft ins Wort, „jung und alt, Neugeworbene und Veteranen, Patrizier und Plebejer, sogar Freigelassene und Sklaven; alles, alles . . . aber . . ."

„Die Legionen werden genügen." warf Mucius gleichgültig ein.

Da wogte es in der Volksmasse, dieselbe teilte sich und bildete eine breite Gasse.

„Ein Eilbote vom Kriegsschauplatz!" ging es von Mund zu Mund.

Auf schaumbedecktem Ross erschien ein Prätorianer, ganz in Staub gehüllt. Er hob die Hand in die Höhe, Schweigen gebietend; er wollte sprechen.

Sogleich trat eine solche Stille ein, dass der beschleunigte Atem des Pferdes, das seine letzten Kräfte erschöpfte, weit zu hören war. Dann rief der Bote in abgerissenen Lauten in die Menge hinein: „Die . . . Ger . . . manen . . . stehen . . . vor . . . Aqui . . . leja!"

Die ganze große Volksmasse stand unter dem Eindruck der unerwarteten Kunde wie gelähmt da — nicht ein Glied rührte sich. Mit offenem Mund blickten alle starren Auges zu dem Prätorianer hin. Die „Herren der Welt" waren wie mit einer Keule vor den Kopf geschlagen. Die Germanen vor Aquileja — das bedeutete eben so viel wie: die Hauptstadt ist in Gefahr!

Nach einer Weile entstand in der Menge eine wogenartige Bewegung und aus Tausenden von Kehlen drang gegen den kaiserlichen Palast ein wirres Geschrei des Schreckens, der Bestürzung, des Flehens und der Drohung.

Das Pferd des Prätorianers wurde infolge des plötzlichen Lärmens scheu, bäumte sich und machte einen mächtigen Satz nach vorn. Aber schon war dem Reiter der Weg versperrt, der Pöbel fiel dem Ross in die Zügel und erhob drohend seine Arme gegen den Unglücksboten.

„Schlagt den Raben tot!" rief einer in der Nähe des Soldaten.

„Er soll die Feigheit seiner Kameraden büßen!" schrie ein anderer.

„Herunter vom Pferd! Zertreten wir den elenden Wurm!"

Und der Pöbel rächte sich für seinen Schrecken, indem er den unglücklichen Prätorianer vom Pferd zerrte und misshandelte.

- o -

Während sich dieser Vorfall vor dem Palast zutrug, saß Marcus Aurelius in seinem Arbeitszimmer am Tisch, über viele Wachstäfelchen gebeugt. Er nahm dieselben nach der Reihe zur Hand, las, schrieb mit einem Griffel einige Worte unter das Gelesene, und nachdem er so die laufenden Angelegenheiten erledigt hatte, lehnte er sich in den Sessel zurück und schaute vor sich hin mit dem nichts sehenden Blick jemandes, für den die ganze Umgebung aufgehört hat vorhanden zu sein.

Mit seinen Gedanken war er weit weg von Rom. Sein Geist weilte jenseits der Alpen, an der Donau, in den Ländern, welche schon einige Male den Neid der freien Germanen erweckt hatten. Dort wohnte ein barbarisches Volk, welches, seit hundert Jahren mit Rom vereinigt, den Legionen tüchtige Soldaten, der Landwirtschaft geduldige Arbeiter lieferte. Auch die Raetier und Noriker waren einst Feinde des Reiches, aber eine kluge Politik der Imperatoren — unvermögend, dieselben niederzuschmettern — hatte sie mit gütlichen Mitteln beschwichtigt. Die schädlichen Nachbaren wurden anfänglich nützliche Bundesgenossen und später, da sie an der vorangeschrittenen römischen Kultur Geschmack fanden, Treue Untertanen, welche an Pflichteifer manche geborene Römer weit übertrafen.

Wie wäre es, wenn man die Grenzen der Donauprovinzen für eine gewisse Anzahl von freien Quaden und Markomannen eröffnen und sie sich unter ihren römisch gewordenen Stammesbrüdern ansiedeln ließe? . . . Die von der Pest verminderte einheimische Bevölkerung erhielte dann frische Arbeitskräfte, die Legionen gesunde Arme, deren das alternde und immer mehr in Trägheit verfallende Italien ja immer weniger stellte . . . Nicht zum ersten Mal hätte römische Politik auf solche Weise große Gefahren abgewendet. Wo man nicht offen als Feind entgegentreten kann, muss man sich als Freund anzunähern suchen; wo eine allzu große Übermacht gefährlich wird, muss man sie kleiner machen, indem man die Gegner künstlich entzweit . . . Quaden und Markomannen ins Reich zugelassen, werden zum besten Schutzwall gegen die Einfälle von Norden her. Divide et impera — Säe Zwist unter die Feinde, um ihnen zu gebieten!

Dieser alte Grundsatz römischer Politik vertrug sich zwar nicht mit den Tugendbegriffen des Stoizismus, in welchen der Imperator-Philosoph erzogen war; aber Marcus Aurelius war in diesem Augenblick nur das Oberhaupt eines von einem mächtigen Feind bedrohten Staates. Der Denker und Freund der Tugend wich dem Kaiser, der Mensch dem Herrscher . . .

Der unvermutete und ganz ungewöhnlich große Einfall der Germanen hat Rom zu so schwerer Stunde überrascht, dass es unmöglich geworden ist, den Kampf an der ganzen nördlichen Linie aufzunehmen. Bevor die an den südlichen und östlichen Grenzen zerstreuten Legionen herbeieilen, werden die Barbaren schon Italien betreten haben. Gelänge es dagegen, die gefährlichsten Feinde, die Quaden und Markomannen, vom Ganzen zu trennen, dann könnten die Legaten mit den übrigen, mit den halbnackten Wilden, ohne große Anstrengung fertig werden.

Marcus Aurelius war so in seine Gedanken vertieft, dass er den Lärm vor dem Palast gar nicht hörte, obwohl derselbe deutlich genug in die inneren Gemächer drang. Er stand auf, um einen Prätorianer herbeizurufen, welcher hinter dem Türvorhang seine Befehle erwartete. Aber kaum hatte er sich erhoben, als unangemeldet ein Mann in der Senatorentoga das Arbeitszimmer betrat, welcher offenbar zu den Vertrauten des Kaisers gehörte. Es war der Senator Fronto, ein bedeutender Schriftsteller und verbissener Feind der Christen, der erste Berater des älteren Imperators.

„Die Germanen stehen vor Aquileja!" sagte er hastig, und seine bleichen Lippen bebten.

Die Kunde wirkte auf Marcus Aurelius so niederschmetternd, dass er eine Weile lang seinen Ratgeber stumpfen Blickes anschaute, als hätte er dessen Worte nicht verstanden. Nachdem ihm aber deren Bedeutung klar geworden war, senkte er das Haupt und drückte die Hand auf Herz.

„Vor Aquileja stehen sie." sprach Fronto weiter. „In zehn Tagen können sie vor Roms Toren erscheinen . . . Möchten die Götter dich erleuchten, göttlicher Herr, damit wir wissen, was wir zu tun haben."

Marcus Aurelius hat den gewaltigen Eindruck schon überwunden, wie jemand, der einen heftigen Blitzstrahl vor seinem Fenster niederfahren gesehen und erwartete, das Haus werde krachend über seinem Kopf zusammenstürzen, dann aber sich selbst und das Haus noch unversehrt sieht. Er erhob wieder das Haupt, und mit der ihm eigentümlichen gedämpften eintönigen Stimme sprach er: „Die Senatoren Cälius, Piso und Hortensius begeben sich sofort nach Aquileja in das Lager der Barbaren und erscheinen vor Wadomar, dem König der Markomannen, mit Geschenken von mir. Sie werden ihm einen kurulischen Sessel, eine Toga mit goldgestickten Palmen, sowie eine Krone übergeben und ihn an die freundnachbarlichen Verhältnisse erinnern, welche seit König Marbods Zeit Markomannien mit Rom verbanden. Kehrt Wadomar um bis über die Donau, bestraft er die Aufwiegler und beschwört er ein neues Bündnis, dann verzeihe ich ihm das Unbedachte und Verwegene seines Handelns und eröffne für die Ärmsten seines Volkes die Grenze Raetiens, Noricums und Pannoniens. Mögen sie dann helfen, die Länder wieder aufzurichten, welche sie verwüstet haben. Den Aufrührer Servius aber werden die Abgesandten von den Verhandlungen ausnehmen; ich fordere, dass Wadomar mir denselben lebendig ausliefert."

Fronto war über diese Anordnungen durchaus nicht verwundert; er begriff sofort, wohin dieselben abzielten. Auch Imperatoren von heftigerer Gemütsart als Marc Aurel dämpften ihren ersten Eifer und beugten sich unbedenklich vor der Notwendigkeit, wenn es das Staatswohl erforderte. War aber die Gefahr beseitigt, dann zahlten sie ihre Demütigung dem zum Freunde umgewandelten Feinde doppelt heim. Ihr beleidigter Stolz hatte ein langes und rachsüchtiges Gedächtnis.

„Morgen bei Sonnenaufgang." sprach Marcus Aurelius weiter, „werden die Priester aller von Rom anerkannten Bekenntnisse ihren Göttern Opfer darbringen. Aus dem Kapitol werde ich selber den Beherrscher des Olymp um Gnade für Rom anflehen. In drei Tagen werde ich ins Feld ziehen gegen Aquileja, um meinem Willen durch eine Machtäußerung Nachdruck zu verleihen. Noch ist unter den Barbaren die Scheu vor den Legionen nicht geschwunden."

Er machte eine Handbewegung, zum Zeichen, dass seine Anordnungen beendet seien, und wendete sich wieder zu seinem Tisch. Sobald Fronto das Gemach verlassen hatte, ließ der Kaiser sich schwer auf den Sessel fallen und bedeckte sein Gesicht mit beiden Händen.

Niemals ist Marc Aurel Soldat gewesen, weder seinem Temperament noch seiner Erziehung nach. Seit seinen jüngsten Jahren von griechischen Stoikern herangebildet, zog er ein beschauliches Leben dem werktätigen vor. Am glücklichsten fühlte er sich in seiner Sommerresidenz, in den Albanerbergen, wo er, umgeben von berühmten Weisen seiner Zeit, fern von dem Getöse der Staatsmaschine ungestört lesen, schreiben und nachdenken konnte. Da er kriegerisches Wesen nicht liebte, so erwählte er sich gleich nach dem Tod Antoninus des Frommen seinen jüngeren Adoptivbruder Lucius Verus zum Mitregenten und verkündete denselben als zweiten Imperator. Er glaubte, der ritterliche Spiele, Pferde und abenteuerliche Unternehmungen liebende Jüngling werde gern das Kriegshandwerk betreiben und ihn auf dem Schlachtfeld vertreten. Lediglich in dieser Erwartung teilte er seine Macht mit ihm.

Aber Lucius Verus vergeudete seine Kräfte in sinnlosen Ausschweifungen, benahm sich zügellos wie Nero, träge wie Vitellius. Nicht eine Stütze, sondern ein Hindernis war dieser Wollüstling, Verschwender und Trunkenbold, welcher der Hauptstadt fort und fort Ärgernis erregende Beispiele gab. Marcus Aurelius musste stets seine Gewalttätigkeiten verwischen, seine Schulden zahlen und obendrein noch seine Beleidigungen ertragen.

Schwer besorgt an seinem Arbeitstisch sitzend, seufzte der Kaiser tief auf. Die Krone bedrückte ihn, das Leben war ihm eine Last. Könnte er doch den Purpur ablegen, der von dem Blut so vieler Imperatoren durchtränkt war! Dann wüsste er sich frei vom Neid so vieler Großen und Kleinen; dann könnte er in seiner trauten Bibliothek von der Vergänglichkeit alles Irdischen träumen. Doch nun war er Kaiser und auch

Römer, und er durfte nicht an Ruhe denken in einem Augenblick, da die Rache erbitterter Völker an den Toren Italiens heulte. Er musste tapfer und geistesgegenwärtig sein, er musste seine Neigungen und Abneigungen in sich unterdrücken und in eigener Person die Verkörperungen staatsbürgerlichen Pflichtbewusstseins werden, um mit seinem Beispiel der erschreckten Nation Mut und Zuversicht einzuflößen.

Ja, er wird sich persönlich an die Spitze der Legionen stellen und dieselben gegen den Feind führen. Der Glanz und das Gewicht der Kaisermacht, welche auf einer langen Reihe von Siegen und Triumphen beruht, wird die Barbaren blenden und lähmen. Der Name des Imperators, des Weltbeherrschers, gilt allein so viel wie ein Heer. Zu lange und zu empfindlich lastete auf den Germanen die eiserne Hand der römischen Imperatoren, als dass sie beim Anblick eines Trägers solcher Macht nicht erzittern sollten . . .

Marcus Aurelius erhob sich. Seine Wangen trugen ziegelrote Flecken, in seinen Augen lag Müdigkeit. Es röchelte in seiner Brust, er hustete. Gewohnheitsmäßig griff er nach einem Gefäß, welches auf dem Tisch stand, setzte es an die Lippen und trank gierig die für ihn von Galenus selbst verfertigte Mixtur. Seine schwächliche Gesundheit zeigte sich von Tag zu Tag mehr.

Da rauschte unmerklich der Türvorhang, und leisen Trittes betrat eine Frauengestalt von hohem Wuchs und glänzender Erscheinung das Arbeitszimmer des Imperators. Sie näherte sich dem Kaiser, berührte mit den Fingerspitzen seine Stirn und schaute ihm aufmerksam in die Augen.

„Du hustest wieder? . . . Leugne nicht, ich habe es gehört. Und deine Augen sind blau unterlaufen und deine Schläfen sind kalt. So oft habe ich dich gebeten, dass du dich nicht überarbeiten solltest."

„Du? ... Du hast gebeten?" sagte Marcus Aurelius verwundert.

Er konnte sich nicht erinnern, dass Faustina sich irgendeinmal um seine Gesundheit bekümmert hatte.

„Gestern noch habe ich mit Galenus sehr ausführlich über die Erschöpfung deiner Kräfte gesprochen." log Faustina. „Du brauchst für längere Zeit Ruhe."

„Vielleicht werde ich sie bald für immer finden." sagte der Imperator leise.

„Soeben hat mir Fronto gemeldet, dass du dich selber auf den Kriegsschauplatz begeben möchtest." fuhr Faustina fort, sich mit dem Kopf an ihres Gemahls Brust schmiegend. „Willst du mich und deinen Sohn in Schmerz und Trauer stürzen? Du bist krank, verträgst das Lagerleben nicht und liebst auch nicht das Kriegshandwerk. Warum tust du dir selber mutwillig solche Gewalt an? Im Feld können dich ja Avidius Cassius, Macrinius Vindex oder Julius Quinctilius vertreten."

„Avidius Cassius ist in Afrika nötig." entgegnete Marcus Aurelius, sich der Umarmung seiner Gemahlin entwindend, „und Vindex hat an der nördlichen Grenze zu tun. Kümmere dich nicht um mich; die Götter, die mich den Thron der Cäsaren einnehmen ließen, werden mir auch in der Erfüllung der Pflichten des obersten Kriegsherrn beistehen. Des Imperators Sache ist es, die Mühsalen des Soldaten zu teilen, wenn das Vaterland von einer wirklichen, großen Gefahr bedroht ist."

„Kluger Rat hat zuweilen mehr zu bedeuten als tätige Mitwirkung. Du könntest den Krieg von Rom aus leiten."

„Für klugen Rat ist es heute schon zu spät. Nur die Anwesenheit des Imperators, ja beider Imperatoren, wird die Soldaten wieder ermutigen, welche über das Kriegsglück der Barbaren bestürzt und unmutig geworden sind. Auch Lucius Verus wird die harte Kriegskleidung anlegen."

„Ich fürchte so sehr für dich!"

„Mein Entschluss steht fest." erwiderte Marcus Aurelius trocken.

Faustina ließ den Kopf hängen zum Zeichen, dass sie sich ins Unvermeidliche füge.

„Dein Wille." sprach sie, „ist jedem Römer, die Gattin nicht ausgenommen, oberstes Gesetz. Mögen die Götter dein heiliges Leben beschützen und deinen Triumphwagen mit ansehnlichen Kriegsgefangenen schmücken."

Eine Weile lang stand sie da, wie in Gedanken versunken und sich auf die Unterlippe beißend. Dann blitzte es unheimlich in ihren Augen, und sie sprach weiter: „Ich hoffe, dass du dein Möglichstes tun wirst, um jenen Verräter, jenen Aufrührer lebend in deine Gewalt zu bekommen, welcher dieses Kriegsgewitter über das Reich herbeigeführt hat. Ich will ihn in Ketten, womöglich unter den Rädern deines Triumphwagens sehen!"

„Du sprichst von Servius?"

„Ich spreche von jener Natter, welche, an unserem Busen gehegt, die Hand ihres Wohltäters beißt! Sollte dieses Ungeheuer in deine Hände kommen, so gib es in meine Gewalt, und ich will seine Überhebung dermaßen strafen, dass er den Elendesten von allen Elenden beneiden soll. Er soll der Diener meiner letzten Sklavin werden, ihr folgsamer Hund, ihr verächtliches Werkzeug sein, bis er an seiner eigenen Galle erstickt."

„Hast du denn diesen Rebellen persönlich gekannt?" fragte Marcus Aurelius, verwundert über den Hass welcher in der Stimme seiner Gattin zischte.

Faustina wurde verlegen; ihr Erröten entging nicht dem forschenden Blick des Kaisers. Ausweichend gab sie zur Antwort: „Seinen Namen kennt und hasst heute jede Römerin!"

Darauf entfernte sie sich schnell.

Als der Türvorhang hinter ihr zufiel, spielte ein bitteres Lächeln um Marc Aurels Lippen.

Das war also der Grund, warum ihr plötzlich die Sprache und die Zärtlichkeit längst verflossener Jahre wiederkehrten. Dieser stolze Barbar hatte es mit ihr verdorben . . .

„Ich will ihn in deine Gewalt geben," murmelte der Kaiser vor sich hin; „denn auch das strengste Gericht wird ihn nicht grausamer strafen, als die beleidigte Eigenliebe eines leidenschaftlichen Weibes."

Er klatschte in die Hände, und als auf dieses Zeichen hin der Prätorianer sich auf der Türschwelle zeigte, fragte er: „Hat der göttliche Lucius Verus den Palast heute noch nicht verlassen?"

„Der göttliche Imperator speiste heute zu Haus." antwortete der Soldat von der kaiserlichen Leibwache.

„Wenn vielleicht der Senator Fronto kommen sollte, sage ihm, dass er auf mich warten soll."

Marcus Aurelius legte eigenhändig die Toga an und begab sich in den von seinem Bruder bewohnten Teil des Palastes.

Kapitel 9

Lucius Verus ruhte nach dem Mahl im Säulenhof auf einem goldenen Bett unter einem Purpurbaldachin. Fahle Blässe bedeckte sein Gesicht, das schweißgebadete, üppige Haar fiel ihm in Unordnung über die niedere Stirn. Er lag regungslos da, die Arme hingen ihm schlaff zu beiden Seiten des Körpers herab; von Zeit zu Zeit schnappte er nach Luft, wie ein aus dem Wasser gezogener Fisch.

„Stumm seid ihr geworden, und ich verlange von euch mein Vergnügen!" lallte er, während ihn ein Schluckauf plagte.

Niemand war stumm geworden, sondern als seine Gäste merkten, dass er des Weines genug hatte, war einer nach dem anderen aus dem Palast gegangen, ebenso der Ruhe bedürftig, wie er selbst. Nur der Leibarzt, ein Kammerherr und zwei unzertrennliche Kumpane waren bei ihm verblieben: Marcus Quinctilius und der Senator Mucius.

„Ich befürchte einen zweiten Schlaganfall." sagte leise der Arzt, sich über den Daliegenden beugend. „Das wäre der Anfang vom Ende. Schade wäre es um einen so freigebigen Herrn!"

„Er trinkt maßlos." bemerkte der Kammerherr, „und verträgt immer weniger. Seit einiger Zeit verliert er schon nach dem ersten Krug Falerner die Besinnung."

Der Arzt rieb dem „göttlichen" Trunkenbold die Oberlippe und die Schläfe mit arabischen Öl ein und drückte ihm einen mit der Arznei des Galenus getränkten Schwamm in den Mund.

„Ich bin ein göttliches Wesen." lallte Lucius Verus, eine Bewegung der Ungeduld machend. „Sterbliche, opfert mir! . . . Fliegen summen, belästigen einen Gott . . . jagt die Fliegen hinaus!"

Er wollte die Rechte erheben, um den Schwamm aus dem Mund zu entfernen, aber die Hand fiel zurück.

„Ich mag nicht euren Nektar, auch nicht eure Ambrosia!" lallte er durch den Schlaf und schüttelte sich. „Ich will zurück auf die Erde . . . im Olymp gibt es keinen guten Wein . . . Der alte Jupiter, der Esel, hat keinen Begriff von gutem Getränk."

Er beendete den Satz mit blödem Lachen.

Von demjenigen Teil des Palastes her, welchen Marcus Aurelius bewohnte, nahten schnelle Schritte in der Richtung gegen den Säulenhof, wo Lucius Verus ruhte.

„Der ältere Imperator!" lispelte Marcus Quinctilius und zog sich mit Mucius schnell hinter den von fremdländischen Pflanzen umgebenen Springbrunnen zurück.

Als Marcus Aurelius sah, in welchem Zustand er seinen Bruder antraf, ließ er beschämt den Kopf hängen. So oft war er Zeuge ähnlicher Vorgänge geworden, und doch konnte er sich an den Anblick der entwürdigenden Folgen der Trunkenheit noch nicht gewöhnen.

„Lucius!" rief er, die Hand auf die kalte Stirn des Bruders legend.

„Ich will nicht! . . . Lasst mich!" lallte Lucius Verus. „Mutter Juno ist ein altes, hässliches Weib . . . Euer Olymp ist eine gemeine ägyptische Trödlerbude . . . lauter altes Gerümpel!"

„Lucius!" wiederholte Marcus Aurelius, seinen Bruder an beiden Armen fassend und rüttelnd. „Erwach doch. Die Barbaren stehen vor Aquileja!"

„Aquileja?" lallte Lucius und öffnete seine irren Augen. „Aquileja ist ein elendes Nest . . . hat nicht einmal einen ordentlichen Zirkus."

„Erwache!" rief Marcus Aurelius, „oder das Geschrei der Markomannen wird dich zur Besinnung bringen, wenn sie die Tore Roms bestürmen!"

„Markomannen . . . tüchtige Wagenlenker . . . ausgezeichnete Fechter."

Marcus Aurelius betrachtete seinen Bruder wehmütig und vorwurfsvoll.

„Und ihr." — damit wendete er sich nach längerem Schweigen dem Arzt und dem Kammerherrn zu — „ihr könntet euren Herren besser überwachen. In drei Tagen wird der göttliche Lucius Verus mit mir nach Aquileja eilen. Wenn seinetwegen eine Verzögerung eintreten sollte, wird euch der Mamertinische Kerker an die Pflichten eures Dienstes erinnern."

Dann warf er einen verächtlichen Blick gegen den Springbrunnen, und mit viel kräftigerer Stimme als sonst rief er: „Umsonst verbirgst du dich vor meinem Auge, Marcus Quinctilius! In deinen Adern fließt das Blut der Gründer Roms, es beschämen dich aber Freigelassene und Sklaven, die Besseres zu tun wissen, wenn das Vaterland in Not ist. Schande über dein Haupt! . . . O Römer, o Römer!"

Sprach der Imperator und entfernte sich langsam.

„Oh, warum bin ich nicht zu Zeiten der ersten Konsuln geboren!" sprach er im Gehen zu sich selbst. „Es lohnt sich nicht einmal, für eine so verlotterte Nation zu sterben. . . . Und doch muss ich ihr ein Schild sein ... ich muss sie verteidigen bis zum letzten Atemzug. Ein Imperator darf sich nicht der Verzweiflung hingeben."

- o -

Nachdem der ältere Imperator gegangen war, näherten sich Marcus und Mucius wieder dem Lager des jüngeren, welcher allmählich zur Besinnung kam.

„Schön hat er dich begrüßt!" sagte Mucius lachend zu Marcus. „Nun wirst du die eiserne Tunica anlegen und auf dem Schlachtfeld zeigen, was du von Fechtmeistern gelernt hast . . . du hast ja Schwert und Lanze schon immer gut gehandhabt. Die Ärzte behaupten auch, dass Änderung der Lebensweise und Ortswechsel auf solchen Krüppeln, wie wir, neu belebend wirken. Ich bin bereit, die Wirkungen einer derartigen Rosskur an mir zu erproben, wenn du mir Gesellschaft leisten wolltest."

Marcus schwieg.

„Denn bedenke nur." höhnte Mucius weiter, „in der Hauptstadt wird es fürchterlich langweilig werden, sobald der göttliche Lucius Verus mit seinem ganzen Hof ins Feld zieht und die Wagenlenker des Zirkus, sowie die Gladiatoren zu den Standarten einberufen werden. Der alte Griesgram treibt ja alles in den Krieg. Was fangen wir aber hier ohne Zirkus und Amphitheater an, ohne die Tänzerinnen und Sängerinnen des göttlichen Lucius. Wir würden vor Langeweile selbst griesgrämig."

Marcus antwortete noch immer nicht.

„Du machst ja jetzt schon das reine Eulengesicht!" lachte Mucius. „Ich merke, dass Livia dir das Leben über alle Maßen versüßt hat. Ein liebliches Wesen! . . . Wie schön und reizend . . . brrr! Man könnte sich vor ihr in das Reich der Schatten flüchten."

„Auch deine Ehehälfte bekäme nicht den Apfel vor Paris' Richterstuhl." gab nun Marcus zurück.

„Was geht mich das an? Wenn sie nur meine Schulden zahlt, so kann sie sich noch zwei Höcker auf den Rücken machen und ein drittes Schielauge anschaffen. . . . Also was ist's? Ziehen wir in den Krieg? Die Abwechslung wird uns Vergnügen machen. Dass aber der Prügel eines Barbaren unsere Köpfe erreichen kann, darin liegt ja für dich wenigstens nichts Furchtbares. Du bist ja ein Quinctilier. Beulen, Rippenbrüche und verschiedene Verstümmelungen des Körpers sind in deinem Geschlecht nichts Neues. . ."

„Wasser!" rief plötzlich Lucius Verus.

Der Arzt reichte ihm schnell einen goldenen Becher.

„Lächerlich!" sagte der zweite Imperator, gierig das Wasser trinkend. „Man sollte nicht glauben, dass auch Wasser mitunter schmecken kann. . . . Warum? Gebt mir eine Aufklärung darüber, ihr Schmiede weiser Worte ohne Inhalt!"

Mit verächtlichen Blicken suchte er nach den Philosophen.

„Ausgerissen sind sie!" brummte er. „Die Verehrer des Nichts lieben nicht den Anblick scheinbarer Vernichtung. Heulen werden sie wie hungrige Wölfe, wenn sie einmal vom Charon am Genick gefasst und in seinen Rachen hineingezogen werden."

Er gähnte, streckte sich und spie aus.

„Nichts Kluges ist den Göttern eingefallen, als sie Erde und Menschen schufen . . . dieses ewige Einerlei!"

„Der göttliche Marcus Aurelius hat sich für dich eine überraschende Abwechslung ausgedacht." meldete sich Mucius.

„War er hier?" fragte Lucius Verus lebhaft. „Nun, was war es? Hat ihn mein Anblick erfreut?"

„O ja, in seiner Art."

„Er hat Tränen vergossen über meine Verkommenheit?"

„Er nimmt dich mit in den Krieg."

„Ausgezeichnet!" rief Lucius Verus zu großer Verwunderung der anderen. „Während des Kriegszuges gegen die Parther

habe ich mich sehr gut, ja köstlich unterhalten, und ich bin des Aufenthalts in der Hauptstadt schon lange überdrüssig. Neue Umgebung, neue Eindrücke! . . . Also ziehen wir in den Krieg! Nun aber, Freunde, lasst mich allein mit Morpheus. Auch euch wird ein Schläfchen von Nutzen sein, damit ihr heute Abend bei Lydia recht munter seid."

- o -

Schon war der Himmel im Osten rosig angehaucht, als Marcus Quinctilius die Schwelle seiner Behausung betrat, umgeben von einer zahlreichen Sklavenschar.

Der schlaftrunkene Kammerdiener wollte ihn auskleiden, er aber wehrte mit der Hand ab und sagte: „Nicht nötig . . . lasst mich allein. Der Namenrufer soll wachen."

Die Dienerschaft entfernte sich geräuschlos. Ihr Herr streckte sich im Empfangssaal auf einem Sofa aus und schaute in das unruhige Licht einer Lampe, welche eine Pyramide von afrikanischen Blumengewächsen beleuchtete.

Marcus Quinctilius kam von einem jener Gelage, um welche die Reichen von den Armen beneidet wurden. Der sikulische Koch hatte die wählerischsten Feinschmecker befriedigt, auserlesene Weine waren in Strömen geflossen, die Tische hatten zusammenbrechen wollen unter der Last herrlichen Gedeckes; Tänzerinnen und Sängerinnen waren aufgetreten; Lydia, der erste Liebling der hauptstädtischen großen Herren, wollte ihre Gäste mit ihrem Witz und ihrer Ungebundenheit aufs Beste unterhalten.

Alles war da — außer Frohsinn. Lucius Verus gähnte, Mucius schwieg, die anderen Gäste schauten jeden Augenblick zur Tür, wie bei einem geizigen Gastgeber, dessen unfreundliche Blicke den Gast fortwährend hinaus zu bitten scheinen.

Und er — Marcus selbst, welcher noch immer der lustige Prätor genannt wurde?

Er hatte so oft dieselben Leckerbissen genossen, dieselben Tänze gesehen, dieselben Witze und Gesänge gehört, dass er sich gar nicht einmal Rechenschaft darüber ablegte, welches Gefühl er dabei halte. Hat er sich gelangweilt oder unterhalten? Weder das eine noch das andere. Die Freuden der Tafel, des Bechers und der Liebe waren ihm gleichgültig geworden. Er kannte die geistreichsten Erfindungen der vorzüglichsten Köche Roms sozusagen auswendig, und unzählige Male war er von den feinsten Weinen trunken gewesen.

Sein alter Name, ein sehr bedeutendes Vermögen, seine Jugend, Schönheit und Lebensfreude hatten ihm die Pforten eines irdischen Paradieses angelweit geöffnet und gestattet, aus dem Born menschlicher Glückseligkeit mit beiden Händen zu schöpfen. Er schöpfte auch, er griff zu, er nahm alles, woran er Gefallen fand, mit der Begehrlichkeit seines leidenschaftlichen südlichen Temperamentes — bis er eines Morgens erwachte und sich verwunderte, dass das, was ihn gestern noch anzog und erwärmte, heute ihm glanzlos und kühl, fahl und aschig erschien. Die besten Speisen reizten ihn nicht, der auserlesenste Wein widerte ihn an, er gähnte im Theater, im Zirkus, bei Vorlesungen von Rhetoren und Dichtern.

Eine Zeitlang glaubte er, dass diese Abstumpfung seiner Sinne nur eine vorübergehende Folge von Übersättigung sei. Er zog sich daher aus dem Kreis seiner vornehmen Freunde zurück und vertraute sich einem berühmten Arzt an, in der Hoffnung, dass er, wiederhergestellt, zu den Gewohnheiten seines früheren Lebens zurückkehren könnte. Als jedoch weder ein längerer Aufenthalt in seiner reizenden

Villa bei Neapel, noch Seebäder, noch auch Fechtübungen die frühere Leidenschaft seines Blutes weckten, da stürzte er sich zwar wieder in das Gewühl hauptstädtischer Genüsse, aber er tat es schon ohne Genuss. Er hatte sein Leben lang im Übermaß genossen, er war jetzt für immer übersättigt. Zugleich aber mit der erlöschenden unbehüteten Jugendglut schwand auch seine kräftige Gesundheit. Gelage ermüdeten ihn, er vertrug keine schlaflose Nacht mehr, jede Ausschweifung, jeden Streich hatte er schwer zu büßen.

Immer seltener verließ er das Haus, weil es sein Gesundheitszustand nicht erlaubte.

Also war der Becher des Lebensgenusses bis auf die Neige geleert; kein Tropfen mehr war übrig für weitere Jahre! . . .

Marcus bereute nicht im Geringsten seine Vergangenheit, auch beklagte er seinen Zustand durchaus nicht. Hinter sich und vor sich schaute er mit dem Blick des Skeptikers; in der Vergangenheit und in der Zukunft suchte er nur nach irgendeinem Anreiz zum weiteren Fortleben auf der Oberfläche der Erde. Aber während er hinter sich vergeudete Millionen, geräuschvolle Gelage, ein Meer von Wein, hohles Gelächter, zynische Gespräche, leichtfertige Frauen und sittenlose Mädchen sah, winkte ihm aus der Zukunft ein Leben lästiger Stubenhockerei, geisttötende Langweile und — das Schlimmste von allem — Livias unausstehliche Gegenwart herüber.

Diese zweite, hässliche Hälfte seines Lebens erleuchtete kein einziger Hoffnungsstrahl; alles erschien grau in grau ohne jeglichen glänzenden Schimmer. Kinder hatte er nicht, Arbeit kannte und ertrug er nicht, unerreichte Ehren verscheuchten nie den Schlaf von seinen Augenlidern, Geldschätze achtete er gering, an ein Leben im Jenseits und das Dasein der Götter glaubte er nicht, Verdienst galt ihm nichts — außer sich selbst verachtete er eigentlich alle Menschen.

Mitunter glaubte er, im Grunde seines Wesens schlummere noch eine Kraft, welche ihm die Liebe zum Leben wiedergeben könnte. Wenn Livias Geiz ihn gar tief empörte und beleidigte, dann bäumte er sich wie ein mit der Peitsche behandeltes edles Rassepferd; er drohte mit Scheidung, mit Annahme eines Postens in den Provinzen. Bald aber wurde er ruhig, vergaß seine männlichen Entschlüsse und wunderte sich über seine Gereiztheit. Nach der ersten Kunde von den Niederlagen, welche die Legionen durch die Barbaren erlitten, schlug ihm das Herz des römischen Patrioten hoch auf; er war entschlossen, zu den kaiserlichen Standarten zu eilen, wie es seine Väter taten. Am anderen Tag aber war sein Patriotismus schon verraucht, und er fand, dass der Krieg bei seiner Beteiligung ganz denselben Verlauf nehmen würde, wie ohne ihn. Was wollte er im Lager — ein Mann, welchen schlecht gelegte Falten der seidenen Tunika drückten, welcher aus seinen Kleidern und Schuhen kein Stäubchen ertrug! Er wäre nur ein Hindernis und würde den rohen Soldaten nur zum Gespött dienen ...

So erhob er sich öfters wie ein Löwe, um gleich darauf wie eine Fliege zu fallen. Körperlicher Verfall infolge seiner Lebensweise und geistiger Verfall infolge seiner zweifelsüchtigen Weltanschauung hatten seine Willenskraft verzehrt und in seinen Augen alles in Kot getaucht, was die Menschheit groß, erhaben und heilig benannt hat.

Nur das Schamgefühl halte er noch nicht eingebüßt. Als gestern Marcus Aurelius ihn beleidigte, fühlte er plötzlich all sein Blut ins Gehirn dringen. Gleichgültigkeit gegen eine Demütigung hatte er bisher nicht gelernt, und solche peinlichen Fälle würden sich gleichmäßig mit dem fortschreitenden Alter mehren. . .

Marcus überschaute schnell noch einmal seine Vergangenheit und tat einen Blick in die farb- und freudlose Zukunft; dann gähnte er und sagte laut:

„Ich habe es genug! . . . Die Tür steht jedem offen. Nur dumme Tröpfe gehen nicht, wenn sie sich langweilen!"

Er klatschte in die Hände.

„Der Bademeister soll mir sofort ein warmes Bad mit orientalischen Ölen bereiten." befahl er, als der Namenrufer aus der Türschwelle erschien. „Ein Chor athenischer Sängerinnen soll, wenn ich im Bad bin, im Saal daneben heitere Lieder erklingen lassen . . . Warte." sagte er, als der Sklave sich ent-fernen wollte.

Nach längerem Nachdenken fügte er hinzu:

„Die Rechnungsführer sollen sofort vor mir erscheinen. Der Sklavenwärter soll meine Gladiatoren und Wagenlenker wecken und sie in den Säulenhof führen. Aber merke: nur die meinigen; Livia Fabius Dienerschaft will ich nicht sehen. Nun gehe!"

Der Namenrufer verschwand hinter dem Türvorhang. Marcus aber nahm von einem Tischchen ein mit Wachs überzogenes Elfenbeintäfelchen und schrieb darauf mit einem goldenen Griffel etwas nieder.

Nachdem er das Schreiben beendet hatte, erhob er sich vom Sofa, näherte sich den Schränken, in welchen die Büsten verstorbener Quinctilier standen, betrachtete die stark gedunkelten Gesichter seiner Ahnen und sprach mit spöttischem Lächeln:

„Andere Wege haben wir gewandelt, ihr und ich, und doch kommen wir an demselben Ziel zusammen. Auch mich wird bald Staub bedecken und die Nacht des Nichts verschlingen, wie sie es mit euch schon längst getan hat. Euch hat man aus Schlachtfeldern die Schädel eingeschlagen, die Rippen gebrochen; zu Hause, auf den Marktplätzen hat euch der Pöbel mit Schmähungen überschüttet, wenn ihr von der Rednerbühne herab Worte strengen Tadels über seinen Unverstand und seine Selbstsucht fallen ließt. Imperatoren haben euch misshandelt und ihre Gewalt spüren lassen, da sie eure Tatkraft fürchteten. Soldaten, welchen ihr Auge und Ohr wart, haben euch mit Meutereien gekränkt. . .

„Meine Gesundheit dagegen überwachen Ärzte, welche auch die geringste Unregelmäßigkeit sorgfältig beobachteten. Der Pöbel vergötterte mich um eine handvoll Gold, welche ich von Zeit zu Zeit unter die Hungrigen schleuderte, und Lucius Verus nennt mich Bruder. . . . Ihr habet euer Leben im Schweiß unter vielfacher Mühsal zugebracht, ohne die Lebensfreuden zu verkosten, ohne zu erfahren, was behagliche Ruhe, was fröhliches Lachen, was Liebeswonne ist. Mein Lebenspfad führte durch Frohsinn zu beständigem Genuss alles Lieblichen, Berauschenden und Bezaubernden. . . . Wer von uns hat besser gelebt? Die Geschichte behauptet: ihr; alle gebildeten Römer sagen: ich. Was ist die Geschichte? Ein Band vergilbter Blätter, welche nur von faden Gelehrten gelesen werden. Ich spotte der Geschichte und des Andenkens bei der Nachwelt, welches ja doch die dicken Mauern der Quinctilier-Gruft nicht durchdringen wird. Nach meinem Tod mag man mich begeifern; das gelangt nicht zu meiner Kenntnis. Ich habe besser gelebt als ihr und werde auch besser sterben; denn euch haben noch in der letzten Stunde Roms Schicksale Sorge gemacht . . ."

Er machte eine geringschätzige Handbewegung.

„Wenn der kühle Hauch des Todes — welchen ich mir übrigens nach Möglichkeit warm machen werde — die Flamme des Selbstbewusstseins in mir für immer verlöscht haben wird, dann können die ganzen Alpen über die Stadt der Städte sich stürzen. Ich werde es nicht mehr fühlen und nicht beklagen ..."

Marcus schwieg eine Weile, dann fügte er leise hinzu:

„Lächerliche Masken, ihr glotzt mich so an, als wären meine Worte nicht nach eurem Geschmack! Fürchtet nichts! Ich werde euch in meiner letzten Stunde keine Schande antun. Denn noch ist ein Restlein eures unklugen Geblütes in mir geblieben. Ich lebte wie ein Zögling des philosophischen Zeitalters, aber sterben werde ich wie ein Quinctilier des hölzernen Rom!"

Er lächelte.

„Verwundert werden meine Freunde sein. . . . Gering ist doch das menschliche Heldentum, zu welchem man auf so verschiedenen Wegen gelangen kann! Und noch heute werde ich ein Held sein, gleich allen Quinctiliern. Ich . . . ein Held!"

Er lachte spöttisch auf.

Eben traten seine Rechnungsführer ein. Es waren ihrer drei, alle freie römische Bürger.

„Du hast befohlen, hochberühmter Herr." meldete sich der älteste unter ihnen, ein sechzigjähriger Syrier.

„Hängst du am Leben?" fragte Marcus, den Alten mitleidig betrachtend.

„Ich habe Enkel, Herr." antwortete der Rechenmeister, über Marcus' Frage durchaus nicht verwundert; denn der vom Glücke verhätschelte Patrizier hatte oft genug sonderbare Einfälle.

„Ja, du hast Enkel, ich erinnere mich." sprach Marcus, indem er einen ziemlich großen, goldgefüllten Säckel unter der Tunika hervorzog. „Ich weiß auch, dass du ihnen ein schöneres Schicksal erträumen möchtest, als es die Götter dir beschieden haben. Und da in unseren Zeiten sogar vergoldete Esel unbehindert Senatorenstühle einnehmen, so nimm das an von mir für deine Enkel. Du hast mir treu gedient."

Und wieder war der Rechenmeister nicht verwundert. Marcus Quinctilius vergeudete Millionen nicht nur für seinen eigenen Genuss, er war auch stets ein freigebiger Herr.

Der Alte umfing die Knie seines Herrn:

„Die Dankbarkeit meiner Enkel soll der Lohn für deine Güte sein, hochberühmter Herr."

Marcus lächelte ungläubig. Er nahm die Wachstafel vom Tisch und sprach:

„In einer Stunde wirst du dieses Schreiben dem Senator Mucius übergeben und streng ausführen, was er dir befehlen wird. Alles, was mein eigen ist: die Sammlungen von Münzen, Schnitzereien, Edelsteinen, Murrinischen Gefäße, alles Hausgerät und die Andenken der Quinctilier, ferner Pferde, Maulesel, Triumphwagen, Kleider, Sängerinnen und Tänzerinnen wirst du noch heute auf dem Forum Romanum zur öffentlichen Versteigerung bringen und das dafür gelöste Geld dem Schatzmeister des göttlichen Imperators für Kriegszwecke übergeben. Nur die Büsten meiner Ahnen bleiben ausgeschlossen; diese gehören Julius Quinctilius."

Jetzt erst blickten die Rechnungsführer ihren Herrn erstaunt an. Wollte er vielleicht in den Krieg ziehen, er, der nur Vergnügungen nachging, die größte Bequemlichkeit liebte und die geringste Mühe scheute? Vielleicht . . . denn wer mag die Launen eines großen Herrn erraten?

„Ich bedarf noch eurer Anwesenheit in eurer Eigenschaft als freie Bürger." sagte Marcus, worauf er den Rechnungsführern winkte und sich in den Säulenhof begab.

Hier standen die Gladiatoren und Wagenlenker schon in zwei Reihen. Es waren ihrer hundert, alle von hohem Wuchs und athletischem Körperbau. Söhne Spaniens, Galliens und Germaniens.

„Sei gegrüßt, hochberühmter Herr!" riefen die Sklaven einstimmig.

„Seid gegrüßt!" antwortete Marcus.

Einen Augenblick ruhte sein Kennerauge befriedigt auf den prächtigen Gestalten. Keiner von den römischen Herren konnte sich eines so auserlesenen Trupps von Fechtern und Wagenlenkern rühmen. Ihnen verdankte Marcus eine Menge von

Wettgewinnen, ganze Berge von Kränzen und Stürme von Beifall. Er liebte auch seine Leute, überhäufte sie mit Geschenken, dachte an ihre Bequemlichkeit; und sie dankten für seine Sorgfalt mit Treue und Anhänglichkeit. Jeder von ihnen würde sich für ihn ohne Bedenken dem Tod aussetzen.

Welche Soldaten werden die abgeben! dachte Marcus, mit Wohlgefallen die Riesengestalten der Gladiatoren betrachtend.

Darauf erhob er die Hand zum Zeichen, dass er Schweigen gebiete, und rief mit lauter Stimme:

„Kniet nieder, Freigelassene!"

Alle warfen sich gegenseitig fragende Blicke zu. Ein allgemeines Murmeln des Erstaunens war die Antwort auf Marcus' Aufforderung. Kein einziger Sklave beugte das Knie. Ihre fragenden Augen schienen zu sagen: Er ist nach dem gestrigen Gelage noch nicht ernüchtert ... er spottet unseres Elends!

Marcus aber meinte es ganz ernst.

„Ich gebe euch eure Freiheit wieder." rief er, „unter der Bedingung, dass ihr den Loskaufpreis Rom auf dem Schlachtfeld zahlt! Noch heute werdet ihr euch beim Präfekten unseres Bezirkes melden, damit er euch den Soldateneid abnimmt . . . Kniet nieder, Freigelassene!"

Nun glaubten es die Sklaven. Unter lauten Zurufen, die Hände dem geliebten Herrn entgegenstreckend, fielen sie auf den Mosaikestrich, und Marcus schritt langsam die zwei Reihen ab, legte auf jeden gebeugten Kopf beide Hände, die Worte wiederholend: „Du bist frei!" Leises Schluchzen und Worte des Segens begleiteten ihn auf diesem Weg.

Nachdem er den letzten Gladiator freigesprochen hatte, wendete er sich den Rechnungsführern zu und sagte: „Ihr, Quiriten, werdet vor dem Amt des hochberühmten Zensors bezeugen, dass ich diesen treuen Dienern die Freiheit wiedergegeben habe. . . . Und nun . . . lebt wohl!"

Er wartete die Danksagungen nicht ab, sondern entfernte sich schnell. „Jetzt kann ich gehen. Ich besitze nichts mehr, als mein Leben . . . und dieser Besitz ist eine Last.

Lassen trage, wer will. Zum ersten Mal im Leben, aber auch zum letzten Mal, will ich weise sein. Ein Weiser scheidet ohne Leid, ohne Todesfurcht."

Als er den Saal wieder betrat, befahl er dem Kammerdiener : „Bringe mir eine Ampher Wein, von dem ältesten."

Er goss aus dem bemoosten Kruge hundertjährigen Falerner in eine Kristallschale und setzte sie an die Lippen. Gierig sog er daraus Mut und Unempfindlichkeit. Beim letzten Tropfen warf er das Gefäß zu Boden, das es klirrend in Scherben zerbrach, und stellte sich vor die Schränke mit den Bildnissen seiner Ahnen.

„Nun, seid ihr mit eurem Sprossen zufrieden? Bin ich doch wenigstens einmal in meinem Leben, unmittelbar vor der Auflösung dieser dummen Komödie, Quinctilier gewesen! Alles habe ich für Rom hingegeben; ich habe meine Schuld dem Namen abgezahlt, welchem ich zum Teil die Freuden meines Lebens verdankte. Der Soldat siegt ober fällt. Zum Sieger fehlt mir Kraft und Wille, darum falle ich ..."

Er lachte höhnisch.

„Was streben die Menschen auf diesen, Erdkreis an? . . . Einen Namen . . . hohlen Klang! . . . Die Toren!"

Wankenden Schrittes begab er sich ins Badezimmer. Die ihn erwartende Dienerschaft schickte er weg. Er entkleidete sich selbst und stieg in die dampfende Porphyrwanne.

Im anstoßenden Saal sang ein Chor griechischer Mädchen leidenschaftliche Lieder von Wein, Liebe und Lebensgenuss. Das Badezimmer war erfüllt vom betäubenden Geruch arabischer Duftöle. Draußen stieg eben die Sonne über dem Horizont auf, einen schönen Tag ankündigend.

„Die Toren!" höhnte Marcus und öffnete sich unter dem Wasser mit einem seinen haarscharfen Messer an beiden Händen die Pulsadern.

- o -

Zu der Stunde, da einer der letzten Nachkommen der ersten Begründer römischen Ruhmes, im Bad langsam verblutend, in den letzten Schlaf verfiel, widerhallten sämtliche Tempel der Hauptstadt der Welt von Priestergesängen. Bürger und Freigelassene, eigene und angenommene Kinder Roms umgaben die Standsäulen ihrer verschiedenen Götter, Gnade für die Herren der Welt erflehend.

Auf dem Kapitol brachte Marcus Aurelius in eigener Person dem Beherrscher des Olymp seine Opfer dar.

„Wende ab von uns die Rache der Barbaren!" betete der Imperatorphilosoph.

Und zu derselben Stunde betete eine Schar Barbaren und Römer, Sklaven und Patrizier beiderlei Geschlechtes in den unterirdischen christlichen Gräberhallen: „Vater unser, der du bist im Himmel; geheiligt werde dein Name; dein Reich komme; dein Wille geschehe …"

Kapitel 10

„Du sagst, Macrinius begibt sich in Eilmärschen an die Donau?"

„So berichten unsere Kundschafter, welche mit knapper Not der Verfolgung seiner Reiter entgangen sind. Sie stießen mit ihm an den Quellen der Drave, in der Nähe von Aguontum, zusammen."

„Schon bei Aguontum?"

„Ja, er eilt wie auf Windesflügeln. Er steht an der Spitze der Prätorianer und hat die Trümmer der nördlichen Besatzungen um sich gesammelt."

„Im Verlauf von einigen Wochen wird der Rächer Victorins Vindelicien, Raetien und Noricum gesäubert haben und dann uns in den Rücken fallen. Ich kenne ihn; Marcus Macrinius darf man nicht unterschätzen."

Servius sagte es nachdenklich, scheinbar aufmerksam die Funken betrachtend, welche dem Feuer vor seinem Zelt entstiegen. Er sah dieselben jedoch gar nicht, obwohl er die Augen weit offen hielt und gespannten Blickes vor sich hin schaute.

Er ließ die Ereignisse der letzten Monate vor seinem geistigen Auge vorüberziehen.

Wie ein von andauerndem Landregen geschwellter Wildbach war er mit seinen schier unzähligen Germanen über die nördlichen Provinzen des Deiches herabgestürzt, hatte er alle Täler, Dörfer und Städte überschwemmt, alle Befestigungen, Heerstraßen und Brücken zerstört und hinter sich blutige Schlachtfelder, mit Leichen von Besiegten besät, Schutt und Asche, das Gewimmer der gegen Norden über die Donau in die Sklaverei getriebenen Weiber und Mädchen, den Fluch des der Früchte seines Fleißes beraubten Landmannes gelassen. Servius' Dienerschaft speiste aus den goldenen Geschirren römischer Herren, seine Pferde tranken aus erbeuteten Porphyrtrögen.

Er war rastlos vorwärts gedrungen, seinem Heer keine Ruhe vergönnend, um den römischen Legionen des Südens und Ostens, deren Marschgeschwindigkeit er kannte, zuvorzukommen. Er hatte die Alpen überschritten, Victorin mit dessen Hälfte der Prätorianer aus dem Weg geräumt, und nun stand er seit einer Woche vor Aquileja *(Anmerk.: Aquileja hatte als befestigtes großes Lager hohe Bedeutung, weil dort die Via Aemiliana, die ganz Italien durchziehende Hauptstraße, begann und ferner die Straßen nach Pannonien, Noricum, Istrien, Dalmatien usw. von dort ausgingen.)*, die Stadt umzingelt haltend. Nach jedem Sturmlauf schloss sich der eiserne Ring der Belagerer enger, lichteten sich die Reihen der Verteidiger mehr und erweiterten sich die Breschen in den Mauern. In einigen Tagen wird die reiche Handelsstadt, das Tor Italiens, das zweite Rom genannt, eingenommen sein; dann wird er auf die Hauptstadt selbst losstürzen und dieselbe erdrücken, bevor die ‚Herren der Welt' aus ihrem Schrecken erwacht sein werden.

So träumte Servius noch gestern.

Aber heute Morgen haben die Buren das Lager verlassen, ohne irgendjemand um Erlaubnis zu fragen. Servius konnte sie nicht hindern, denn er war nicht ihr Fürst und Herzog.

Er hatte auch die Langobarden, Osen, Hermunduren und mehrere andere Völker nicht aufhalten können, welche schon früher unterwegs von ihm abfielen. Sogar die Quaden und Markomannen waren an ihn durch keinen Eid der Treue gebunden. Er hatte nur das Recht, seiner eigenen Sippe zu gebieten.

Anfangs zog ganz Germanien hinter ihm her, eines der Wege und der römischen Kriegskunst kundigen Führers bedürftig. Bald jedoch zerstob die ungeheure Woge in hundert Bruchteile und ergoss sich breit am rechten Ufer der Donau. Die halbnackten Wilden der nördlichen Wälder, keinerlei Zucht kennend, die Bedeutung vereinter Kräfte und gesammelter Gewalt nicht verstehend, von den ersten leichten Siegen berauscht, teilten sich in kleinere Gruppen, führten Krieg nach eigener Art, ohne Plan und Ordnung, nur den eigenen Häuptlingen gehorchend.

Ein höherer politischer Gedanke leuchtete diesem willkürlichen Treiben der losen Horden nicht voran. Jeder begehrte eben eine möglichst große Anzahl von Sklaven, Rindern, kostbaren Gefäßen und Geräten und wollte möglichst bald beutebeladen in seinen Gau zurückkehren. Die Zügellosigkeit der Völker, welche erst hätten erzogen werden müssen, um ein folgsames Werkzeug in der Hand eines verständigen Feldherrn zu werden, entkräftete Servius' Willen und lähmte seine Entschlossenheit. Tagtäglich löste sich irgendeine Sippe, irgendein Haus vom Weg los; dem Ganzen ging ein Teil nach dem anderen verloren und blieb verschollen, verschwunden. Je mehr sich Servius von der Grenze Germaniens entfernte, über desto geringere Kräfte verfügte er. Die Alpen überschritten mit ihm nur noch die Markomannen, Quaden, Jazygier und Buren.

Über den Wegfall der nördlicheren Völker, welche nur mit Schilden und Stangen bewaffnet waren und nach Barbarenart mit Weib und Kind, sowie mit ihren Leibeigenen — beinahe könnte man sagen: mit Haus und Hof — den Feldzug mitmachten, ärgerte sich der ehemalige Präfekt in den Legionen durchaus nicht. Diese lärmenden Halbwilden, welche in den ersten Kämpfen nötig waren, um den Schrecken des Einfalles zu vermehren, wären ihm beim Vordringen gegen Rom nur ein Hindernis gewesen. Aber die Buren, die Nachbarn der Markomannen, hatten die Bedeutung von Zucht und Zusammenhalt schon begriffen. Tapfer und folgsam, ertrugen sie ohne Murren die Strenge geordneten Lagerlebens und kunstgerechter Kampfesweise, und sie waren an die Sprache der Signalhörner und des Kommandos gewöhnt. Ihr Abzug wird auf die Furchtsameren unter den Markomannen und Quaden einen sehr nachteiligen Eindruck machen und kann Servius' Pläne zerstören.

Denn — merkwürdigerweise — die Germanen, anfangs voll Zuversicht und Stolz, wurden immer kleinmütiger, je mehr sie sich dem Brennpunkt römischer Macht näherten. Frohen Mutes und mit großem Freudengeschrei hatten sie die Marmorstädte Italiens begrüßt; als sie aber bei Aquileja erfuhren, dass sie in zehn Tagen vor den Mauern der Hauptstadt der Cäsaren stehen könnten, begannen sie nach rückwärts zu schauen und sich die einzelnen Abschnitte des zurückgelegten Weges ins Gedächtnis zurückzurufen.

Vor ihnen breitete sich das Adriatische Meer aus, uferlos für ihre Augen, und hinter diesem unermesslichen blauen Gewässer schlummerte jenes furchtbare Ungetüm, welches Germanien seit mehreren Jahrhunderten in den Krallen hielt. Hunderte von Völkern hatte es niedergetreten, zerrissen, verschlungen, mit ihrem Blut sich gemästet; Millionen von Opfern zum Fußschemel seiner Größe gemacht. Dieses Ungetüm lebte noch, scheinbar gesund und mächtig, und gebot über die Welt, anerkannt von den Allernächsten wie von den Allerentferntesten. Sollten sie, die Markomannen und Quaden, bettelarme Völkerschaften im Vergleich mit jenen Völkergroßherren, den Riesen erwürgen, gegen welchen bisher niemand ungestraft seinen Arm erhoben hatte? . . .

Marcus Aurelius hatte nicht geirrt, als er sagte, dass bei den Barbaren die Scheu vor Rom noch nicht geschwunden sei. Dieser Scheu einflößende Glanz entsandte seine Strahlen über das Meer bis vor Aquileja, blendete die bisher siegreichen Germanen und ließ ihr Freudengeschrei verstummen. Sie taten noch alles, was Servius befahl; sie gingen den sirrenden Pfeilen der Bogenschützen entgegen, legten geduldig Breschen in die Mauern Aquilejas, wühlten sich, Maulwürfen gleich, in die Erde unter den Stadttoren hinein; aber unausgesetzt blickten sie auf das Meer und waren erstaunt, dass das geheimnisvolle Ungetüm ihre grausame Spielerei nicht unterbrach. Vielleicht hat es sich auf die Lauer gelegt, vielleicht macht es sich sprungfertig . . . Morgen, übermorgen kann es sich mit seinem ganzen Gewicht über seine Ruhestörer stürzen und sie zermalmen . . .

Servius kannte den Stimmungswechsel im Heer, und deshalb war er über den Abzug der Buren beunruhigt. Auf kleinmütig gewordene Soldaten wirkt jede Kleinigkeit einschüchternd. Nur einer schrie: Rette dich! und alle werfen ohne Grund die Waffe von sich. Daran nicht genug, begann unter dem Belagerungsheer vor Aquileja die zänkische Uneinigkeit Hand in Hand mit dem Neid — dem Fluch unzivilisierter Völker, welcher schon so viele heldenmütige Kraftanstrengungen zunichte gemacht hatte — ihr verhängnisvolles Spiel zu treiben.

Die Quaden beschuldigten die Buren, diese hätten die kostbarsten Beuten versteckt, und Wadomar, welcher bisher einig mit Servius und neben ihm vorging, erinnerte sich plötzlich, dass der Oberbefehl ihm selbst zukommt. Er war ja König der Markomannen, Servius dagegen nur Fürst eines Teiles des ganzen Volkes . . .

Unausgesetzt in die rote Flamme des Feuers vor seinem Zelt schauend, lachte Servius plötzlich auf. Es war ein bitterhöhnisches Lachen. Das stolze Gebäude, welches er auf seinem Mut und auf seiner Kenntnis der römischen Verhältnisse in seinen Gedanken errichtet hatte, fing an, Risse aufzuweisen, zu wanken und sich zu senken. Sollte denn die Unternehmung noch verfrüht sein? Sollten die Barbaren der Geißel des Imperators sich noch nicht entreißen können, um Zucht und Zusammenhalt zu lernen und zum Bewusstsein ihrer Macht zu gelangen? . . .

Doch nein! . . . Man muss den Plan ändern; man muss sie zum Siegen zwingen! ...

Servius erhob mit einer jähen Bewegung den Kopf, wie einer, der plötzlich einen Entschluss gefasst hat, und fragte: „Kann ich auf den Gehorsam unseres Stammes unter allen Umständen rechnen, ohne Unterschied, bei allem, was ich befehle? Du verkehrst mehr als ich mit den Kriegern."

„Vor uns tost das Meer." antwortete Hermann, dessen Augen wie die eines willenlosen, aber unbedingt treuen Geschöpfes auf Servius ruhten. „Befehlt uns, mit seinen Wogen zu kämpfen, und Ihr werdet euch überzeugen, ob wir in jeder Not zu Euch stehen. Germanen verlassen ihren Herzog nicht."

„Alle?"

Hermann überlegte. Nach einer Weile sprach er halblaut: „Der rote Willibald hat heute mit den Herren des Königs Wadomar geflüstert; als er mich aber bemerkte, verschwand er schnell im Gedränge. Dieser neidische Fuchs hat falsche Augen."

„Beobachte seine Schritte."

„Sigar lässt kein Auge von ihm."

„Die Häupter der Geschlechter sollen unverzüglich vor mir erscheinen!"

„Ihr habt befohlen, Herr!"

Nachdem Hermann sich entfernt hatte, erhob sich Servius von dem Sessel, auf welchem er ruhte, und schaute um sich.

Sein Zelt befand sich genau in der Mitte eines großen Vierecks, welches von mittels Ketten aneinander gebundenen Wagen gebildet war. An den Seiten dieser beweglichen Festung entlang standen Pferde und Schlachtvieh; den übrigen Raum füllten Reisighütten aus, die zum Nachtlager für die Krieger dienten.

Obwohl die germanischen Völker bisher gemeinsam handelten, von Servius' Willen geleitet, vermischten sie sich doch nicht miteinander, sondern wahrten äußerlich sorgfältig ihre Selbständigkeit. Im Kampf vermengten sie sich zwar je nach den Hornsignalen, durch welche ihnen die Befehle des Oberfeldherrn zugingen, aber während der Ruhe nahm jedes Volk seinen besonderen Raum ein. So hatte auch bei Aquileja ein jedes seinen eigenen Standplatz. Die königlichen Markomannen lagerten am Meeresstrand, die Quaden bedrohten die Stadt von der Ostseite, die Buren von Westen. Servius hatte für seine Truppen und die Jazygier absichtlich die Nordseite gewählt, um nötigenfalls die Flucht eines anderen Volksstammes verhindern zu können, weil er wusste, dass der Feldzug für die Ungeduld der Barbaren schon viel zu lange dauerte.

Aber seine Vorsicht war vergeblich. Die Buren überwarfen sich mit den Quaden und verließen unter dem Schutz einer regnerischen Nacht ihren Standort so geräuschlos, dass, als man des Morgens ihren Wegfall erfuhr, sie schon weit weg waren.

Dasselbe könnten morgen die Markomannen oder die Quaden tun, dann bleibt Servius mit seinem Stamm und mit den Jazygiern allein. Seine Truppen werden ihm zwar bis ans Weltende folgen, aber mit einem so geringen Heer könnte nur ein Selbstmörder sich der römischen Macht entgegenstürzen. Und von den fünfzehntausend, welche unter seinen eigenen Feldzeichen die Donau überschritten hatten, blieben ihm jetzt nur noch zehntausend; den Rest hatten die Schlachten, die Hitzschläge und der Übergang über die Alpen verschlungen.

Und doch muss Aquileja aufgegeben und der Weitermarsch sofort angetreten werden, soll der Krieg nicht erfolglos enden, wie so viele früheren Unternehmungen europäischer, asiatischer und afrikanischer Völker gegen Rom.

„Ich gehe vorwärts!" sagte Servius zu sich selbst. „Ich will die Hydra in ihrer goldenen Höhle überraschen und dann..."

Eben nahten die Häupter der Geschlechter in voller Kriegsausrüstung. Sie erschienen alle. Willibald nicht ausgenommen.

„Kreisbildung!" befahl Servius.

Die Herren umgaben ihn. Er ließ einen Blick über sie schweifen und hob an: „Es ist euch bekannt, edle Herren, dass die Buren heute Nacht das Lager verlassen haben, und die Quaden blicken sehnsüchtig auf die Berge zurück, welche sie von ihren häuslichen Herden trennen. Unsere Söhne, Enkel und Enkelsenkel aber würden uns mit Recht verfluchen, wenn wir jetzt, da uns die Götter offenbar begünstigen, hundertjährige Ungerechtigkeit nicht rächen und die Vorteile unserer Siege vernachlässigen würden. Von den Grenzen Italiens könnte uns nur eine Übermacht zurückdrängen; eine solche ist aber nicht zu befürchten."

Er hielt inne, etwaigen Widerspruch abwartend; da aber niemand sich meldete, sprach er weiter: „Gegenwärtig ist Rom wehrlos. Bevor die asiatischen und afrikanischen Legionen herbeikommen, wird der Mond noch einmal gewechselt haben, und die in Italien stehenden Truppen, durch Pest und Hunger geschwächt, vom Schrecken gelähmt, können unserem Ansturm nicht standhalten. Nach einem Monat allerdings wäre es zu spät; denn der Wucht der vereinten römischen Macht könnten wir nicht widerstehen. Ziehen wir sofort gegen Rom, so setzen wir dem Riesen unseren Fuß aufs Haupt, und die Kunde von unser' Tat wird den seit einiger Zeit erloschenen Hass Spaniens und Galliens, sowie des unterjochten rheinischen Germanien wieder anfachen, so dass ringsherum eine Flamme emporlodert, welche das nur von seinen alten Triumphen zehrende, verwitterte und morsch gewordene Reich unzweifelhaft zerstören wird."

Wiederum unterbrach er seine Rede und überblickte forschenden Auges den Kreis der Häupter; dann rief er mit erhobener Stimme: „Wer von euch will sich ein dankbares Angedenken bei unseren Nachkommen verdienen? Wer zieht morgen mit mir gegen Rom?"

Als Antwort erscholl der Klang der an die Schilde anschlagenden Schwerter; die Herren waren mit dem waghalsigen Zug einverstanden. Nur Willibald hatte sein Schwert nicht erhoben. Servius bemerkte es, und den Neider ins Auge fassend, sagte er: „Wenn Euch die Geister Eurer Väter bessere Gedanken zuflüstern, teilet uns die kluge Warnung mit, Willibald. Wir pflegen Rat."

„Im Krieg hat der Soldat nicht zu raten, sondern zu gehorchen." antwortete dieser höhnisch lächelnd.

„So lautet meine Lehre, ja. Aber in wichtigen Fällen hat jedes Haupt eines Geschlechts den Herzog mit einem ehrlich gemeinten Wort zu unterstützen. Wir wollen es hören!"

Willibald schaute listig um sich und erwiderte: „Ich will tun, was alle unseres Stammes tun, denn so gebietet mir mein in Eure Hände abgelegter Eid, erhabener Fürst. Ich will Euch folgen, wohin die übrigen mitgehen, denn Ihr habt uns bisher zu Siegen geführt, welche unseren Namen mit nie dagewesenem Ruhm bedecken. Aber habt Ihr auch erwogen, erhabener Fürst, und Ihr, edle Herren, dass uns kaum der zehnte Teil der Macht verblieben ist, mit welcher wir die Donau überschritten haben?"

„Abgefallen sind nur die zuchtlosen Haufen." wandte Rudlieb ein.

„Lasst ihn ausreden." mahnte Servius.

„Abgefallen sind auch die Buren." sprach Willibald weiter, „und gestern habe ich im Lager der Quaden und der königlichen Markomannen Stimmen des Unmutes gehört. Die Krieger blicken besorgt in die nächste Zukunft, welche Roms Rache in sich birgt; sie sind beängstigt durch die Stille ringsumher und wittern darin einen listigen Hinterhalt. Es hat sich das Gerücht verbreitet, dass der Imperator persönlich gegen uns zu Feld zieht ..."

„Dieses Gerücht haben stets zur Flucht bereite Hasenfüße ins Lager gebracht." meldete sich wieder Rudlieb unter allgemeinem Gelächter.

„Noch hat Willibald nicht geendet." mahnte Servius von neuem.

„Wir haben Sklaven und Beute gemacht so viel wie keine von unseren Vorgängern." fuhr Willibald fort, Rudlieb einen hasserfüllten Blick zuwerfend. „Wir haben Rom für viele Jahre Schrecken eingejagt, den Ruhm unseres Schwertes verewigt. Ist es nicht besser, als Sieger heimzukehren, da wir nicht wissen, was uns der morgige Tag bereiten kann?"

„Habt Ihr geendet?" fragte Servius, als Willibald aufhörte.

„Meine Besorgnis." fügte Willibald noch hinzu, „ist mir von der Liebe zu unseren Weibern und Kindern eingegeben. Denn grausame Rache würde an ihnen der Imperator üben, wenn ihnen Mann und Vater abgingen."

Servius wandte sich den anderen Herren zu und sagte: „Lasst euch durch den in meine Hände abgelegten Eid von wohlüberlegtem Handeln nicht abhalten. Wenn Sorge um Weib und Kind, um Haus und Hof eure Herzen beschleichen . . . will ich sofort das Lager abbrechen und über die Donau zurückgehen, um zu unseren Wäldern die Zeit abzuwarten, bis ihr mehr Vertrauen zu unseren Kräften gefasst haben werdet. Sprecht offen und frei. Fürchtet nicht meinen Zorn."

Ein Gemurmel ging von einem zum anderen; sie verständigten sich. Dann trat Rudlieb aus dem Kreis vor und antwortete im Namen der Häupter der Geschlechter: „Erhabener Fürst! Sieg folgte bisher treu eurer Spur, und er wird euch nicht verlassen, wenn wir auch allein mit Euch im römischen Land bleiben. So glauben wir. Führt uns, stark durch unser Vertrauen und unseren Gehorsam. Wenn es aber den Göttern gefallen sollte, den Imperator über euch Herr werden zu lassen, dann fallen wir mit Euch. Der aber" — hier wies er auf Willibald hin — „möge heimkehren, damit er in Weiberarmen die Mühen des Krieges vergisst."

Lautes Waffengeklirr bestätigte die Worte Rudliebs.

„Heil unserem Fürsten und Herzog!" riefen die Häupter.

„Ruhmreiches Angedenken bei unseren fernen Nachkommen wird der Lohn eures Mutes und eurer Treue sein." sprach Servius gerührt, und zu Rudlieb sich wendend, befahl er: „Rudlieb wird meine Botschaft dem König Wadomar überbringen. Morgen bei Tagesanbruch rücken die Jazygier und Quaden mit uns auf der Aemilischen Straße gegen Rom vor. In zehn Tagen werden unsere Geschosse an die Tore Roms pochen. Die übrigen verbleiben bei Aquileja, um das begonnene Werk zu vollenden. Nach Eroberung dieser Stadt werden die königlichen Markomannen uns nachfolgen."

Schon wandte sich Rudlieb den Auftrag des Fürsten auszuführen, als Hermann vor dem Zelt erschien. Er war offenbar in großer Eile hergekommen, denn als er vor dem Herzog stand, vermochte er kein Wort hervorzubringen. Schweiß rann von seiner Stirn, seine Brust hob und senkte sich stürmisch.

„Du bringst neue Nachrichten?" fragte Servius.

Hermann machte nur eine bejahende Kopfbewegung.

„Beunruhigende Nachrichten?"

Hermann öffnete den Mund, nach Luft schnappend.

„Haben etwa die Quaden ihren Abzug angekündigt?"

„Eine ... Gesandtschaft vom Imperator!" platzte Hermann heraus.

„Vom Imperator?" wiederholten halblaut die Herren.

Dieser und jener erbleichte und tat einen Blick hinter sich, als spürte er schon das Gespenst der römischen Macht in seinem Rücken.

„Was für eine Gesandtschaft? An wen? Wo ist sie?" fragte Servius. „Nimm deine Sinne zusammen und antworte vernünftig."

„An König Wadomar! . . . Senatoren sind angekommen mit großem Gefolge und haben Geschenke vom Imperator mitgebracht. Der Jazygierfürst ist zum König beschieden. Alle Häupter der königlichen Markomannen und der Quaden sind zu Rat versammelt. Der Imperator verspricht Verzeihung . . ."

Hermann sprach schnell und stieß die Nachrichten ungeordnet hervor.

„Alter!" zürnte Servius, die Stirn lief runzelnd. „Fürchtest auch du jenes Gespenst, welches nur noch Hasenherzen und Unkundige schreckt? Wische den Schweiß von der Stirn und komme zur Besinnung! Wahrscheinlich hat Marcus Aurelius solche Schwächlinge gesendet, wie er selber einer ist. Du weißt doch, dass der Senatorenpurpur in Rom nur noch morsche Knochen und körperliche wie geistige Fäulnis bedeckt!"

Servius gebrauchte absichtlich schmähende Worte, um den Eindruck, welchen die Kunde von der kaiserlichen Gesandtschaft auf die germanischen Herren machte, zu verwischen. Denn viele waren erschrocken, in ihrem Mut erschüttert. So gewaltig ist der Zauber der Macht, welche auf vielhundertjährigen Erfolgen beruht, dass er sogar dann noch wirkt, wenn ihr Untergang sich im Farbenspiel des Lichtes der Abendsonne nach einmal erglänzt.

Servius fühlte das Gewicht der Gefahr, welches unversehens und unvorbereitet über seine Pläne hereinbrach. Die Römer haben Geschenke für Wadomar mitgebracht! Rom wusste immer, welche Sprache es anderen gegenüber zu führen, welchen Ton es anzuschlagen und wen es anzusprechen hat. Ihn hat man absichtlich übergangen.

„O alter Tor!" sprach er weiter, scheinbar bloß zu Hermann. „Dich blendet die Verzeihung des Imperators, welcher, anstatt ins Feld aufzurücken, in seinem goldenen Palast an leerem Geschwätze mit solchen Schwächlingen wie er selbst Gefallen findet. Denn du bedarfst ja seiner Verzeihung." fuhr er spöttisch fort. „Du stehst ja nicht frei und siegreich vor Aquileja und den Toren Roms, nachdem du zwei Römerheere vernichtet hast. Nein, die Legionäre haben dich besiegt und dir die schandvollen Eisen angelegt, einen Strick um den Hals geworfen und treiben dich nun dem Sklavenmarkt zu! Du bist zerschlagen, verwundet, ohnmächtig, ganz allein und verlassen unter Tausenden von Feinden; man hat dir den Arm gebrochen und die Waffe entrissen! Also erfreut und tröstet dich Elenden das gnädige Lächeln des glücklichen Siegers! Dankbar wirst du die Hand lecken, welche dich streichelt, anstatt dich zu züchtigen, wozu sie durch bewiesenen Mut und Tapferkeit das Recht erworben hat! . . . Oder verhält es sich umgekehrt, alter Tor? O Hermann, schäme dich!"

„Verzeiht, Herr . . ." flehte der alte Hauptmann tief beschämt. „So unverhofft ist das gekommen."

„Unter ihren Standarten bist du grau geworden und weißt nicht, dass sie Geschenke nur dann schicken, wenn diese nicht durch das Richtschwert ersetzt werden können. Stark, zertreten sie jeden erbarmungslos wie einen Wurm; schwach und erschreckt, stecken sie sich in den Fuchsbalg und lächeln süß. Hast du je von Gesandtschaften gehört, welche sie an Besiegte geschickt hätten? Zu besiegten Völkern kommen Liktoren mit scharfgeschliffenen Beilen."

„Verzeiht, Herr ..." wiederholte Hermann.

Nicht ihn hatte Servius im Sinn, indem er so redete und die Gesandtschaft des Imperators herabsetzte. Während er sprach, beobachtete er die Herren. Er lächelte befriedigt, als er bemerkte, dass seine gewandte Rede allmählich diese von dem Zauber des kaiserlichen Namens befreite.

„Alter Tor!" sprach ihm Rudlieb noch. „Unnötig hast du uns erschreckt. Nicht Besiegte, sondern Sieger teilen Gnaden und Verzeihung aus. Recht hochmütig ist dieser Imperator."

„Gegen Rom! Gegen Rom!" riefen die Herren.

„Habt ihr es aber auch richtig vernommen?" fragte Servius mit erhobener Stimme. „Der göttliche Imperator, der Herr der Welt, verspricht euch Verzeihung! Überdenkt und erwägt die Sache gut! Noch ist es Zeit."

„Gegen Rom! Auf nach Rom!" antworteten die Häupter.

„Nun gut, so ziehen wir morgen nach Rom. Vorher aber werde ich selber mit den Abgesandten dieses mächtigen Herrschers sprechen, welcher außer Geschenken und Verzeihung wahrscheinlich auch Drohungen aus seinem sicheren Schlupfwinkel überbringen lässt. Diese römischen Füchse haben gewandte Zungen. Sie können dem König Wadomar einreden, dass er für die kaiserliche Gnade dankbar sein müsse. Mir nach, edle Herren!"

Während er sein Pferd bestieg, neigte er sich zu Hermann und flüsterte ihm zu: „Die Jazygier und unsere Mannen sollen sich sofort kampfbereit machen. Du selbst wirst mit meiner Reiterei bis zu Wadomars Lager kommen und mein Signal erwarten. Sobald mein Horn erklingt, sprengst du mit den Reitern bis zum Zelt des Königs vor. Verstehst du mich, Alter?"

„Ich verstehe, Herr." erwiderte Hermann, jetzt wieder der alte Vertraute. „Im Krieg kann man nie wissen, wann und wo der Verrat sein Gift ausspritzt."

„Also erfülle deine Aufgabe rasch und ohne Geräusch im Stillen."

„Es soll geschehen, Herr!"

- o -

Vor dem Zelt von König Wadomar standen vier hohe Lehnsessel. Auf einem derselben, welcher mit schwerem Purpurstoff bedeckt war, saß der Herrscher der Markomannen, ein Mann in der Fülle seiner Kraft, eine Krone über dem Helm, gehüllt in ein langes, mit kostbarem Pelzwerk verbrämtes Kleid. Ihm gegenüber saßen drei römische Senatoren — die Abgesandten Marc Aurels.

Diese hervorragende Gruppe war umgeben von markomannischen und quadischen Häuptlingen; auch der Fürst der Jazygier war erschienen.

Als Servius sich mit seinen Häuptlingen dem Kreis anschloss, war der Senator Piso eben im Begriff, seine in germanischer Sprache gehaltene Rede zu beschließen.

„Der göttliche Imperator," sagte er, „hegte für dich, großmächtiger König, stets Gefühle wohlwollender Freundschaft, und sein Wunsch wäre, auch weiterhin das freundnachbarliche Verhältnis zu erhalten, welches noch euer großer Marbod mit uns angeknüpft hat. Da es zu unserer Kenntnis gelangt ist, dass deine Land für die Ernährung des ganzen Volkes nicht mehr ausreicht, so ist der göttliche Imperator in seiner Gnade bereit, für einen Teil deiner Untertanen die Grenzen der Donauprovinzen zu öffnen, und will auch den Quaden gestatten, von dieser Wohltat Gebrauch zu machen."

Er hielt inne und ließ seinen forschenden Blick über die Versammelten schweifen. Nachdem er ein Gemurmel der Befriedigung vernommen hatte, sprach er weiter: „Wenn dieser Grund der Zwietracht weggeräumt sein wird, hört jeder Anlass zu Grenzstreitigkeiten zwischen uns auf. Wir kehren nach Rom zurück, von freundnachbarlichen Gefühlen für euch durchdrungen, geht ihr über die Donau zurück mit der Überzeugung, dass ihr an uns stets Bundesgenossen findet, bereit, euch mit Rat und Tat beizustehen und unsere Hilfe euch niemals zu verweigern, wenn ihr wieder von wandernden Völkern beunruhigt werden solltet. Euer Wohl und auch das unsrige hängt davon ab, dass wir in Frieden nebeneinander wohnen und mit vereinten Kräften die Einfälle der wilden Nordländer abhalten, von welchen ihr in erster, und wir auch in zweiter Linie bedroht sind."

Immer lauter wurde das Gemurmel, durch welches die Zustimmung der Anwesenden sich kundgab, und immer mehr Augen ruhten wohlwollend auf dem Senator. Seine Worte beseitigten ja allen Grund, den Krieg fortzuführen. Die Markomannen hatten ja die Donau nur unter dem Druck der nördlichen Völker überschritten, welche neue Sitze aufsuchten. Wenn nun der Imperator die Provinzen öffnete, dann war wieder für lange Zeit Frieden zu gewärtigen. Des langen und beschwerlichen Feldzuges aber war man schon lange überdrüssig.

Solcher Art waren die Erwägungen der markomannischen Herren. Servius. welcher die Wirkungen der schlauen römischen Politik sah, biss sich auf die Lippen. Der von ihm so herrlich begonnene und errichtete, aber noch nicht gekrönte Bau sollte durch eigene Vernachlässigung seiner Baugesellen, ja durch ihr Zutun in Trümmer zerfallen!

„Ehrenvoll, hochgeschätzt und erwünscht war mir stets die Freundschaft des göttlichen Imperators." hob nun König Wadomar an. „Darum bin ich ihm dankbar, dass er selbst eine friedliche Lösung in Vorschlag bringt. Nimmt der göttliche Imperator die Wanderlustigen der markomannischen und quadischen Völkerschaften in seine Lande auf, so wollen wir mit ihm gern ein Schutz- und Trutzbündnis schließen. Die Häupter der meinem Zepter untergebenen Sippen werden treu zum Bündnis halten."

„Auf Treu und Glauben schließen wir das Bündnis!" erscholl es von allen Seiten.

Der Senator Piso, ein hagerer, kleiner, kahlköpfiger Mann mit dem Kopf eines gerupften Habichts, verständigte sich mittels eines Blickes mit seinen Gefährten. Eine so rasche Erledigung der Angelegenheit hatte er offenbar nicht erhofft: war er ja doch zu Siegern abgesandt. Er blähte verächtlich die Unterlippe und sprach: „Auf Treu und Glauben! Zum Beweis aber, dass ihr es redlich mit der erneuerten Freundschaft meinet, erbittet sich der göttliche Imperator von euch nur das eine, dass ihr den ehemaligen Präfekten seiner Legionen, Servius Claudius Calpurnius" — absichtlich betonte der Redner die drei lateinischen Namen — „in seine Hände liefert, damit dieser Verräter sich nicht mehr mit seinen Ränken zwischen euch und uns schiebe."

Noch hatte Wadomar nicht antworten können, und schon trat Servius aus dem Kreis vor, näherte sich den Senatoren und rief denselben zu: „Da bin ich! Nehmt mich gefangen, hochberühmte Senatoren, Abgesandte des göttlichen Imperators!" Und auf lateinisch fügte er halblaut, nur für die Senatoren, hinzu: „Des philosophierenden alten Weibes!"

Vor dem Zelt des Königs trat großes Schweigen ein. Die Häuptlinge schauten einander stumm, erstaunt und ratlos an; König Wadomar schlug die Augen nieder.

„Warum nehmt ihr mich nicht?" rief Servius mit vor innerer Erregung heiserer Stimme. „Wahrscheinlich haltet ihr schon in den Unterwölbungen des großen

154

Amphitheaters einen Zwinger für mich bereit. Ihr ergötzt euch ja an dem ohnmächtigen Zorn gefesselter Löwen!"

Die Senatoren erschraken über das Auftreten dieses Germanen, dessen Namen seit mehreren Wochen Rom in ohnmächtigen Zorn versetzte. Entsetzt lehnten sie sich in ihren Sessel so weit als möglich zurück. Piso entgegnete schüchtern: „Du sollst Geisel sein."

„Du lügst!" rief Servius, „wie du gelogen hast, seitdem du zum ersten Mal deinen Mund hier aufgetan hast!"

Der Römer zuckte auf und erhob stolz sein Haupt.

„Du sprichst zu Abgesandten des göttlichen Imperators!"

„Ich spreche zu einem Wurm, welchen ich, wenn es mir beliebt, niedertreten kann. . . . Ihr kommet mit Bündnisanträgen? Der bleiche Schrecken hat euch vom weichen Lager aufgescheucht. ... Ihr öffnet uns die Grenzen der Donauprovinzen? Warum habt ihr es nicht vor zehn Jahren getan, als Fürst Ballomarius euch um ein wenig Raum für seine Ärmsten anflehte? Warum habt ihr damals mit Feuer und Schwert geantwortet? Heute seid ihr bereit, die Grenze zu öffnen, weil ich in zehn Tagen vor den Toren eurer goldenen, ewigen, heiligen Hauptstadt erscheinen und dieselbe mitsamt euren verlotterten Göttern, Cäsaren und eurer ganzen Habe welche ihr bei europäischen, asiatischen und afrikanischen Völkern zusammengestohlen habt, in Rauch aufgehen lassen kann! Denn geschlagen von Hunger, Pest, Krieg und von eurer eigenen Verkommenheit, seid ihr schwächer, als die schwächsten unter den Barbaren.

„Die Furcht vor einem unrühmlichen Untergang" fuhr Servius fort, „steckt euch in allen Gliedern und würgt euch an der Kehle, und da traut ihr euch von Verzeihung zu reden? Wessen Verzeihung bringt ihr denn? Die des Imperators? Dieses schwachen Krüppels, welchen ihr selbst das philosophische alte Weib nennt? Oder die des zweiten Imperators? Dieses Trunkenboldes und Wüstlings, auf welchen wegen seiner Verkommenheit Kinder in unseren Wäldern mit den Fingern weisen würden? . . . Ändert eure Rede! Vor Siegern steht ihr!"

Wie ein brausender Sturzbach fielen Servius' Worte auf die Senatoren herab. Erstaunt, betäubt betrachteten sie den überschäumenden Riesen mit dem Adlerkopf in seinem silbernen Panzer und begriffen, dass die Drohung eines solchen Feindes zur Tat werden kann.

„Greift zu! Nehmt mich hin!" höhnte Servius.

Unter den Anwesenden herrschte ununterbrochenes, peinliches Schweigen, und König Wadomar mochte nicht die Augen erheben. War ja doch derjenige, dessen Auslieferung der Imperator forderte, ihr Feldherr, welcher sie von Sieg zu Sieg führte. Sie konnten ihn verlassen — aber in Fesseln legen, dem Feind überliefern! . . . Für solchen Verrat würden sie von den Weibern angespien werden.

„Ihr aber." — damit wendete sich Servius an die markomannischen und quadischen Herren — „o traut nicht den Worten dieser schlauen Füchse! Würdet ihr die Geschichte ihrer Macht kennen, so wüsstet ihr, dass diese auf Vertragsbruch, Lüge und Schlauheit aufgebaut ist. Dem Starken schmeichelte Rom stets, so lange es ihn fürchtete; den Schwachen trat es in den Staub. Dumme verhetzte es. Eitle blendete es mit Flittertand, alle aber trachtete es in fortwährender Uneinigkeit zu erhalten. Es hetzte Bruder gegen Bruder, Nachbar gegen Nachbar und nützte fremde Zwistigkeiten und Leidenschaften meisterhaft aus. So war es, als seine Größe sich auf dem Umfang der Mauern eines elenden Städtchens beschränkte; so ist es heute, da es der Welt gebietet. Nicht Legionen haben die Menschheit bezwungen, sondern die schlaue Klugheit dieses Wolfsgeschlechts!"

„Beurteilet sie nicht nach euch selbst. Niemals und niemanden haben sie Manneswort gehalten. Von einer Niederlage bedroht, versprachen sie, ohne erst zu überlegen, Frieden und Bündnis; zu Kräften gelangt, rächten sie fürchterlich ihren Schrecken und ihre Schande. Als König Jugurtha die römischen Legionen auf der Umklammerung seines Heeres ließ, da er dem Eidesschwur des besiegten Feldherrn vertraute, schickte man gegen ihn dieselben Soldaten ins Feld, welche er verschont hatte. Als die Bewohner Numantias zwanzigtausend hungernde Römer zum Friedensschluß zwangen, stieß der Senat die Verpflichtungen seiner Tribunen um. Und so immer und überall. Aus Gewalt, Treubruch, Lüge und Rache ist dieses selbstsüchtige Ungetüm hervorgegangen, welches heute in verstellter Demut vor euch erscheint. Es demütigt sich, weil es weiß, dass ihr siegreich ihm den Fuß auf den Nacken setzen könnt; aber sobald der Schrecken vorüber ist, sobald seine Legionen gesammelt und gestärkt sind, werden die markomannischen und quadischen Wälder von dem Jammer eurer in die Sklaverei getriebenen Weiber und Kinder widerhallen.

Glaubt mir. . . mir, der ich Bein von eurem Gebein, Blut von eurem Blut bin und römische Niederträchtigkeit genau kenne; bin ich ja doch in ihrer Schule aufgewachsen. Anstatt ihre lügenhaften Versprechungen anzuhören, nutzt eure Siege aus. In Rom werden wir es bequemer haben, mit ihrem göttlichen Imperator zu sprechen!"

Servius vermochte die germanischen Herren nicht zu überzeugen. Denn unbekannt war den Naturkindern die Vergangenheit Roms. Sie sahen nur die Gegenwart und waren von dem Glanz dieses Augenblickes geblendet. Verwundert betrachteten sie ihren Feldherrn. Wie traute er sich, solche Schmähworte über den Imperator zu gebrauchen, dessen Worten sich viele Meere und Länder widerspruchslos unterwarfen?! War er berauscht von seinen Erfolgen, dass er Roms Macht außer Beachtung ließ?

„Ihr beleidigt den Bundesgenossen des markomannischen Volkes." sprach endlich König Wadomar. „Zügelt, o Fürst, die allzu leidenschaftliche Zunge eurer Jugend. Wir wollen dem römischen Imperator gute Nachbarn sein."

Senator Piso, welcher Servius durch die Wimpern seiner halb geschlossenen Augen mit dem Blick eines eingefangenen Wolfes betrachtet und dessen Schmähungen mit gut gespielter Ruhe angehört hatte, warf seinen Gefährten wieder einen verständnisinnigen Blick zu und lächelte unmerklich. Servius' Gesicht erglühte in Zornesröte.

„Ihr seid geblendet von den Geschenken des Imperators!" rief er. „Reichlich, kaiserlich hat er euch beschenkt, dieser großmächtige Herr! Für das gerettete Rom hat er euch einen Sessel und eine Toga geschickt, ein Stück Holz und einen Lappen! . . . O König Wadomar! Alte Weiber, die nur mehr für das Spinnrad taugen, werden Recht haben, wenn sie Eurer kindischen Eitelkeit spotten!"

Der König machte eine unwillige Bewegung auf dem Thron.

„Entfernt ihn auf meinen Augen, diesen Frechling!" rief er.

„Er schmäht dich." lispelte der Senator Caelius.

„Liefere ihn lebendig nach Rom." raunte ihm Piso zu.

Schnell traten die Häupter der Geschlechter des Serviusschen Stammes hinzu und stellten sich im Kreis um ihren Fürsten.

Schwerter blitzten.

Da trat Willibald vor den König, und auf Servius weisend, rief er:

„Glaubt ihm nicht! Er ist ein Verräter! Er hat dem römischen Feldherrn Julius Quinctilius das Leben gerettet; ich habe es gesehen. Er hat nicht erlaubt, ihn zu töten; er hat gesagt, dass der feindliche Feldherr schon tot sei, obwohl er lebte. Im Bataverlager waren sie Freunde gewesen; sie haben sich zu unserem Verderben verabredet!"

Niemand begriff den Inhalt der Anschuldigung Willibalds, aber alle nahmen bereitwillig das Wort ‚Verräter' auf, das sie der Pflichten gegen ihren Feldherrn enthob.

„Verräter! Verräter!" schallte es vor dem Königszelle wieder.

„Verräter!" stimmten die Senatoren mit ein.

„Nehmt ihn lebendig gefangen!" hetzte Piso. „Sie haben sich zu eurem Verderben verabredet!"

Und quadische und markomannische Herren drängten sich an Servius heran. Er zog nicht einmal sein Schwert, er legte nur sein Signalhorn an die Lippen und blies hinein.

Seine Gegner wurden stutzig und verstummten. Und in dieser Stille erdröhnte plötzlich der Boden von Pferdegetrappel, welches sich schnell näherte. Kriegsgeschrei erscholl, und gleich darauf nahmen die Serviusschen Markomannen nebst den ehemaligen Legionen kampfbereit die Mittelgasse des Lagers vor dem Königszelt ein.

Mit verachtungsvollem Stolz schaute Servius auf seine Gegner. Bleichen Angesichtes schlugen sie die Augen nieder. sie kannten diese Reiterei, welche Legionen zerschmetterte und jede Schlacht entschied. Nur ein Zeichen von ihrem Führer, und die Hufe ihrer Pferde berühren nicht mehr den Erdboden, sondern zerstampfen niedergestreckte Menschenleiber. Bevor die Markomannen nur ahnen, was geschehen ist, verbluten schon ihre Herren.

„Warum nehmt ihr mich nicht, ihr Toren?" höhnte Servius. „Ich könnte euch alle in die Walhalla schicken, aber ich tue es nicht, denn ich weiß, dass ihr bald wieder mit mir die Donau überschreiten werdet, euren heutigen Entschluss bereuend. Und schade wär's um eure Arme; ich will sie schonen für eine nicht ferne Zukunft. Denn wenn Ihr, o König Wadomar, glaubt, dass Ihr mit Eurer Feigheit einen längeren Frieden erkauft habt, so erfahrt aus meinem Mund, dass ihr irrt. Die Völker des Nordens, angereizt durch leichte Siege und der Wege zu den kaiserlichen Landen kundig, werden euch bald zu einem neuen Krieg zwingen; und dann werdet Ihr euer elendes Benehmen von heute beklagen. . . . ihr aber" — damit wendete er sich an die römischen Senatoren — „berichtet in Rom, dass der ehemalige Präfekt der Reiterei in den Legionen nicht umsonst in eurer Schule herangebildet worden ist. Habt ihr geglaubt, dass ich mich wie ein Bär in der Grube gefangen nehmen lasse zum Vergnügen eures Pöbels im Amphitheater ? Gegen List gibt es Wachsamkeit. . . . Und du." — er deutete mit dem Finger auf Willibald, welcher gesenkten Hauptes hinter dem Thron des Königs stand — „der die Hand gegen deinen Herzog erheben wolltest, lebe, damit dich das Gift deiner eigenen Verruchtheit verzehrt. Ich könnte dich niederschmettern, du neiderfüllte Schlange; aber besser als ich wird sich an dir die Verachtung germanischer Weiber und Kinder rächen. Verflucht sei fortan dein Name in allen Gauen, wo Germanen wohnen!"

Mit einer Handbewegung winkte er seinen Herren zu und bestieg sein Pferd.

- o -

Zum hundertsten Mal trug der Zauber der alten römischen Kultur den Sieg über die junge, frische Kraft austürmender Barbaren davon.

Mit dem Morgengrauen des anderen Tages kehrte Servius mit seinem Volk und mit den Jazygiern denselben Weg zurück, auf welchem er gekommen war.

König Wadomar aber zog mit den Senatoren nach Rom, um vor Marcus Aurelius kniefällig Abbitte zu leisten — dafür, dass er den Imperator hatte zu seinen eigenen Füßen sehen können.

Kapitel 11

Acht Monate waren verflossen . . .

und wieder schaute der Mond gleichgültig auf ein blutiges Schlachtfeld herab, über welchem Scharen von Geiern schwebten, angelockt von frischen Leichen. Und wieder flimmerten die Sterne am klaren, von keinem Wölkchen getrübten Himmel einer herrlichen Sommernacht.

Seufzer mischten sich in den warmen Hauch des Julis; die frostige Hand des Todes entlockte sie zerschmetterten Leibern. Noch zitterten davon die Lüfte und verbreiteten gedämpfte Klänge — die stille Klage der Sterbenden.

Denn heute hatte Marcus Aurelius selbst das Unheil einer Niederlage auf dem Schlachtfeld erfahren. Er wurde von Barbaren besiegt, und wenn nicht die Abenddämmerung die Kämpfenden getrennt hätte, wäre der Beherrscher der Welt vielleicht schon Kriegsgefangener der Markomannen.

Wie Servius im Lager vor Aquileja vorausgesagt hatte, war es gekommen.

Kaum war der Schnee geschmolzen und das Eis gebrochen, rückten von Norden her wieder zahlreiche Völkerscharen in markomannische und quadische Lande vor, ihre ganze armselige Habe mit sich führend. Es hatte ihnen im vorigen Jahr in den kaiserlichen Ländern gefallen; so zogen sie denn in noch größeren Gruppen als zuvor südwärts, und das Gedränge wurde schlimmer.

König Wadomar, in seinem eigenen Land bedroht und von dem tosenden Völkergewoge geschoben, musste dem gewaltigen Strom nachgeben. Und wie im vorigen Jahr, so überschwemmten auch jetzt fast gleichzeitig unübersehbare Massen Vindelicien, Raetien, Noricum und Pannonien.

Dieses Mal aber überwachte Rom seine Grenzen sorgfältiger. In den Norischen Alpen stand der Präfekt Macrinius Vindex, und in Pannonien trafen beide Imperatoren ihre Vorbereitungen, die vorjährigen Niederlagen wett zu machen.

Obwohl Marcus Aurelius mit den Markomannen ein Bündnis geschlossen hatte, begab er sich doch gegen Norden, überwinterte in Vindobona *(Anmerk.: das heutige Wien)*, wo er zwei neue Legionen aus illyrischen Freiwilligen bildete, und wollte eben die Donau überschreiten, um die Verwegenheit der Nachbarn zu bestrafen — als diese ihm zuvorkamen.

Mit gewohnter Heftigkeit stürzten sich die Barbaren über die ihnen entgegengestellten Hindernisse. Die markomannischen Soldaten, ausgeruht und mit der geregelten Kampfesart schon vertraut, erschraken nicht mehr vor dem goldenen Harnisch der Prätorianer. Wie ein urplötzliches und furchtbares Hagelwetter sausten sie auf Vindex' glänzende Kohorten nieder, schlugen dieselben zu Boden, wandten sich dann zur Seite und trieben beide Imperatoren vor sich her, welche sich längs der Donau nach Pannonien zurückzogen. Bei Strigonium *(Anmerk.: das heutige Esztergom in Ungarn)* erreichten sie dieselben und machten einen großen Teil ihrer frischen Legionen nieder.

Als die Nacht einbrach, lagerten sie sich um Wachtfeuer, um am Morgen das begonnene Werk zu vollenden.

- o -

Auf dem Leichenfeld wurde es immer stiller: allmählich verstummten Seufzer, Klagen und Todesröcheln.

Römische Ärzte hatten ihre Verwundeten geborgen und sich ins Lager begeben. Nur einer von ihnen irrte noch mit einem Grüppchen Diener auf dem Leichenfeld umher. Er wandte sich hauptsächlich dorthin, wo das Schwert der Barbaren ganze Haufen von Leichen aufgeschichtet hatte. Denn vielleicht quält sich noch ein Verwundeter ab, unter der auf ihm lastenden Masse von Menschenleibern hervorzukommen.

Es quälte sich niemand mehr...

„Lasst mich jetzt allein." sprach der Arzt zu seiner Begleitung und ohne eine Antwort abzuwarten, entfernte er sich schnell.

Als die Gestalten seiner Diener mit dem Silbernebel der Mondnacht verschmolzen waren, blieb er stehen, erhob die Hände gegen Himmel und sprach leise vor sich hin: „Weshalb so viel Blut, o Gott der Güte und Barmherzigkeit? Weshalb so viel Schmerzen, so viel Hass, so viel Trübsal? Jede Handvoll Erde ist mit Menschenblut getränkt. Ein Mensch mordet den anderen, und stets von neuem werden Schwerter geschliffen und Lanzen zugespitzt für neue Kriege, und Gift wird gebraut, Stricke werden gedreht für neue Verbrechen. Bedarf denn der Tod noch der Mithilfe des Krieges und des Verbrechens? Ist es denn nötig, dass der Wohnsitz der Sterblichen mit Blut und Tränen der Unglücklichen durchtränkt wird? Ist es denn nötig, o Herr?! ..."

Der Arzt erhob seine Augen zum Himmel und flüsterte: „O Gott! . . . sehr . . . gar sehr . . . verlangt meine Seele zu dir!"

Kein männliches Gesicht war es, welches der Mond beschien, wenngleich es von Sonne und Sturm stark gebräunt war. Große trauervoll blickende, weibliche Augen suchten über sich den Tröster der Enterbten, welchen sie auf der Erde nicht finden konnten. Und Tränen erglänzten in denselben, glitzerten einen Augenblick auf den Wimpern, dann tropften sie über das Gesicht herab, um sich mit dem Blut der Gefallenen zu vermengen.

In der Verkleidung eines Arztes befand sich Mucia Cornelia. In dem faltenreichen Gelehrtenmantel folgte sie Julius, der sich in Juvavum (Salzburg) mit den Trümmern seiner Legion vereinigt hatte. Gemeinsam mit Macrinius Vindex hatte er im vorigen Jahr die losen Gruppen der Barbaren vertrieben, welche nach ihrem Weggang von Servius in den nördlichen Provinzen hausten. Nachdem er den Grenzstreifen an der Donau gereinigt hatte, stellte er sich auf kaiserlichen Befehl im Lager bei Vindobona.

Mucia, welche seinem Gefolge angehörte, erfüllte, was sie versprochen hatte. Wenn auf Schlachtfeldern die blutige Arbeit zu Ende ging, dann schloss sie den Sterbenden die Augen, half den Verwundeten, labte die Entkräfteten, ohne Unterschied, ob ein Barbar oder ein römischer Bürger ihrer Hilfe bedürfte.

Seit einem Jahr sah ihr Auge so viel nacktes menschliches Elend, so viel Todeszuckungen, so viel verstümmelte Leichen, dass es von beständiger Trauer umhüllt war. Allmählich entledigte sich ihre Seele aller freudigen Gefühle, auch der Liebe zu Julius; es verblieb ihr nur der Gram über den gegenseitigen Hass der Menschen und über deren Selbstsucht.

Auch heute hatten diese hohläugigen Furien Tausende von Kriegern hingemordet. Morgen, übermorgen, nach zehn, nach hundert Jahren, immer und ewig wird es so bleiben, wie es zu Anfang der Menschengeschichte war.

„Wahrlich, nicht von dieser Welt ist Christi Reich! Nicht hier wird es erblühen, nicht unter Sterblichen wird sein strahlender Thron errichtet werden!"

Sie hob sich von den Knien, breitete die Hände über dem Leichenfeld aus und wiederholte: „Der Gott der Barmherzigkeit gebe euch ewiges Vergessen alles irdischen Leides."

Dann verließ sie die Toten, um zu den Lebenden zurückzukehren.

Noch hatte sie die Lagerfeuer der Vorhut nicht erreicht, als von dem roten Hintergrund eines derselben eine dunkle Gestalt sich abhob, dann im Dunkel zwischen zwei Feuern verschwand, um bald darauf vor dem zweiten wieder zu erscheinen, dann vor einem dritten und vierten. Die Gestalt näherte sich dem Schlachtfeld.

„Ich suchte dich, Mucia." erscholl die Stimme des Julius. „So unbedachtsam setzt du dich Gefahren aus. Auch Barbaren sammeln ihre Verwundeten!"

„Du fürchtest dich um mich, und mich schreckt gar nichts mehr, am wenigsten der Tod. Der Mensch stirbt so schnell, wenn ihn der mächtigste aller Herrscher dieser Welt erfasst. Du weißt es als Soldat."

„Leider weiß ich es, weil ich als solcher selber ein Werkzeug des Todes bin. Eben deshalb beunruhigt mich dein Mut. Diesem Herrscher muss man aus dem Weg gehen."

„Einem Leid geht man aus dem Weg. Ist aber auch der Tod ein Leid? ... Er vernichtet ja nur den Leib und befreit uns von dessen Gelüsten und Begehrlichkeiten, von dem Quell aller Bedrängnis und aller Verbrechen. Die befreite Seele verlangt nichts Zeitliches, nichts Vergängliches mehr; hoch schwebt sie empor in eine andere, in eine bessere Welt, wo nicht menschliche, kurzsichtige Selbstsucht, sondern Gottes Gnade, Barmherzigkeit und Gerechtigkeit waltet."

Julius schwieg. Er wusste, welcher Geist durch Mucias Lippen sprach. Sie hatte nicht aufgehört, Christin zu sein. Dann aber begann er im Ton gelinden Vorwurfes: „Mucia! Hier im Angesicht der Schande Roms sollte in dir die Patrizierin wieder aufleben..."

„Verzeihe!" unterbrach sie ihn, seine Hände ergreifend. „Verzeihe, Liebster! Mein Herz kann euren Stolz nicht mehr liebgewinnen. Allzu tief ist es von den Leiden der ganzen Menschheit durchwühlt, als dass ich die Ungerechtigkeit römischen Patrizierstolzes nicht empfinden sollte. . . . Aber fürchte nichts mehr von mir. Ich will dich nicht zum zweiten Mal zwischen Liebe und Römerpflicht stellen; dein patriotisches Römergewissen soll meinetwegen nie mehr in Versuchung geraten. . .

„Nein, hör' mich an." sprach sie weiter, als er Miene machte, sie zu unterbrechen. „Nicht süßer Honig war dir meine Liebe; Leid und Seelenschmerz habe ich dir bereitet, welche einem gewöhnlichen Sterblichen unverwindlich gewesen wären. Verzeihe! . . . Meine Pflicht ist es, dir nicht mehr im Weg zu stehen, damit du bis zu deinem letzten Atemzug dem Vaterland so dienst, wie es dir deine Vaterlandsliebe befiehlt. Ich habe mich dir gegenüber verschuldet, ich weiß es; ich richte mich selber. Du aber fürchte nicht mehr für mich; bedaure mich auch nicht. . . . Eine Patrizierin fürchtet den Tod nicht, viel weniger noch eine Christin."

Sie schlang ihre Arme um seinen Hals und schluchzte.

„Mucia." sprach Julius bekümmert, „deine Worte sind in Abschiedstränen getaucht, ich sehe aber keine Gefahr, von der du bedroht wärst. Jetzt bin ich ja bei dir und behüte dich, Geliebte. Du hast dich so verdient gemacht, dass dir die Gnade des Imperators das Recht, zu leben, wiedergeben muss. Ich selbst werde ihn um Aufhebung des Urteils bitten. Beruhige dich, Liebste, und vertraue einem glücklicheren Morgen."

„Wer weiß im Krieg Tag oder Stunde?" erwiderte Mucia, sich seinem Arm, mit dem er sie beschützend umfing, nicht entziehend. „Der Tod hängt sich überall und unablässig an unsere Fersen."

„Der Tod des Kriegers verfolgt nicht den Arzt. Dein Amt stellt dich nicht Lanzen und Pfeilen gegenüber. ... Sei offen! Du verhüllst vor mir geheime Absichten. Ich höre dieselben aus deiner Rede heraus, ich spüre sie in deinem Schluchzen. Warum traust du mir nicht, Mucia?"

„Du wirst römische Grundsätze niemals verleugnen, ich aber werde mich nimmermehr vor olympischen Gottheiten demütigen."

„Meine Liebe wird in deinem Herzen die Ehrfurcht vor den Schutzgeistern des heiligen Rom wieder entfachen."

„Der Christen Gott ist Vater und Beschützer der ganzen Welt."

„Die Welt ist Rom."

Sie schwiegen. Beide empfanden dies als Pein ihrer Lage. Er hielt sie fest, als wollte er sie nie mehr lassen; sie versuchte, ihre Rührung niederzuringen und atmete schwer.

Und von oben schaute auf das Paar der nächtliche Himmel herab, tief und ohne Grenzen, wie ein ewiges Geheimnis. Er hatte so viel vergebliches Heldentum, so viel Wahn und Enttäuschung, so viel Gegensätze gesehen, dass er sich über zwei menschliche Wesen nicht verwunderte, welche einander so nah und doch so fern waren.

Mucia befreite sich von der Umarmung des Julius, und auf die Sterne deutend, sagte sie: „Dort, dort werden wir eines Sinnes werden."

Noch einmal erfasste sie Julius' Hände und presste sie an ihr Herz. Dann entfernte sie sich schnell in Richtung des Lagers.

Er eilte ihr nicht nach; er wusste, dass, was immer ihre Absicht sein mochte, er diese nicht ändern konnte. Die Tochter des Cornelier-Geschlechtes vollbringt, was sie beschlossen hat.

Langsam folgend, sagte er vor sich hin: „Alles, was meinen Geist aufrecht hielt, zerfällt in Trümmer; mein Stolz, meine Liebe und Roms Größe. Und ich muss leben, um diese glänzenden Trümmer zu verteidigen . . ."

Als er an der Vorhut vorbeischritt, senkten sich vor ihm die Schwerter. Sonst pflegte er stehen zu bleiben und die Soldaten auszuforschen; heute schritt er achtlos vorüber, ohne auch nur zu grüßen.

Er dachte an den morgigen Tag, welcher ihn beunruhigte, da er die Entscheidung über Sieg oder endgültige Niederlage bringen sollte.

- o -

Dort, am Donauufer, stand Servius mit den Markomannen, Quaden und Jazygiern; hier auf der sandigen Ebene hielt Marcus Aurelius Rast nach seiner heutigen Niederlage. Er hatte nur drei Legionen um sich, von welchen er zwei in der Eile aus illyrischen Abenteurern gebildet hatte, welche Beute und Ruhm in der Welt suchten. Doch war das eine hinreichende Macht, die Barbaren zu schlagen, nur müsste dieselbe unter dem Oberbefehl eines anderen Feldherrn stehen.

Der Imperator-Philosoph kannte das Kriegshandwerk nicht und gab dafür fortwährend Beweise seit dem ersten Augenblick, da er sich an die Spitze des Heeres gestellt hatte. Anstatt seine ganze bewaffnete Macht zu vereinigen und, ohne die Germanen abzuwarten, zu Beginn des Frühjahres die Donau zu überschreiten, um die Vereinigung der Quaden mit den Markomannen zu verhindern hatte er seine Legionen kohortenweise längs der Grenze zersplittert und den Feind in Vindobona erwartet. Dieser Taktik war Macrinius Vindex zum Opfer gefallen, weil er unnötig dem ersten Anprall der Barbaren ausgesetzt gewesen war.

Auch die heutige Niederlage war durch die Unbeholfenheit des Imperators im Kriegswesen verschuldet. Entsetzt über die große Zahl der Barbaren, hatte er sich mit solcher Eile von Vindobona stromabwärts zurückgezogen, als wenn er selbst schon geschlagen wäre. Er wollte sein Heer durch die Melitinische Legion verstärken, welche vom Osten heranzog. Die Armenier kamen zwar noch zu rechter Zeit an, aber durch die Eilmärsche so entkräftet, dass sie dem heftigen Ansturm der Germanen nicht standhalten konnten. Obendrein ließ sich Marcus Aurelius von der Donau abdrängen, vom Wasserweg und damit von den Fahrzeugen, welche Nahrungsmittel und neue Wurfgeschosse zuführten. Die Barbaren besetzten das Stromufer, dem römischen Heer dagegen verblieb die baumlose Ebene, wo es unter der Glut der Juli-Sonne stark zu leiden hatte. Keine einzige Quelle war in der Nähe; Menschen und Pferde stürzten, vom Hitzschlag getroffen, zahlreich nieder.

Julius sah die Fehler des Imperators, aber seine Kriegserfahrenheit war durch den Oberbefehl des obersten Kriegsherrn brachgelegt, dessen Befehle fortwährend wechselten. Sache des Untergeordneten ist es, zu gehorchen, wenn er auch den Gehorsam mit seinem Leben büßen sollte. So belehrte Julius seine Soldaten, so handelte er selbst.

So ging er denn auch jetzt, nach der Begegnung mit Mucia, zu Marcus Aurelius, um die Losung für die Nacht zu empfangen. Er traf ihn im Zelt, umgeben von Astrologen und Wahrsagern. welche der Imperator aus Rom mitgenommen hatte.

„Mein Gott verlangt als Bedingung seiner wohlwollenden Unterstützung zwei Löwen." sagte gerade der berühmte paphlagonische „Prophet" Alexander von Abonuteichos, seinen langen weißen Bart streichend. „Wenn die Wüstenkönige wohlbehalten über die Donau setzen, dann besiegt der König der Erde die Barbaren für immer."

Der ‚König der Erde' saß vorgeneigten Hauptes auf einem Feldsessel und vernahm bekümmert den Orakelspruch des Scharlatans. Der Zögling von Stoikern, abergläubisch wie alle Gebildeten seiner Zeit, suchte in seinen Gedanken ein Mittel, wie der ‚Gott' Alexanders befriedigt werden könnte. Eine sehr schwere Bedingung stellte die Schlange Glykon; denn das Donauufer war vom feindlichen Heer besetzt.

„Vielleicht würde dein Gott das Blut von auf dem Opferaltar geschlachteten Löwen nicht verachten?" fragte Marcus Aurelius halblaut. „Die Priester des Apollo würden ihm vier anstatt zwei opfern. Auch würden sie fünfzig weiße Rinder hinzufügen."

Alexander zuckte die Achseln.

„Es liegt nicht in meiner Macht, den Willen Glykons umzuwandeln." antwortete der Schwindler.

Marcus Aurelius schwieg.

Nach längerem Nachdenken fragte er wieder: „Hat dein Gott die Stelle bezeichnet, an welcher die Löwen die Donau übersetzen sollen?"

„Er hat nur von der Donau gesprochen."

„So können wir seinen Wunsch erfüllen." sprach der Imperator und, den bereits anwesenden Julius bemerkend, befahl er: „Der göttliche Lucius Verus wird aus seinem Stall die zwei größten Löwen an den Tribunen Julius ausliefern. Der Tribun begibt sich mit denselben sofort nach Aquincum (Anmerk.: ist der Name der antiken römischen Stadt, die an der Stelle des heutigen Budapest lag), bis wohin die Barbaren noch

167

nicht vorgedrungen sind, und wird die Wüstenkönige in die Donau werfen. Er beeile sich, damit ich vor Sonnenaufgang über den Verlauf des Opfers Nachricht habe."

Als Julius sich noch nicht entfernte, fügte der Imperator hinzu: „Du erwartest noch die Nachtlosung?" ‚Hoffnung!' Morgen bei Tagesanbruch erscheine zum Kriegsrat."

Dann wendete er sich an die Astrologen und Wahrsager: „Ihr werdet heute Nacht kein Auge schließen. Die Sterne mögen euch die verschleierte Zukunft enthüllen."

Mit einer Handbewegung gab er das Zeichen, dass er allein zu bleiben wünsche, und nahm eine Papierrolle zur Hand.

Seit nahezu einem Jahr führte Marc Aurel das harte Lagerleben, jegliche Mühsal ohne Murren ertragend. Die Abneigung gegen das Kriegshandwerk hatte er überwunden und seinem schwächlichen Körper Gefügigkeit beigebracht. Er schlief im Zelt, speiste einfach und ging zu Fuß neben den Soldaten, wie alle großen römischen Feldherren. Er ahmte sorgfältig die Tugenden kriegerischer Vorgänger auf dem Thron nach, aber ihren Geist und ihre Fähigkeiten konnte er nicht in sich aufnehmen. Die Götter hatten ihm keinen Adlerblick gegeben keine blitzartige Beweglichkeit, auch nicht die Entschlossenheit und den verwegenen Mut des echten Kriegers. Gewohnt, jedes Vorhaben auf die Waagschale der Kritik zu legen, überdachte der Philosoph nur zu lange jeden Befehl, welchen er hinausgeben wollte oder sollte. Wo schnelles Handeln nötig war, je nach der stets wechselnden Lage, zögerte und zauderte er, überdenkend, überlegend, nach allen Richtungen erwägend.

Marcus Aurelius war sich aber seiner Unbeholfenheit im Kriegswesen wohl bewusst. Und dieses Bewusstsein war ihm eine große Pein, weil er als Imperator und Oberfeldherr zugleich sich nicht durch Legaten und Tribunen vertreten lassen, ja sich kaum ihres Rates bedienen durfte. Denn der an selbständige und vorzügliche Leitung der Oberbefehlshaber gewöhnte Soldat würde sich sonst von ihm abwenden.

In dieser seiner bekümmerten Lage rief der Imperator die Hilfe aller Götter und Dämonen an, bediente sich aller Gaukeleien und Zaubereien und klammerte sich an jeden Fetzen von Hoffnung, wie ein Ertrinkender auch nach dem zufällig auf der Oberfläche des Wassers schwimmenden Strohhalm hascht.

In Gegenwart anderer ruhig und gleichmütig, verfiel er in Schwermut, wenn er allein war. Dann trachtete er die ihn schreckenden Gespenster des unbekannten Morgen zu verscheuchen, nahm den Griffel zur Hand und schrieb ein Bekenntnis seines ganzen Lebens nieder, welches die Spuren einer erhabenen, aber zerrütteten Seele aufzeigt. Als er die Wachstafeln mit griechischer Schrift bedeckte, ahnte er sicherlich nicht, dass sie das heidnische Rom und viele zu seiner Zeit noch blühende Völker überdauern, dass sie seine Güte und Rechtlichkeit noch dann bezeugen werden, wenn von Thronen und Palästen der Imperatoren und Könige seiner Zeit nicht einmal Trümmer vorhanden sein werden.

Auch in der Nacht nach der Niederlage bei Strigonium fand sich der Griffel wie von selbst in seiner Hand, und er schrieb:

O du meine Seele! Wann wirst du denn endlich Ruhe finden, von meinen Taten befriedigt? Wann wirst du zur Eintracht mit Göttern und Menschen gelangt sein, niemanden Leid nachtragend, aber auch nicht gerichtet von Geschädigten oder Missgünstigen? Warum vergräbst du dich in den Zwinger des Leibes, schwächer als dieser selbst! Verlasse ihn und fürchte nicht den Hohn dieser Welt . . .

- o -

„Hört ihr? . . . Es ruft jemand über dem Strom . . ."

Servius bückte sich über den Hals seines Pferdes und schaute gespannten Blickes vor sich hin. Hermann und Sigar taten desgleichen, sie horchten und schauten aufmerksam um sich her.

Nichts war zu hören und auch nichts zu sehen, obgleich der Mond gerade über der Donau stand und jede Wellenkrause versilberte.

„Kein Laut mischt sich in das eintönige Rauschen des Stromes." antwortete Hermann. „Ihr seid ermüdet, Herr, und der Ruhe bedürftig."

„Nichts mischt sich dazwischen?" sprach Servius. „Und doch täuscht mich mein Ohr nicht . . . Hört, Hört! Schon wieder ... Die Stimme Radbods, meines Vaters, schwebt über dem Gewässer."

In der Tat streckten die Pferde den Hals, und die Köpfe zusammensteckend wieherten sie kurz, gedämpft, geheimnisvoll aus, als ob sie sich mit Wesen verständigten, welche menschlichem Auge verborgen sind.

Hermann und Sigar schauten einander verwundert an. Servius blickte unablässig in die bläuliche Ferne hinaus. Seine Lippen bewegten sich. Auch er sprach mit jemand, den er nicht sah, aber ahnte.

Nach längerem Schweigen atmete er schwer aus, und an Sigar sich wendend, sprach er: „Ich habe dich einst aus den Händen eines glücklichen Spielers losgekauft."

Der Riese legte die Hand an die Brust und verbeugte sich.

„Für die Freiheit, mit welcher ich dich beschenkt habe, gebührt mir ein Preis."

„Befehlt, Herr!" erwiderte Sigar.

„Du wirst morgen nicht für einen Augenblick von meiner Seite weichen, und wenn ein römisches Schwert oder Wurfgeschoß mich kampfunfähig machen sollte, dann wirst du mir den Todesstreich versetzen."

Der Riese, der zu Servius' Leibwache gehörte, zerrte sein Pferd entsetzt zurück.

„Herr!" flehte er, „verschließt mir nicht die Walhalla! Sogar böse Geister würden mich verachten, wenn ich mit dem Blut meines Feldherrn befleckt im Angesicht meiner Väter erschiene."

„Ich werde zu deinen Gunsten in der Walhalla Zeugenschaft ablegen. Die Götter werden dich zum Gelage zulassen. Möchtest du vielleicht die Hände deines Herzogs mit römischem Eisen gefesselt sehen?"

„O Fürst . . .!" stieß Sigar schwer ausseufzend hervor.

„Schwöre, dass du mich tötest, wenn ich mich nicht mehr verteidigen kann!"

„Habt Erbarmen mit mir!" flehte Sigar.

„Dein Fürst befiehlt es dir!"

„Ich schwöre ..." sagte Sigar mit bebender Stimme.

„Beim Haupt deines Vaters . . ."

„Ich schwöre es beim Haupt meines Vaters."

Servius spannte wieder seine Sehkraft an, gleichzeitig in das Rauschen der Donau vertieft.

Er war abergläubisch wie jeder Soldat, der sich fortwährend an den unverhofften Tod erinnert sieht.

Die Fluten des Stromes wälzten sich mit eintönigem, dumpfem Rauschen gegen Süden, der germanische Feldherr aber wähnte das Totenlied seines Stammes darin zu hören. Sie klagten, sie trösteten, sie sprachen, sie schluchzten mit menschlichen Stimmen.

Servius fing diese geheimnisvollen Töne gierig mit dem Ohr auf. Ein wehmütiges Lächeln lag auf seinen Lippen.

Am anderen Ufer der Donau stand eine alte Eiche, in den Silbernebel der sommerlichen Mondnacht getaucht. Aus den Zweigen des heiligen Baumes streckten sich lange, durchsichtige Arme gegen Servius aus, als wollte ihn jemand an sich ziehen.

Er senkte das Haupt zum Zeichen, dass er nicht widerstehe. Mit der Ergebung des Kriegers, welcher jeden Augenblick bereit ist. seine Seele auf dem Schlachtfeld auszuhauchen, ergab er sich seinem geheimnisvollen Vorgefühl.

Also hier — dachte er bei sich — soll das Ende meiner stürmischen Tage sein? . . . Meine Augen sollen nicht den Triumph junger Völker sehen, denen es beschieden ist, Roms Erbschaft anzutreten? . . . Nicht mein Arm soll den markomannischen Adler auf dem Kapitol aufpflanzen! . . . Vielleicht vollbringt dies Werk erst mein Sohn, Enkel . . . Urenkel . . . Noch ist Rom mächtig, trotz seiner Schwäche!

Er hob den Kopf und rief: „Hermann!"

„Ihr habt befohlen, Herr!" meldete sich der Alte.

„Komm näher!"

Und als Hermann auf seinem Pferd vor Servius hielt, sprach dieser: „Ich habe die Stimme Radbods, meines Vaters gehört . . . Du weißt, was der Ruf der Väter bedeutet. Ich werde mit euch niemals in die markomannischen Wälder zurückkehren . . . O Thusnelda! . . . Ich bleibe hier."

Er wies mit der Hand auf die Fluten der Donau.

„Du warst mir ein treuer Diener und Freund seit meinen jüngsten Jahren," fuhr er fort, „und nur dein rechtschaffenes Herz kann meinen Sohn mit der zärtlichen Fürsorge eines Vaters behüten. Nimm fünfzig unserer Mannen, setze heute noch vor Mitternacht über die Donau und erscheine so bald wie möglich vor Thusnelda. Sage ihr, sie solle im Herzen unseres Sohnes die Flamme des Hasses gegen Rom nähren. Du aber wirst ihn männliche Tugenden lehren und ihn in der Kriegskunst unterrichten . . . Wenn Marcus Aurelius siegen und ins Markomannenland eindringen sollte, dann wirst du mit Thusnelda, dem kleinen Radbod, mit meiner ganzen Habe und mit allem Volk gegen Norden ziehen. Keiner von meinen Lehensleuten und Untertanen soll mit seiner Stärke und Gewandtheit ein Schaustück für den römischen Pöbel im Zirkus und Amphitheater abgeben; keiner soll auf den Sklavenmarkt geschleppt werden. Deinen Händen vertraue ich den Schutz von Radbods Haus und Stamm an."

„Vielleicht hat Euch das Gehör getäuscht. Herr." antwortete der Alte mit bewegter Stimme. „Die Stille der Nacht erzeugt so viel sonderbare Laute."

„Du selbst glaubst nicht daran, was du da sprichst. Du weißt, dass des Soldaten Vorgefühl nicht trügt."

Hermann schwieg.

„Schwöre, dass du meinen Willen erfüllen willst."

Aber Hermann glitt vom Pferd, kniete vor seinen, Herrn nieder und flehte:

„Trennt mich nicht von Eurer Seite, o Fürst! Lasst mich mit Euch sterben, wenn es die Götter so wollen. Nicht einmal ein Hund verlässt in Germanien seinen Herrn in schwerer Stunde. Sollte ich unwürdiger sein als ein Tier?"

„Willst du, dass mir meine letzte Stunde zu namenloser Pein wird, wenn ich über das Schicksal meines Geschlechtes und Stammes nicht beruhigt bin?" sprach Servius, sich über Hermann beugend. „Das willst du nicht! Du wirst Thusnelda und Radbod ein Beschützer sein, wenn sie meinen Arm nicht mehr haben. Du weißt, dass Rom nie und niemanden verzeiht, und dass es keinen verschont, dass es sich auch an Weib und Kind rächt. Sei guten Mutes, Alter! Wir sehen uns in der Walhalla wieder! . . ."

Servius' Stimme zitterte, sie klang weich und herzlich.

„Schwöre, dass du meinem Sohn den Vater und dem Stamm den Fürsten ersetzen willst."

Er hielt ihm das bloße Schwert hin, Hermann legte die Finger seiner Rechten darauf und sagte leise:

„Ich schwöre!"

Eine Weile lang schwiegen sie beide. Dann sprach Servius wieder in seinem gewöhnlichen Befehlston:

„Haben sich die Quaden an der rechten Seite des römischen Lagers entwickelt?"

„Es ist Eurem Befehl gemäß geschehen, Herr. Die königlichen Markomannen habe ich an dessen linker Seite Stellung nehmen lassen; unsere Truppen nehmen mitsamt den Jazygiern die Mitte ein. Wir haben dem Feind den Zutritt zum Wasser abgeschnitten."

„Nun geh! . . . Und du, Sigar, wirst bei Tagesanbruch den edlen Herrn Rudlieb zu mir bescheiden. Jetzt aber ruhe, denn es wartet morgen ein schwerer Dienst auf dich."

Servius stieg vom Pferd, hüllte sich in den Mantel und legte sich auf der bloßen Erde nieder.

Bevor ihn das Rauschen der Donau einschläferte, betrachtete er die Sterne am Himmel, die wohlbekannten, die auch über Radbods Herrensitz leuchteten und Thusneldas Blicke anzogen.

Er hatte seine Gattin als glückliche Mutter eines Knaben auf freiem Boden, unter dem Schutz zahlreicher Leute zurückgelassen. Vielleicht blickte auch sie jetzt zum

Himmel und sandte ihrem geliebten Gemahl aus den Strahlen des Mondes stille Klagen ihrer Sehnsucht. Sie hatte, wie es bei germanischen Weibern Brauch war, mit ihm in den Krieg ziehen wollen, er aber hatte es nicht zugelassen. Das Kind könnte den weiten Weg und die vielfachen Entbehrungen nicht ertragen, und der kleine Radbod sollte ja einst in des Vaters Fußstapfen treten und nicht bloß dessen irdisches, sondern mehr noch dessen geistiges Erbe antreten und fortpflegen. Vornehmste Pflicht der Mutter aber ist, über ihrem Kind zu wachen.

Und er? . . . Auf ihn wartet ein Soldatenschicksal. Jähen Tod hat er immer zu gewärtigen; er fürchtet ihn auch nicht. Ob derselbe ihn heute ereilt oder morgen, einmal ist er unausbleiblich. Nur der Römerherrschaft hätte er gern den Garaus gemacht. Aber der unbekannte Beherrscher aller Welten verzögerte noch ihr Ende . . . Wie immer die morgige Entscheidungsschlacht ausfällt, die Adler der Imperatoren werden noch lange viele Völker blenden . . .

Das eintönige Rauschen der Donau verhalf Servius ermüdeten Körper früher zu seinem Recht, als es der rege Geist zulassen wollte. Seine Gedanken gingen trotz aller Anstrengung, dieselben festzuhalten und fortzuspinnen, in bunte Träume über. Er halte Mühe, die zugefallenen Augenlider noch einmal aufzuschlagen. Noch einen Blick tat er zu den Sternen, mit der Hand schickte er einen Gruß nach Norden, dann zog er den Mantel über die Ohren und schlief sogleich fest ein.

Kapitel 12

Freudlos begrüßten am anderen Morgen die römischen Soldaten die klare Sonne, welche die Erde mit vollem Licht und mit großer Wärme überflutete, die umso unangenehmer war, als die schwüle Nacht ihnen nur wenig Erquickung gebracht hatte. Was dem um zeitige Ernten besorgten Landmann erfreute, verursachte dem ermatteten Soldaten Pein.

Bekümmerten Auges suchten die Tribunen am Himmel eine Ankündigung von Regen; aber auch nicht das kleinste Wölkchen trübte den Hochglanz des unendlich hohen Himmelsgewölbes, nicht der leiseste Lufthauch kühlte ihre Gesichter. Alles verkündete einen überaus heißen Tag.

Unglücklicherweise hatte Marcus Aurelius auf seinem planlosen Rückzug von Vindobona gegen Südosten sich von den Barbaren um einige Meilen überholen lassen, wodurch eine Änderung seiner Stellung unmöglich wurde.

Die Germanen waren dem römischen Heer zuvorgekommen und hatten drei Seiten eines unregelmäßigen Vierecks besetzt, welches gegen Westen, Norden und Osten von dem Fluss Arabo und der Donau eingefasst war, und zwar wählten sie ihre Stellungen am Wasser. Die Ebene, welche gegen Süden von einem Gebirgszug begrenzt wurde, überließen sie den römischen Legionen, so dass diese eingezwängt waren und sich nicht einmal frei entwickeln konnten.

Höchst erstaunt und erschrocken sah der Imperatorphilosoph bei Sonnenaufgang einen Wald von Lanzen und Reiterhelmen, wohin immer sein Auge sich wandte. Die Barbaren hatten nicht einmal die ganze Nacht über geruht, sondern waren bis auf zwei römische Meilen (drei Kilometer) an das römische Lager herangerückt. Geradeaus gegenüber stand, die Donau in seinem Rücken, Servius mit seinem eigenen Volk und mit den Jazygiern; links die Markomannen des Königs Wadomar, rechts die Quaden.

Schon waren sie in Bewegung gegen das römische Lager, und nachdem dieses von einem weiten Halbkreis eingeschlossen war, hörten die Klänge ihrer Hörner auf.

Marcus Aurelius sah ein, dass er sich in einer Falle befand; denn rückwärts versperrten ihm die Berge den Ausweg.

Anstatt aber einen verständigen Operationsplan zu entwerfen, welcher der Sachlage entsprach, warf er einen Schleier über seinen Kopf, ließ einen weißen Ochsen herbeibringen, stieß demselben unter feierlichen Zeremonien mit eigener Hand das Messer in den Hals und betete lange zu Mars, dass der Kriegsgott ihm einen rettenden Gedanken eingebe.

In dumpfem Schweigen umgaben ihn die älteren Tribunen und Präfekten. Die erfahrenen Krieger sahen sich gegenseitig unter Achselzucken an, als wollten sie sagen: Es genügt nicht, ein rechtschaffener Mensch und Denker zu sein, um ein Heer zu befehligen!

Genau dasselbe fühlte Marcus Aurelius; denn nachdem er das Opfer beendet halte, warf er seinen Feldherren fragende Blicke zu. Jeder von ihnen wusste sehr gut, was zu tun war; aber keiner hatte das Recht, zu raten, ohne vom Oberfeldherrn aufgefordert zu sein. War ja doch dieser erschrockene Träumer zugleich ihr Imperator; vor seinem Bildnis hatten sie Gehorsam geschworen.

Da niemand sich meldete, sprach der Imperator mit zitternder Stimme:

„Ein schwerer Tag ist für uns angebrochen. Wem von euch der Kriegsgott einen glücklichen Gedanken eingegeben hat, der verberge ihn nicht vor mir."

An Julius sich wendend, sagte er hinzu:

„Beginne du, Tribun."

Sofort begann Julius:

„Unsere Soldaten müssen zum Wasser gelangen, sonst besiegt sie die heiße Sonne; sie müssen sich mehr Raum schaffen, um sich frei bewegen zu können. Die zwei illyrischen Legionen werden sich in Keilform, mit der Spitze gegen die Donau aufstellen; denn die Feinde werden gleichzeitig von zwei Seiten von Westen und Osten, ihren Angriff unternehmen. Die dritte, die Melitinische Legion, wird sich nach links, gegen die Stadt Arabo *(Anmerk.: das heutige Győr in Ungarn)* hin bewegen, die Fläche zwischen dem Strom und den Bergen ausfüllen und uns einen Ausweg eröffnen für den Fall, dass auch heute die Götter uns verlassen sollten. Die Hilfsreiterei zu beiden Seiten der Melitinischen Legion . . ." Und Julius entwickelte einen vollständigen Schlachtplan.

Erst nach Schluss seiner Rede wurde er gewahr, dass er im Ton eines Oberfeldherrn gesprochen hatte. Er hatte nicht geraten, sondern befohlen. Aber Marcus Aurelius war von dem Inhalt seiner Worte so eingenommen, dass er die schroffe, soldatische Form derselben gar nicht beachtete. Er schaute umher: die Tribunen und Präfekten schwiegen, offenbar waren sie mit Julius' Plan einverstanden.

Der Imperator winkte einem Häuflein berittener Zenturionen zu, welche in einer gewissen Entfernung abseits hielten. Sie eilten herbei, und Marcus Aurelius wiederholte ihnen gegenüber mit weit vernehmlicher Stimme die Anordnungen des Julius.

Der Boden erdröhnte unter den Hufen kappadozischer Stuten: die Zenturionen trugen den jüngeren Tribunen die Befehle des Imperators zu.

Eine Viertelstunde darauf meldeten sich an verschiedenen Stellen gleichzeitig die Tuben: das Heer machte sich kampfbereit.

Es war höchste Zeit, denn von Strigonium her näherte sich eine so gewaltige Staubwolke, dass die ganze nördliche Seite des Vierecks davon verdeckt wurde. Mit breiter Front stürmten die Jazygier gegen die Römer heran. In nächster Reihe teilten sie sich nach ihrer Eigenart in zwei Hälften, welche wieder in kleinere Abteilungen zerstieben, und begannen ihren zerstreuten Angriffskampf.

Deckt euch! riefen die Tuben, und ein Hagel von Pfeilen prallte von dem Schilddach der Römer unschädlich ab.

Schnell entwickelten sich nun die römischen Bogenschützen und Schleuderer in langer Kette zu beiden Seiten des Fußvolkes. Ihre zielsicheren Geschosse, mit welchen sie es wegen der eigentümlichen Hornpanzer der Jazygier besonders auf deren unbedeckte Gesichter und Hälse, sowie auf die Füße der Pferde abgesehen hatten, wirkten stark abkühlend auf den Kampfesmut der Angreifer. Das bewegliche slawische Volk wiederholte zwar nach seinen taktischen kurzen Rückzügen immer wieder von neuem seine Angriffe mit den Pfeilen, aber von einem Angriff zum anderen erweiterte sich der Zwischenraum zwischen ihm und dem Heer des Imperators.

Zwei paar Adleraugen beobachteten gespannten Blickes von entgegengesetzten Standpunkten das Gefecht zwischen den Jazygiern und den römischen Schützen, welches aus der Entfernung den Eindruck eines unblutigen Spieles machte.

Julius, welcher mehr neben als hinter dem Imperator die Bewegungen der Legionen aufmerksam verfolgte, lächelte befriedigt; denn die illyrischen Truppen, obwohl neu, führten doch seinen kunstgerechten Plan, welcher den Präfekten, Tribunen und Zenturionen gut einleuchtete, in größter Ordnung aus.

Unter dem Schutz der Bogenschützen und Schleuderer, von welchen die Jazygier in solcher Entfernung gehalten wurden, dass ihre Pfeile nur den Boden trafen, bildeten die Illyrier einen riesigen Keil. Das Kommando der Tribunen und Zenturionen verstummte, die Signale der Tuben hörten auf. Da standen nun die zwei Legionen in der gewünschten Ordnung eine Weile lang unbeweglich, dann erklang ein Marsch, und die ungeheure Masse menschlicher Körper setzte sich in so dicht geschlossenen Reihen in Bewegung, als ob sie ein festgefügtes Ganzes bildete. Gleichzeitig wand sich längst des Gebirgszuges eine im Sonnenlicht schimmernde riesige Schlange: die Melitinische Legion bewegte sich in der Richtung auf die Stadt Arabo.

Auch Servius ließ kein Auge vom Feind. Umgeben von den Häuptern der Geschlechter seines Stammes, ritt er seinen Truppen voraus und näherte sich dem römischen Heer auf zweifache Geschoßweite. Die Sonnenstrahlen brachen sich in den Schuppen seines silbernen Panzers und umgaben ihn mit Lichtglanz. Er war weithin sichtbar und ragte hoch über die Köpfe des Fußvolkes hinweg.

Er überschaute das Gewoge vor sich, und als die Illyrier vorzurücken begannen, wandte er sich um zu seinem Gefolge und rief: „Die Jazygier werden geschlossen mit ihrer ganzen Macht angreifen!"

Sofort sonderten sich zwei slawische Herren von seinem Gefolge ab und sprengten in entgegengesetzten Richtungen davon.

Servius befahl weiter: „Die Reiterei des Königs Wadomar wird die Spitze des römischen Keiles abschlagen, die quadische in die Mitte fallen! Gleichzeitig werden die zwei ersten Abteilungen des Fußvolkes vorrücken und rechts und links hinter der Reiterei eindringen!"

Wieder sonderten sich einige Häupter von dem Gefolge des Feldherrn ab und überbrachten dessen Befehle den germanischen Völkern.

Das Heer des Imperators rückte mittlerweile fortwährend vor, mit jeder Minute mehr Raum gewinnend.

Da erklangen die slawischen Hörner, und die Jazygier schlossen sich aneinander. Die Signale wiederholten sich, dichte Staubwolken verhüllten die Sonne, und ein Hagel von Pfeilen fiel auf die Römer herab.

Das römische Tubenkommando „Schließt euch!" war ein Beweis der Wirkung des Angriffes; offenbar waren Lücken entstanden.

Aber auch von römischer Seite blieb der Angriff nicht unbeantwortet. Schwirren und Sausen erfüllte die Luft. Der Kampf hatte aufgehört eine Plänkelei zu sein; die ersten Leichen zuckten auf dem Sand.

Zum zweiten Mal erdröhnte der Boden unter den Hufen von Pferden. Von zwei Seiten stürmte germanische Reiterei auf die Illyrier ein. Die eine Abteilung derselben fiel von rechts so heftig über die Spitze des Keiles her, dass diese abgerissen wurde.

Die andere wühlte sich in die Mitte ein, und bevor die Legionäre die Bresche zu verschließen vermochten, hatten sich die Reiter schon bis zur anderen Seite durchgearbeitet, eine blutige Gasse in ihrem Rücken lassend.

„Schließt euch! Schließt euch!" riefen die Tuben der Tribunen.

„Wendet euch! Wendet euch!" kommandierten germanische Hörner.

Und beide Reiterabteilungen wendeten um, und lebendigen Sturmböcken gleich durchschlugen sie die römischen Reihen an anderen Stellen, während die Jazygier wie lästige Bremsen das Heer des Imperators umschwärmten und seine Bogenschützen und Schleuderer unausgesetzt beschäftigten. Beiderseits wurden die Geschosse immer wirksamer. Nun trat auch germanisches Fußvolk, obwohl nur zum geringen Teil, in den Kampf ein; Lanzen und Speere kamen zur Geltung. Auf dem Hügel, von welchem aus Marcus Aurelius die Schlacht zu lenken versuchte, herrschte tiefes Schweigen. Mit verhaltenem Atem verfolgten die Präfekten und Obertribunen die Entwicklung des Kampfes. Sie errieten Servius' Plan sofort. Der Germane wollte die römische Schlachtordnung zerstören, die Bogenschützen und Schleuderer erschöpfen, die Lanzenträger entwaffnen, bevor die Schwertfechter herbeikämen. Er opferte die Reiterei für das Fußvolk.

Immer kleiner wurden die Reiterabteilungen, von welchen die Illyrier beunruhigt wurden; trotzdem kehrten sie hartnäckig immer wieder zurück und erschöpften ihre letzten Kräfte in erneuten Angriffen. Groß waren zwar auch die römischen Verluste, doch schlossen sich die Legionäre immer wieder aneinander, so dass die Schlachtordnung schließlich stets wieder hergestellt wurde.

Die Sonne stand schon hoch am Himmel, als frische germanische Truppen in Sicht kamen, links mit markomannischen Adlern, rechts mit quadischen Drachen.

Julius neigte sich auf seinem Pferd vor, und mit dem Blick eines Geiers, welcher einen gefährlichen Gegner gewahr geworden war, vertiefte er sich in die zwei riesigen grauen Schlangen, welche in schräger Linie langsam, ohne Eile gegen die Mitte der zwei Längsseiten des römischen Dreieckes sich bewegten. Offenbar warteten sie, bis die Schützen und Lanzenträger den Rest ihrer Waffen verbraucht hätten.

Dies trat auch bald ein, und nun erklangen frisch und lebhaft die germanischen Hörner, Schild schlug an Schild, Schwert an Schwert, gewaltiges Kriegsgeschrei erfüllte die Ebene, zwei Staubwolken umschlangen das Heer des Imperators. Dann war längere Zeit hindurch gar nichts zu sehen.

Als der Staub sich ein wenig setzte, erbleichte des Imperators Umgebung.

„Die Schlachtordnung ist zerstört!" rief Marcus Aurelius.

Ein furchtbares Gewoge bot sich seinen Augen dar. Legionäre und Barbaren waren miteinander vermengt in einem entsetzlichen Ringen vieler Tausende, Mann gegen Mann. Siegen wird jetzt die größere Zahl der Arme.

Die Übermacht war nicht auf römischer Seite. Schon rückten frische markomannische und quadische Kräfte heran, hinter welchen noch große Scharen in langsamer Bewegung zum Vorschein kamen. Weite Staubwolken wirbelten empor und hüllten das Schlachtfeld zum zweiten Mal ein. Hinter diesem Schleier tobte nun der Kampf heftiger als zuvor. Kommandorufe, Hörner- und Tubasignale verstummten. Stattdessen hörte man mehr Schwertergeklirr, das Krachen gebrochener Schilde, kurz abgebrochenes Geschrei der Verwundeten, das Gestöhne der Sterbenden und Zertretenen — alles dieses floss ineinander und gestaltete sich zu einem einzigen mächtigen, schauerlichen Klageton. Die Erde selbst schien zu ächzen und zu schluchzen.

Vom Himmel herab beschien den Kampfplatz eine so glühende Sonne, dass die in Wellenbewegung befindliche Luft sichtbar war. Schon den zweiten Tag hatte der römische Soldat mit keinem Tropfen Wasser seine Lippen benetzt. Er verschmachtete vor Durst, er erstickte am Staub, die Rüstung rieb ihm den durchglühten Körper wund. Der Germane dagegen, bekleidet mit einem leichten

Mantel, erquickt von den kühlenden Donaufluten, ging frisch in den Kampf wie zu einem Waffenspiel.

Und stets neue Abteilungen noch ganz unermüdeter Kräfte der Barbaren kamen von rechts und von links herbei, und wenn sie in dem von ihnen aufgewirbelten Staub verschwanden, dann erhob sich wieder mächtiger jene von Zeit zu Zeit nachlassende große Klage.

Gesenkten Hauptes, stumm, bleich, lauschte Marcus Aurelius dem Lied, welches der mit seinen Dämonen zum Gelage versammelte Krieg fort und fort anstimmte. Das Lied war erschreckend knirschend und eintönig, aber eben daran findet der Krieg sein Gefallen.

Darüber vergaß der Imperatorphilosoph all' seine religiösen Zweifel. Er legte die Hände über dem Hals seines Pferdes zusammen und betete heiß, inbrünstig, aus ganzer Seele zu den Göttern Roms und versprach die verschiedensten Opfer. Am wirksamsten wähnte er ein Gebet zu Mars: er möchte Servius strafen für seinen am römischen Heere, mithin an Mars selbst verübten Verrat.

Vom Schlachtfeld kam ein Zenturio geradeswegs auf den Imperator zugelaufen. Im Angesicht des Beherrschers der Welt erhob er seine Augen, deren Licht im Erlöschen begriffen war, und lispelte mühsam: „Wasser, göttlicher Herr!... Wasser!"

Er griff sich an den Kopf und sank leblos in den Staub.

Der „göttliche Herr" aber stieg vom Pferd, fiel auf die Knie und rief laut gegen Himmel: „Jupiter, Vater der Götter, schaue auf meine Hände herab! Kein Tropfen unschuldigen Blutes haftet daran, kein As, welchen ich Armen entrissen hätte! Erhöre mich und erbarme dich Roms, deiner allezeit getreuen Stadt!"

Und er berührte den Erdboden mit der Stirn und betete wie ein gemeiner Mann.

Die Präfekten und Tribunen verhielten sich schweigend und tauschten bedeutsame Blicke aus.

Von der Nordseite her näherte sich eine neue, ungeheure Staubwolke. Servius' Fußvolk rückte heran, um das blutige Werk zu vollenden.

Julius flüsterte den Präfekten zu: „Jetzt wird er die Illyrier bis an die Berge drängen, und dann beginnt das Gemetzel, von welchem auch wir hier nicht verschont bleiben werden."

Kein Augenblick war zu verlieren. Die Präfekten und Tribunen, des Imperators Hilflosigleit sehend, umringten Julius.

„Befiehl!" rief der älteste unter ihnen Julius zu.

„Führe uns aus dieser Falle!" sprach ein anderer. „Wir vertrauen deiner Erfahrenheit!"

Julius blickte zu Marcus Aurelius herab; der Imperator kniete noch immer tief gebeugt. Entschlossen gab er halblaut den Befehl hinaus: „Die Hilfsreiterei wird die Serviusschen Markomannen aushalten; die Melitinische Legion wird den Illyriern zu Hilfe eilen. Jeder von uns übernimmt selbst das Kommando über seine Truppe; die Armenier werde ich anführen. Die Leibwache zieht sich mit dem Imperator gegen Arabo zurück, falls uns die Barbaren bis an die Berge drängen sollten."

Sprach Julius, und in gestrecktem Galopp begab er sich auf seinen selbstgewählten Posten. Ebenso taten die übrigen Vorgesetzten der Legionen. Beim Imperator verblieben nur eine Abteilung Prätorianer, die Wahrsager und die Astrologen.

Genau zu rechter Zeit erschienen die Obertribunen auf dem Schlachtfeld, denn schon rissen sich lose Gruppen vom Ganzen los und flohen gegen die Berge. Als sie ihrer Oberanführer ansichtig wurden, hielten sie inne in ihrer Flucht und ließen sich auf den Kampfplatz zurückführen.

Julius, kaum bei der Melitinischen Legion, welche sich in dem heißen Sand mühselig fortbewegte, angelangt, schickte sofort die Hilfsreiterei den Serviusschen Völkern entgegen und brachte das Fußvolk in Schlachtordnung.

Schon ertönten die Tuben, welche den linken Flügel der Legion zum, Vormarsch aussortierten, und gleich darauf die Klänge eines Kriegsmarsches.

Aber trotz aller Deutlichkeit dieser Signale setzte sich kein Fuß in Bewegung. Die schweiß- und staubbedeckten Soldaten rührten sich nicht vom Fleck.

Sollte das eine Meuterei bedeuten? Eine Meuterei im Angesicht des Feindes? . . .
Julius' Rechte machte eine unwillkürliche Bewegung nach dem Schwertgriff.

Doch nein! . . . Armenien stellt stets an Gehorsam gewöhnte Legionen. Avidius
Cassius hat den Bewohnern Kleinasiens Mannszucht beigebracht. . . Diese Ärmsten
sind gewiss von der Sonne gelähmt. Sie sollen aber sehen, dass nicht nur sie
Entbehrung und Pein zu tragen haben.

Julius stieg vom Pferd, nahm mit der Linken den Helm vom Haupt, mit der Rechten
ergriff er die Standarte des zunächst stehenden Fahnenträgers und rief: „Mir nach,
Gefährten!"

Und er watete im Sand voran.

Ein gedämpftes Gemurmel, welches sich über die ganze Legion verbreitete, war die
Antwort auf seinen Befehl.

Julius sah sich um und erbleichte.

Niemand folgte ihm! . . . Das Schicksal Roms steht auf der Schwertspitze, und sie
wollen nicht verbluten für Ruhm und Ehre der heiligen Stadt?!

Er erhob die Hände mit der Standarte und mit dem Helm, so hoch er konnte, gegen
Himmel und rief mit gewaltiger Stimme: „O Jupiter, o Jupiter!"

Wie auf Kommando fiel die ganze Legion auf die Knie, und ein fremder Hymnus stieg
zum glühenden Himmelsgewölbe empor, die Armenier flehten in der Sprache ihres
Vaterlandes jemand um Hilfe an.

Julius horchte, aufs höchste überrascht. Nicht olympischen Gottheiten galt das
Gebet. Nun erinnerte er sich, ähnliche Töne und Laute irgendwo schon gehört zu
haben ... Ja! Mit solchem Lied scheiden Christen aus dem Leben, wenn sie im
Amphitheater dem Tode geweiht sind.

Ja, es sind Christen... der Name „Christus" wiederholt sich in dem Hymnus so oft.
Und die Lehre des galiläischen Propheten hat ja auch im Morgenland die meisten
Anhänger.

Julius gerät in wilde Wut. Die ganze Legion zerfressen von dem orientalischen Aberglauben, dem gefährlichsten Feind Roms! ... Es ist entsetzlich!

Der christliche Hymnus scholl weit hinaus und vermengte sich mit dem Lärm des Kampfes, welcher sich den Bergen näherte.

Als der Gesang aufhörte, sah Julius sich wieder um: die Legion erhob sich von den Knien.

Er lächelte bitter, zückte sein Schwert und rief: „Um die Ehre des heiligen Rom!"

„Um Christi des Herrn willen!" antworteten Tausende von Stimmen — und der linke Flügel setzte sich in Bewegung.

Auf dem Blutgefilde ging mittlerweile die Schlacht ihrer Entscheidung entgegen. Servius' Fußvolk hatte die Hilfsreiterei der Melitinischen Legionen schon überwunden und drängte die Illyrier gegen Süden vor sich her.

In diesem für Rom so verhängnisvollen Augenblick geschah etwas so Unglaubliches, dass sogar der Kampf darüber von selbst stockte. Römer und Barbaren ließen die Waffen ruhen und richteten ihre Blicke auf die Berge. Denn über denselben hatte sich plötzlich der Himmel verdunkelt, schwarze Wolken kamen zum Vorschein. Eine schob die andere, sie vereinigten sich diesseits des Gebirges, ein Sturmwind fegte große Staubmassen den Germanen ins Gesicht. Da ließ sich ein Rauschen in der Luft vernehmen, und ein heftiger Gewitterregen tränkte den sonnen durchglühten Erdboden.

Ein lang anhaltendes Freudengeschrei begrüßte die ersehnte Gabe des Himmels. Ohne darauf zu achten, dass das Schwert der Germanen über ihren Häuptern schwebte, fingen die römischen Soldaten das Wasser mit Helmen. Schilden und Händen auf und labten sich an dem erquickenden Nass mit der Gier von Sterbenden, die weiter zu leben verlangen und denen die letzte Arznei gereicht wird.

Schon waren die Germanen zur Besinnung gekommen, ihre Schwerter hatten die unterbrochene Arbeit wieder aufgenommen und die Legionäre schlürften noch immer das Wasser ein. Erst nachdem sie den ihre Eingeweide verzehrenden Durst gestillt hatten, ergriffen sie mit gestärkter Hand ihre Waffen und stürzten sich wütend über die Feinde.

184

„Es lebe der Imperator!" schrien die stark gelichteten illyrischen Legionen.

„Um Christi des Herrn willen!" riefen die Armenier, welche aus dem nun abgekühlten und festeren Boden sich schnell dem Schlachtfeld näherten.

Der Kampf entbrannte heftig wie beim allerersten Aneinanderprallen zweier Hass erfüllter Heere. Wiederum wogte ein Heer von Köpfen über der Ebene, wiederum schwankten durchbrochene Reihen, diesmal waren nicht die Germanen die Urheber dieses Gewoges. Von innen drangen die Illyrier auf die Quaden ein, von außen fielen die Armenier über die Markomannen her.

Die Tuben, welche die ganze Zeit während des regellosen Handgemenges geschwiegen hatten, meldeten sich jetzt wieder, die Legionäre zur Ordnung auffordernd. Die Befehlshaber lenkten wachsamen Auges ihre Kohorten, die Soldaten folgten den Signalen. Zerschlagene Abteilungen schlossen sich zusammen, schlugen sich durch die Feinde durch, gewannen Fühlung miteinander, und so wurde endlich die römische Schlachtordnung wieder hergestellt. Was unter der Sonnenglut des Römers Arm lähmte — die schwere Rüstung —, das gereichte ihm jetzt nach der Abkühlung zum Schutz. Der Schwertfechter des Imperators mit seinem eisernen Brustharnisch drang dreist auf den in Linnen und Leder gekleideten Barbaren ein.

In einer Stunde war die Lage von Grund aus verändert. Die Armenier hatten die Markomannen aus ihren Stellungen verdrängt, die Illyrier trieben die Quaden vor sich her.

Servius sah, dass die Wagschale sich zugunsten der Römer neigte. Er wandte sich daher den jetzt im Hintertreffen noch unverwendet stehenden Resten seiner Reiterei zu und rief: „Weiber und Kinder markomannischer Wälder strecken jetzt ihre Arme flehentlich zu euch aus. Verteidigt ihre Freiheit!"

Er zückte sein Schwert, neigte sich auf dem Pferd vor, wies mit der Hand vor sich hin und sprengte voran.

Während er so an der Spitze seiner letzten Reiterei dahinflog. mit den Adlerschwingen auf dem Helm, vom weißen Mantel umflattert, geschah zum zweiten Mal etwas Überraschendes. Über den Bergen hatte sich der Himmel mittlerweile wieder verdunkelt. Von dorther kam auf Sturmesflügeln eine neue große, tief schwarze Wolke gezogen. Genau über den Häuptern der germanischen Reiter entlud sie sich mit einem so heftigen Blitz und Donnergepolter, als sollte das Himmelsgewölbe einstürzen. Der Sturm blies den Reitern so gewaltig entgegen, dass ihnen der Atem ausging. Dem ersten Blitz folgten kurz nacheinander, fast ohne Unterbrechung, unzählige weitere. Die Pferde stoben scheu auseinander, nach rechts, nach links, nach hinten. Servius hatte Mühe, sein eigenes sich bäumendes Ross im Zaum zu halten.

(Anmerk.: Das hier geschilderte Naturereignis ist eine geschichtliche Tatsache, die von Schriftstellern jener Zeit bezeugt wird. Während einer Schlacht gegen die Quaden im Markomannenkrieg sollen Mark Aurel und sein Heer im Jahr 171 vor Wassermangel und Verdurstung durch einen Gewitterregen errettet worden sein. Dies sei aufgrund des Gebets jener Legion und ihres Kommandanten geschehen, die ganz aus Christen bestanden habe. Man erdichtete dazu ein den Christen Schutz verheißendes und deren Ankläger mit Strafe bedrohendes Schicksal. Das Ereignis ist in einem Relief auf der Mark-Aurel-Säule auf dem Marsfeld in Rom dargestellt. Durch photographische Aufnahmen des Deutschen Archäologischen Instituts in Rom wurde es möglich, die Markussäule näher zu untersuchen. Man fand, dass die Angaben des Cassius Dio über ein rettendes Unwetter der Tatsache entsprach, wobei die Römer auf der Säule ihre Götter dafür verantwortlich machten, während in christlichen Kreisen das Ereignis für eigene Propaganda apologetisch ausgenutzt wurde.

Die Mark-Aurel-Säule auch Marcussäule (Columna Centenaria Divorum Marci et Faustinae) ist eine dorische, mit spiralförmig angebrachtem Reliefband versehene Ehrensäule für den römischen Kaiser Mark Aurel. Sie steht noch heute an ihrem ursprünglichen Platz auf der nach ihr benannten Piazza Colonna in Rom. Sie wurde nach dem Vorbild der etwa 80 Jahre älteren Trajanssäule erbaut.)

„Seid Männer! Es ist ja nur ein Gewitter!" rief er.

Aber seine Stimme verhallte im Donner.

Vergeblich auch stieß er in sein Horn — unter die Germanen war ein Schrecken gefahren, stärker als ihr Wille. Sie wähnten, die Gunst der Götter habe sich den Römern zugewendet, und dieser Gedanke ließ sie entsetzt die Flucht ergreifen. Die Trümmer der germanischen und slawischen Reiterei eilten in der Richtung des Sturmes der Donau zu, bei Servius verblieb nur der Rest jener Reiter, welche er aus dem Bataverlager entführt halte.

Vom Schlachtfeld strömten, ebenfalls in Unordnung, in wilder Flucht, Gruppen von Fußvolk zurück, verfolgt von der Melitinischen Legion.

„Die Götter sind mit den Römern!" schrien die Germanen.

„Um Christi willen!" schrien die Armenier.

Zähneknirschend erhob Servius seine Augen gegen die verhängnisvolle Wolke. Er wusste, dass er den Schrecken, von welchem die germanischen Völker befallen waren, nicht mehr zügeln konnte.

In losen Gruppen lief das Fußvolk an ihm vorbei, sich mitten durch die ihm treu gebliebenen Reiter einen Weg bahnend.

„Haltet das Gesindel auf!" schrie er. „Zieht euch in Ordnung zurück!" rief er den Fliehenden zu. „Diese römischen Hunde sollen sich nicht eines so leichten Sieges erfreuen! Unser Name soll ihren Enkeln noch furchtbar sein!"

Und dem ersten Markomannen, der ihm unter die Hand kam, versetzte er einen Schwertstreich über den Kopf.

„Bleibt stehen, Feiglinge!" schrie er fort. „Wie Hasen werden sie euch niederschlagen, wenn ihr flieht!"

Die ehemaligen Legionäre schlossen sich zusammen, so gut es ihre scheuen Pferde erlaubten, und begannen unter Servius' Führung sich in Ordnung zurückzuziehen. Das Aufhalten des Fußvolkes musste aufgegeben werden.

Aber von drei Seiten wurden sie von römischen Abteilungen bedrängt. Wie Meereswogen, über den Widerstand der Uferfelsen erzürnt, stürzten die Armenier wütend über Servius' Reiter her und sprengten einen Teil nach dem anderen von ihnen ab. Zahlreich fielen die Soldaten des Imperators unter den Schwertstreichen der Germanen, aber immer seltener wurden die schwingenden Arme.

Schon rauschte die Donau in der Nähe. Servius warf einen Blick auf das breite Wasserband, hinter welchem die dunklen Wälder winkten, die letzte Hoffnung der flüchtigen Germanen. Tausende von Menschen- und Pferdeköpfen ragten auf dem Wasser hervor, untergehend und auftauchend — ein schauerliches Gewimmel, in welchem einer den anderen unter die Oberfläche drängte.

„Bis zum letzten Atemzug muss der Übergang verteidigt werden!" rief Servius seinem Reiterhäuflein zu. „Jeder Augenblick rettet Hunderte von Armen für den nächsten Krieg."

Am Stromufer haltend, sagte er: „Sigar, gib acht!"

Der Rest der ehemaligen Legionäre kämpfte mit der wahnsinnigen Todesverachtung von Verlorenen. Sie sprangen von den Pferden und bildeten eine Mauer, an welcher noch viele römische Soldaten sich den Tod holten. Servius selbst handhabe sein Schwert mit blitzartiger Geschwindigkeit, aber immer weniger Arme unterstützten ihn in seinem Kampf um einige Minuten Lebens. Bald verteidigte nur noch Sigar seinen Feldherrn allein.

„Nehmen wir ihn lebendig gefangen!" rief ein Armenier. „Der Imperator wird es uns danken."

Und hundert Schilde rückten Servius zu Leibe.

Schnell sprang er zurück bis auf den Uferrand, kniete nieder, beugte sich vor und erwartete den Angriff. Sigar, der Riese, hieb noch einige Armenier nieder, dann zog auch er sich schnell zurück.

Da sausten drei Lanzen durch die Luft; die eine prallte an Servius Panzer ab, die zweite riss ihm den Helm vom Kopf, die dritte sprengte die Achselschnalle des Panzers am rechten Arm und blieb im Gelenk stecken. Servius' Rechte sank wie eine an der Wurzel geknickte Blume.

„Sigar, tue deine Schuldigkeit!" befahl der Herzog.

Der Riese ächzte schwer auf.

„Sigar, zahle deine Schuld!" befahl Servius in entschiedenerem Ton.

Gleich darauf sauste das Schwert des Riesen auf sein Haupt herab.

Entsetzt, wie versteinert blieben die Armenier stehen mit weit geöffneten Augen und Lippen. Blutüberströmt kollerte der Silberpanzer mit der Leiche des germanischen Feldherrn in den Strom hinab.

Kaum aber hatten die Fluten sich über ihm geschlossen, als das Wasser zum zweiten Mal aufspritzte. Sigar hatte sich in sein eigenes Schwert gestürzt und fiel seinem Herrn nach in das nasse Grab.

- o -

Die Sonne war schon untergegangen, so rot, als hätte sie sich mit dem Blut vollgesaugt, dessen sie heute so viel gesehen hatte. Die mild lächelnde Abendstille breitete sich über dem Schlachtfeld aus, die Opfer des Krieges in das graue Gewebe der Dämmerung hüllend. Ohne die am rechten Donauufer aufgeschichteten Leichenhaufen hätte die Abendlandschaft einen zufällig des Weges daherkommenden Wanderer nicht vermuten lassen, dass vor einigen Stunden hier die Verzweiflung von Besiegten mit der Wut der Sieger um eine Weltfrage gestritten haben.

Von Servius' treuester Reiterei war auch nicht ein einziger Mann übrig geblieben. Die einst dem Bataverlager entführten Legionäre waren alle gefallen, nachdem sie den Tod ihres Feldherrn furchtbar gerächt hatten. Unter dem Schutz ihrer unermüdlichen Schwerter, welche der Weisung des Feldherrn gemäß bis zum letzten Atemzug geschwungen wurden, hatten die Trümmer der markomannischen und quadischen Kriegsvölker über die Donau gesetzt und sich in den Wäldern am jenseitigen Ufer verlaufen.

Die Furcht der Germanen vor einer Verfolgung bis über den Strom war unnötig; denn das Heer des Imperators war von dem vielstündigen Kampf so erschöpft, dass es mit Freuden die zur Ruhe auffordernden Tubasignale begrüßte.

Gegen Mitternacht näherte sich der Stelle, wo Servius' Reiterei den Übergang über die Donau verteidigt hatte, ein Häuflein dunkler Gestalten. Fackelflammen machten dem klaren Mondlicht den Rang streitig, das Schlachtfeld zu beleuchten. Zwei Männer gingen voran, ihnen folgten vier andere, welche die Bedienung um ein Tragbett bildeten; an den Seiten schritten die Fackelträger.

„Du sagst, am linken Flügel der zweiten Melitinischen Kohorte sei Mucius gefallen?" fragte Julius seinen Nebenmann. „Die zweite Kohorte stand hier."

„Zum letzten Mal sah ich den Arzt dort unter dem einsamen Baum." antwortete ein Zenturio armenischer Herkunft. „Zu Beginn des Vorrückens unserer Legion nach dem Zusammenstoß hielt er sich in einiger Entfernung rückwärts; als aber die zweite Kohorte weiter vordrang, vermengte er sich mit ihr und half den Verwundeten mitten im Gefecht, als drohte ihm keinerlei Gefahr. Ich bewunderte seinen Mut, darum weiß ich alles so genau. Lange mieden ihn die Wurfgeschosse und später auch die Schwerter; erst hart am Ufer des Stromes ereilte ihn das Schicksal des Kriegers. Ich kann sagen: des Kriegers; denn der Arzt Mucius forderte den Tod heraus, hochberühmter Tribun, so wenig gab er auf sich acht!"

Julius hörte ihm gesenkten Hauptes zu, halb abgewendet, so dass niemand seine Gesichtszüge beobachten konnte.

Nachdem der Zenturio geendet hatte, befahl er mit seiner gewöhnlichen schroffen Stimme: „Leuchtet auf den Boden!"

Die Fackellichter senkten sich.

„Hier!" meldete nach einiger Zeit der Zenturio.

Julius tat schnell einige Schritte vorwärts, aber auf halbem Weg zur bezeichneten Stelle blieb er plötzlich stehen und legte die Hand an die Augen. Die gemeinen Leute hätten seine Rührung bemerken können, und ein Patrizier durfte Gefühlsregungen nicht zeigen. Um Zeit zu gewinnen und sich zu beherrschen, fragte er, seiner Stimme kaum mächtig: „Wo?"

„Ich habe mich nicht geirrt." antwortete der Zenturio. „Der Arzt ist unter diesem Baum gefallen."

Julius verbiss seinen Seelenschmerz, denn die Leute fingen schon an ihn anzusehen, er ging weiter vor und bückte sich über Mucias Leiche.

Sie lag da, mit zerschmetterter Schulter und weit geöffneten glasigen Augen, auf denen jedoch nicht etwa Grauen und Entsetzen als letztes Gefühl abzulesen waren, sondern nur ein stilles, tiefes Leid, ein stummer Vorwurf für unverschuldet Erduldetes.

Lange lauschte Julius der Klage der halb geöffneten Lippen, die für andere unvernehmlich war und deren Ursache nur er allein kannte: es war die Klage einer vom Leben enttäuschten Seele. Auch seine Lippen waren halb geöffnet und flüsterten milde Worte des Abschiedes. Sein Herz schlug so leise, als wollte es ersterben.

Dann hob er Mucias Leiche mit eigenen Armen auf, ihren herabhängenden Kopf an seine Brust pressend und die kalte Stirn mit seinen Lippen berührend. Er legte sie auf das Tragbett, und mit heiserer Stimme, in welcher Rührung und Willenskraft gegeneinander ankämpften, sprach er: „Entblößt die Häupter und beugt die Knie! In diesem Leib wohnte eine große Seele. Huldiget dem Heldentum einer römischen Patrizierin! Denn nicht ein gewöhnlicher Arzt, sondern Mucia Cornelia selbst pflegte unsere Verwundeten."

Julius kniete zuerst nieder, die anderen folgten seinem Beispiel.

Ein hölzernes Kreuzlein war, während Julius Mucias Leiche aufhob, aus den Falten ihrer Kleider gefallen; der armenische Zenturio hatte es gesehen und das Kreuzlein unbemerkt aufgehoben. Dieser Umstand und nun die Erklärung des Tribunen dazu klärten ihn über die Handlungsweise der Patrizierin zur Genüge auf. Und wie einige Stunden vorher die ganze Melitinische Legion vor Julius' Augen sich offen zum Christentum bekannte, so verrichtete jetzt der Zenturio ungescheut an der Leiche seiner Mitschwester sein christliches Gebet, welches an dem darin vorkommenden und laut ausgesprochenen Namen Christi als solches zu erkennen war. Und die Fackelträger und die Bedienung des Tragbettes sprachen ihrem Zenturionen das Gebet laut nach.

Julius war im ersten Augenblick wie erstarrt. Er fasste sich aber schnell; sein römischer Stolz durfte sich heute nicht beleidigt fühlen, am Tag, da der ‚orientalische Aberglaube' für Roms Sache gekämpft und gesiegt hatte.

Noch einmal schaute er in Mucias Antlitz, und nun schien es ihm, als wäre dasselbe von einem Lächeln der Versöhnung und Befriedigung verklärt.

„Mögen die Götter unserer Ahnen deinen ewigen Schlaf nicht stören!" sprach er mit bebender Stimme und drückte der Leiche Mucias die Augen zu.

Kapitel 13

Auf dem Marsfeld in Rom ist ein hoher Turm errichtet, rund, in drei Absätzen, von denen der je obere einen kleineren Umfang hat, als der untere. Das Ganze ist mit orientalischen Teppichen und Gewinden von Lorbeerzweigen behangen.

Den Turm umsteht eine dicht gedrängte, bunte Menschenmasse; Prätorianer verwehren allzu nahen Zutritt zu den, in wenigen Tagen errichteten Prachtbau, welcher von keckem Gesindel unter allerlei spöttischen Bemerkungen, fast könnte man sagen, bestürmt wird.

„Benehmt euch anständig! . . . Wahrt die Würde der Feier! . . . Habt Ehrfurcht vor der Majestät des Todes! Der Leichenzug kommt schon vom Forum herab!" Mit solchen und ähnlichen Ermahnungen trachtete die kaiserliche Wache die Ordnung und Ruhe aufrecht zu erhalten.

Doch der hauptstädtische Pöbel, stets neuer Eindrücke bedürftig, drängte sich von allen Seiten immer mehr zusammen. Jedermann wollte aus nächster Nähe das Schauspiel sehen, welches Marcus Aurelius den Römern bereitete. Reste von Äpfeln und Zwiebeln flogen den Prätorianern an den Köpfen vorbei oder schlugen an ihre Helme.

„Götter verstoßen niemand von ihrem Angesicht!" schrie einer aus der Menge.

„Wir wollen dem neuen Gott unsere Verehrung darbringen!" rief ein anderer Bürger.

Ein Kichern ließ sich vernehmen.

„Was hat er gesagt?" riefen Neugierige. „Lasst es uns auch hören, damit es uns in dieser traurigen Stunde tröstet."

Das Lachen wurde stärker.

„Er will sich dort dem neuen Gott als erstes Opfer verbrennen lassen!" rief ein anderer.

Das nun ausbrechende Gelächter, durch stets neue Witzeleien genährt, wollte schier kein Ende nehmen.

„Ruhig." rief man endlich von Weitem herüber.

Flötentöne erklangen aus der Ferne.

Alles wendete sich nun der Breiten Straße zu, reckte die Hälse und spannte seine Seh- und Gehörkraft an.

„Sie kommen! Sie kommen!"

Die Flötentöne verstummten, und sofort begann ein ernster, weicher, klagender Gesang, welcher durch die Hauptstraße des Marsfelds langsam sich der Stelle näherte, wo der sonderbare Turm sich erhob.

An der Straßenbiegung zeigte sich zuerst eine Abteilung berittener Prätorianer mit goldenen Brustharnischen und roten Federbüschen auf den glänzenden Helmen, an ihrer Spitze ihr Präfekt selbst, Nach der kaiserlichen Wache kam eine lange Reihe von Triumphwagen mit den wächsernen Bildnissen verstorbener Imperatoren und den Statuen von Göttern und Göttinnen. Gleich nach den Schutzgeistern Roms folgte ein Tragbett mit Griffen von Elfenbein, bedeckt mit schwerem Purpurstoff, getragen von sechs Patriziern. Auf demselben ruhte die fahle Leiche des Imperators Lucius Verus.

Hinter der Leiche seines Bruders schritt Marcus Aurelius in dem langen, faltenreichen Gewand eines Oberpriesters, umgeben von Senatoren.

Der ganze prunkvolle Zug schritt dreimal im Kreis um den Turm; dann begannen die Priester unter Flötenbegleitung ihre Trauerlieder zu singen. Zahlreiche Fackeln wurden entzündet, die Prätorianer machten die Schwertparade.

Marcus Aurelius ließ sich das Haupt mit einem schwarzen Schleier bedecken, streckte über die Leiche beide Hände aus und betete. Nachdem er geendet hatte, nahmen Senatoren die Tragbahre auf ihre Schultern, betraten durch eine große Öffnung an einer Seite des Turmes das Innere desselben und trugen den Leichnam bis auf die oberste Plattform.

Kaum waren die Senatoren wieder aus dem Turm herausgetreten, als ein Kriegsmarsch ertönte. Die Prätorianer erhoben ihre Augen zum Turmgipfel und senkten ihre Schwerter; es war der Abschied der Soldaten vom Imperator.

Marcus Aurelius entnahm jetzt der Hand eines Priesters eine brennende Fackel und schleuderte dieselbe durch eine runde Öffnung in das Innere des Turmes, wo ein großer Haufen leicht entzündlicher Späne lag.

Bald hörte man das Auflodern und Knattern des Feuers, Qualm drang durch alle Ritzen und durch das Gewebe der Teppiche nach außen, und nach wenigen Augenblicken stand der Turm in Flammen gehüllt. Dichte Rauchwolken entzogen Lucius Verus' Leiche den Blicken der Menge.

Plötzlich erscholl über dem Marsfeld ein mächtiger Ruf von Tausenden von Kehlen: „Der Geist des Gottes Lucius!"

Dem obersten Stockwerk des Turmes war mitten durch die Rauchwolken ein Adler entschwebt und zum Sonnenlicht empor gestiegen — das Symbol der Imperatoren.

Die Priester des Antoninischen Hauses fielen auf die Knie und riefen: „Lob und Preis dir, Gott Lucius!"

Der Pöbel klatschte in die Hände, wie im Zirkus oder Amphitheater, und schrie: „Gott Lucius! ... . Gott Lucius!"

Der Adler verschwand in den Lüften.

Vom markomannischen Feldzug nach Rom zurückkehrend, hatte Lucius Verus bei Altinum (In der Nähe des heutigen Venedig) so viel Wein und sonstige Freude genossen, dass keine Arznei mehr seinen entkräfteten Körper helfen konnte. Vom Schlag getroffen, beschloss er seine elenden Tage auf der Weiterreise nach Rom.

Hatte der „Gott Lucius" nun seine Apotheose gesehen, er hätte sicherlich das größte Vergnügen daran gehabt — er, der im Leben so viel Menschenverachtung gelernt hatte, dass er, im Grunde genommen, sogar sich selbst verachtete. Noch im Tod narrte er die Lebenden. Ihm hatten die ‚Herren der Welt' nicht minder wie die Götter selbst stets zum Gespött gedient, und nun wurde er aus Marc Aurels Befehl von jenen den letzteren beigesetzt. Man wird ihm Tempel und Altäre errichten, man wird ihn anbeten, man wird seine Verwendung bei dem donnergewaltigen Jupiter erflehen. Darüber musste ja Lucius Verus selbst noch im düsteren Reich der Schatten dämonisch lachen!

Die Priester lagen vor diesem neuesten Gott im Staub, und der Pöbel beklatschte höhnisch diese von ihm wohldurchschaute Heuchelei, solange es die dem Scheiterhaufen entströmende immer größere Gluthitze gestattete.

Vom Rand eines Lorbeerhains aus, in der Nähe der Ara Pacis Augustae, sahen der Vergötterung des kaiserlichen Wüstlings drei Männer zu. Julius Quinctilius Varus, welcher noch während des Leichenzugs, nachdem dieser auf dem Marsfeld angekommen war, eine Gelegenheit benutzt hatte, um sich von der Senatorengruppe abzusondern, weil er eine Beteiligung an der Komödie unter seiner Würde hielt, betrachtete den brennenden Turm mit düsteren Blicken. Unfern von ihm stand Minucius Felix in Gesellschaft eines anderen Mannes.

Als das Volk den aufschwebenden Adler begrüßte, wies der berühmte afrikanische Rhetor mit der Hand zum Gipfel des Scheiterhaufens und sprach laut zu seinem Gefährten: „Solcher Art sind die Götter Roms! . . . Aus der Asche des durchfaulten Körpers eines römischen Imperators ersteht nicht einmal ein Phönix, sondern nur ein gemeiner Raubvogel. Wohl aber wird aus dem durch Imperatoren vergossenen Christenblut das faule Rom geistig verjüngt emporblühen, und ein wahrhaft weltbeherrschender Thron wird hier erglänzen, vor welchem der Kapitolinische Jupiter in Staub sinken muss. Imperatoren und Könige des Erdkreises werden sich vor ihm neigen bis ans Ende der Welt."

Julius hörte es und zuckte zusammen. Er entfernte sich leise, und seiner gepressten Brust entwand sich der Seufzer: „Rom, o Rom! . . . mein Rom!"

- Ende des zweiten Teils –

Weiter geht es mit:

Band 3: Die Rückkehr der Götter

Historischer Roman zur Zeit Theodosius, geschildert aus Sicht der Bekenner der alten nationalen römischen Götter und durch die Augen des Alemannischen Herzogs von Italien christlichen Glaubens. In spannender Weise werden die aufflammenden Konflikte zwischen alter und neuer Macht beschrieben, welche als Auslöser des Untergangs von Roms zu sehen sind. Auszug:

„Ich vermute, dass die Narbe, welche deine Stirn schmückt, mit diesem letzten Fall in Verbindung steht."

Winfried lächelte. Eine freudige Erinnerung ließ sein männliches Gesicht erstrahlen.

„Die Franken hatten uns in den Wäldern überrumpelt," erzählte er, „und zwar in so überwiegender Zahl, dass ich sofort begriff, es bleibt mir nur die Abwehr. Ohne Kommando schlossen sich meine Leute zusammen, wie ein umstelltes Rudel von Hirschen, bereit, den Kampf mit dem Schwert, mit dem Schild, mit der Faust, mit den Zähnen zu führen. Wir waren überzeugt, dass aus dieser Falle kein einziger mit dem Leben davonkommen wird. Und wir verlangten es auch nicht, denn das Leben retten hätte bedeutet in Gefangenschaft zu geraten. Die Barbaren stürzten so zahlreich und mit solchem Ungestüm über uns her, dass unser geschlossenes Häuflein binnen kurzem in blutige Fransen zerrissen war."

ISBN: 9783734745560

196

Bücher aus der Reihe ‚Rom im Untergang'

Band 1: Eine neue Macht
ISBN: 9783738651812

Band 3: Die Rückkehr der Götter
ISBN: 9783734745560

Band 4: Entscheidungsschlacht am Frigidus
ISBN: 9783734791222

Band 5: Aetius – Roms letzter Adler
ISBN: 9783738635034

Band 6: Aetius - Attilas Zorn
ISBN: 9783738635874

Band 7: Aetius - Die Zerstörung Aquileias
ISBN: 9783738635904

Weitere Bücher von Alexander Kronenheim:

Bunker

Dies ist die Geschichte vom Schicksal eines Wehrmachtbunkers an der Front und seiner Besatzung, welche unter Führung eines entschlossenen Unteroffiziers tapfer die aussichtlose Stellung verteidigt und dabei um das Überleben kämpft.

Auszug:

„'raus aus dem Bunker!... Wir besetzen den Laufgraben...

Am Knie vor dem Trichter, vierzig Meter nach rechts, Stellung! . . . Scharf ans Gewehr! . . . Biegler nimmt einen Munitionskasten .."

Den Stahlhelm noch in der Hand, kroch der Unteroffizier zuerst hinaus, hinter ihm der Schütze Scharf mit dem aufgebuckelten Maschinengewehr, und zuletzt Biegler, der den Munitionskasten an sich presste, als ginge er damit tanzen.

Gebückt rannten die drei Leute durch den schmalen Schlauch. An der Knickung warf sich der Unteroffizier hin und winkte Scharf an seine Seite.

Knapp dreihundert Meter vor ihnen, aber noch keine zwanzig Meter über ihnen, kurvte der Flieger, ein Habicht, der noch nicht recht entschlossen ist, von welcher Seite er auf das verdatterte Opfer stoßen muss.

Scharf hatte das Maschinengewehr in Stellung gebracht. Der Unteroffizier saß dahinter, Finger an der Auslösung, den Stahlhelm halb im Genick.

„Wenn der Sauhund bloß einmal wenden würde ...! Ich bekomm' ihn nicht richtig herein ... Ah! Endlich!..."

Das Maschinengewehr bellte los.

ISBN: 9783734784842

Nephoris – Tochter des Cheops

Historischer Roman, welcher zur Zeit des alten Ägyptens spielt. Nephoris, die Tochter des Cheops, soll mit dem König der Nubier zwangsverheiratet werden.

Nephoris lehnt diese Heirat jedoch ab, da sie sich bereits in einen armen Fischer verliebt hat, welcher dafür von Cheops zum Tod verurteilt wurde. Nephoris riskiert alles, um ihre Liebe zu retten...

Auszug:

„Schweig, Weib!" rief der Prinz aus, dessen Zorn seine Augen gelb und sein Gesicht bleich färbt. „Schweig, oder ich werde Dich grausam treffen, indem ich Miri, Deine Schwester vor Deinen Augen martern lasse."

„Meine Schwester gleicht dem Wasser des Lebens, das die geheiligten Myrten benetzt; nichts kann sie trüben!"

„Nun gut, Soldaten, bemächtigt Euch ihrer. Entkleidet sie; Ihr werdet sie mit schmalen Lederriemen peitschen, bis mich Nephoris um Gnade bittet."

In diesem Augenblick dringt ein Lieutenant Mazaits im vollsten Lauf in den Saal.

„Herr, Herr!" ruft er aus, „Wir bedürfen Deines Armes."

„Bei Diboun, was geht denn vor ?" fragte der nubische Feldherr. „Habt Ihr denn noch nicht alle Einwohner von Memphis umgebracht, die es wagen. Widerstand zu leisten?"

ISBN: 9783734787553

Marienburg – Kampf und Schicksal

Dieser Historienroman spielt im 15. Jahrhundert und handelt von der tapferen und spannenden deutschen Verteidigung der Marienburg gegen die Übermacht anstürmender polnischer Kriegerhorden.

Auszug:

ISBN: 9783734796340

„Galopp!" befahl Heinrich. Alle Trompeter setzten schmetternd mit der Galoppfanfare ein: in stiebendem Rennlauf brachen die feurigen Pferde los, dass die Erde unter ihren Hufen dröhnte. Wie ein Wetter jagte das Geschwader in den Feind. Das erste feindliche Treffen wurde glatt überritten. Wie eine Wiese mit niedergewalzten Halmen, so lag es hinter den Reitern, das Feld besät mit Toten. Verwundeten, Sterbenden, die Luft erfüllt von Schreien und Wehklagen. Bis in die hinterste Reserve der Polen führte Heinrich den Todesritt. „Links schwenkt!" befahl er. Unter der Mauer der ehemaligen Stadt jagte er dahin, die feindliche Stellung völlig aufrollend.

Die Schlacht bei Fehrbellin

Historischer Roman um den Werdegang eines jungen Mannes aus der Zeit Friedrich Wilhelms (der Große Kurfürst) von seiner Einberufung bis zur Teilnahme an der Entscheidungsschlacht bei Fehrbellin.

ISBN: 9783734784859

Auszug:

Die Zündschnüre waren an die Pulverfässchen gelegt und angezündet, die Flämmchen fraßen sich knisternd die Fäden entlang.

„An die Pferde!" Im Laufschritt liefen die Dragoner an ihre im Schuh eines der kleinen Anwesen stehenden Gäule. Im Galopp ging es auf der Hakenberger Straße dahin; der erste und zweite Zug unter dem Rittmeister der Schwadron schlossen sich an.

„Wir wollen die Belegung von Hakenberg und Linum feststellen", sagte Oberstleutnant Henning. „Führe uns möglichst gegen Sicht gedeckt."

„Jawohl!" erwiderte Jörg.

In diesem Augenblick ertönte ein furchtbarer Knall, gleich darauf ein zweiter, noch schwererer. Eine grelle Stichflamme schlug jäh über dem Rhin hoch! Es war gelungen. Ein zufriedenes Lächeln spielte über die ernsten, strengen Züge des Oberstleutnants Henning.

Die Schwadron bog jetzt von der Straße ab; dicht am Rande des Rhinluches führte sie Jörg im Schutze dichter Rohrwälder hin.

Bald kam Hakenberg in Sicht. Eine rechts herausgegebene Streife unter dem zum Korporal beförderten Wiese stellte einen großen Geschützpark dort fest, der vor dem Dorf auf einem Kleeschlag aufgefahren war.

Weiter im scharfen Trab. Linum tauchte vor den Reitern auf. Der Oberstleutnant vermutete hier die Hauptstellung des Feindes. Der dritte Zug unter Wachtmeister Freese wurde zur Erkundung abgeordnet.